新世界

柳 広司

角川文庫
14439

目次

新世界

もし千の太陽の光が／一瞬に空中で炸裂したなら／
それは神をも超えるものであろう／
我は死神なり／世界を破壊するものなり

（『バガヴァッド・ギーター』第十一章）

はじめに

私がその男に会うことにしたのは、彼が電話口で「自分はアメリカの出版代理人《エージェント》だ」と名乗ったためである。

――柳サンニ、良イオ話アリマス。一度オ会イシタイデス。

どこか街中から携帯電話でかけているらしく、それでなくとも外国人特有の訛《なまり》のある彼の日本語は、背後の喧噪《けんそう》に紛れてひどく聞き取りづらかった。

私はともかく、翌日の午後に彼と会うことを約束し、都内の喫茶店を待ち合わせ場所に指定した。

翌日、男は待ち合わせの時間に一分とたがわず現れた。

――柳サンデスネ？

そう言って手をさし出したのは、私が漠然と予期していたのとは異なる、どこかちぐはぐな、あえて言うならば、ひどく時代錯誤的な感じのする男であった。

なるほど彼は身なりのきちんとした、小柄な外国人であった。年齢は五十前後、顎《あご》の下にたくわえた黒い鬚《ひげ》を奇妙な三角形に刈り込み、こげ茶の背広は一見して上等な仕立てである。だがよく見れば、その背広は相当に着くたびれて、袖口《そでぐち》が擦り切れかけていた。広襟のワイシャツは薄汚れていたし、襟巻きのように長いネクタイはまったくの流行遅れであり、最近ではめったにお眼にかかれないような代物である。格子縞《こうしじま》の派手なズボンは、彼にはよく似合っていたが、残念ながら完全に季節外れであった。

男が差し出した手の甲にはびっしりと黒い毛が生え、中指に安物のオパールを飾った大きな金の指輪が光っていた。

型どおりに名刺を交換し、話をはじめてすぐ、私は自分がとんでもない勘違いをしていたことに気づき、ひそかに苦笑することになった。というのも、私はてっきり、私がこれまでに出した数冊の日本語の小説がアメリカの出版代理人の目にとまり、英語での翻訳出版の話をもってきたと思ったのだ(告白すれば、その時私は、契約書に必要と思われる実印まですでに鞄《かばん》の中に用意していた)。

実際には、話はまるで逆であった。

男は、机の上に英語で書かれた分厚い原稿を取り出し、

――コレヲ日本デ出版ショウト思ッテイマス。誰カ良イ編集者ヲ紹介シテ下サイマセンカ？モチロン柳サンニハ、紹介料ヲオ支払イイタシマス。

と言った。

私はいつもながら自分の愚かさ加減にうんざりし、そうした際、私は決まって曖昧《あいまい》な笑みを浮かべてしまうのだが、この場合も相手はどう勘違いしたのか、急に身を乗り出し、息がかかりそうなくらいの距離まで顔を寄せ、

――実ハ＊＊サンニ紹介サレマシテネ。

と、秘密めかした小声で、ある反核運動家の名前を告げた。

なるほど私は、かつてルポライターとして週刊誌に無署名記事を売っていた頃、＊＊氏に取材をしたことがある。

＊＊氏は反核活動家といっても、組織的な活動を行っているわけではなく、彼自身は「アーティスト」を名乗っている。問題は、彼の芸術活動の場が全国の原子力発電所の壁であり、彼がそこにひたすら巨大なきのこ雲のイラストを描き続けていることであった。むろん、そんなことを原発側が許すはずはなく、彼は住居侵入と建造物損壊の罪でこれまでに何度も逮捕されている。だが、何度逮捕されても、彼の芸術的欲求はやみがたく、原発側が警備を固める一方、彼は毎度忍者のように忍び込み、きのこ雲を描き続けているのだ。

記憶に新しいところでは、東海《とうかい》村で臨界事故が起きた際、まだ臨界が続いている危険な時期に、いったいどうやったのか分からないが、彼は警察とマスコミの包囲をかいくぐり、ひそかに施設内に侵入した。事故後、恐る恐る施設内に入った関係者は、いつのまにか塀に現れた大小無数のきのこ雲の絵を見つけて度肝を抜かれることになった……という噂である。

――日本ノ出版社ハ、ドコモ「いちげんさんお断り」ナノデ、私困ッテイマス。

と男はすっかり共犯者の面持ちで、軽く片目をつむってみせた。私はふと、男の澄んだ青い光をたたえる右の目がさっきから少しも動かないことに気がついた。どうやら義眼らしかった。

――＊＊サンハ、アナタヲ通ジテナラ出版社モ真面目ニ読ムダロウト言イマシタ。＊＊サンハ、柳サンガ有名ナ作家ダト教エテクレマシタ。

男の言葉に、私は思わず顔を赤らめた。

自分でも何を思ったか、私は二年ほど前に、新聞社が主催する懸賞小説に応募し、たまたま当選（?）した。作家として売り出すにはなんとも心もとない、形ばかりの賞だったが、新聞の一面の片隅に小さく受賞の記事が載ったことで、今も思わぬ人から声をかけられたりする。

——＊＊サンハ、アナタノ受賞ヲ、自分ノ息子ノコトノヨウニ喜ンデイマシタ。

そう言われて、いよいよ恥じ入るしかない。

私はかつて＊＊氏に取材して、その記事を週刊誌に売った。だがその記事の中で私は、彼を「現代のドン・キホーテ」と呼んで面白おかしく書き、はっきり言えば、記事を読んだ読者（そんな奇特な人があればだが）が＊＊氏の奇行を嘲笑《ちょうしょう》するように仕向けたのだ。

「＊＊さんは元気ですか？」

私は内なる羞恥心《しゅうちしん》に耐え兼ねて口を開いた。男は首を振った。

——元気デナイデスネ。彼ハ癌デ入院シテイマス。モウ長クハナイデショウ。

「そうですか……」

私は言葉を失い、急に、もしそれが＊＊氏へのせめてもの罪滅ぼしになるのなら、目の前の男のために何か役に立ちたいと思った。もっとも、この出版不況の中、私のささやかなコネクションなどというものが、どれほど役に立つか怪しいものではあったが……。

「それで、あなたは何について書いたのです？ 芸者ガールとの恋？ それとも、外国人の眼から見た日本企業の特異性についてですか？」

——オオ、私ガ書イタノデハアリマセン。男は両手を広げて言った。コレハ、おっぺんはいまーガ書キ遺《ノコ》シタ、未発表ノ、貴重ナ記録ナノデス。

「オッペンハイマー?」

突然飛び出した名前に、私はあやふやな世界史の知識の引き出しの底をかき回した。

「もしかして、ロスアラモス研究所の所長をしていた、あの男のことですか?」

――ソウデス。コレハ「原爆の父」ト呼バレルおっぺんはいまーノ死後、彼ノ遺稿ノ中カラ見ツカッタ、大変ニ貴重ナ、未発表ノ記録原稿ナノデス。

男はそう自慢げに言うと、原稿の由来を早口に説明した。

第二次世界大戦中、原爆開発を指揮したロバート・オッペンハイマーは、一九六七年に死去した。彼の遺した膨大な資料は、その後弟子たちの手によって整理されたが、その中に、終戦直後のロスアラモスで起きた奇怪な事件を記した記録原稿が交じっていた。原爆開発に関わった科学者たちが実名で登場するその原稿は、調査の結果、たしかにオッペンハイマー自身の筆跡であると判明したにもかかわらず、なぜか弟子たちはこれを無視し、出版リストから外した。だが、最後まで自らを語ることの少なかったオッペンハイマーが書き遺したこの奇妙な小説こそは……

「小説《フィクション》?」私は男の言葉を聞きとがめた。「ちょっと待ってください。あなたはさっき『これは記録原稿《ノン・フィクション》だ』と、そう言いませんでしたか」

――アア、ソウデシタネ。男は悪びれた様子もなく言った。公ニハ、ふぃくしょんトイウコトニナルノデショウ。ココニ記サレタヨウナ事件ハ、公式文書ノドコヲ探シテモ、何一ッ見ツケルコトガデキマセン。ソノ上おっぺんはいまーハ、イカナル理由カラカ、コノ小説ヲいざどあ・らびナル人物ノ眼ヲ通シテ描イテイルノデス。

「やれやれ、小説ですか」私はため息をついた。「となると、出版はやはり、ちょっと難しいかもしれませんね。ノン・フィクションであればまだなんとか可能性はあるのですが……。そもそも、そのイザドア・ラビというのは何者なんです？　聞いたこともない」

——彼ハぽーらんど生マレノあめりかノ物理学者デス。何ヨリ、おっぺんはいまーガ生涯ヲ通ジテ親シカッタ唯一ノ友人デスヨ。

「オッペンハイマーが、友人の眼を通して描いた、小説、ねえ……」

——シカシ柳サン、記録ト小説ノ間ニ、ドンナ違イガアルトイウノデス。

男は囁《ささや》くように続けた。

——おっぺんはいまーガ、ナゼコンナモノヲ書イタノカ。或《あ》イハナゼ、コノ原稿ヲ生前ニ発表シナカッタノカ、本人ガ亡クナッタ今トナッテハ理由ヲ詮索《せんさく》シテモ無駄デショウ。ただ私には、ロバート・オッペンハイマーという人物がこの原稿を誰かに読んでもらうことを期待して書いたとはどうも思えないのです。これは本来、彼にとっては私的な、しかしそれだけにやむにやまれぬ記録であったような気がするのです。私はね、柳さん、つねづね思っているのですが、記録を残すという行為には、人間の本性に潜む不可思議な衝動が働いているんじゃないでしょうか？　私たちは犯罪者や聖人、哲学者、女学生、政治家、たんなる馬鹿者等々の何千何万という人々が、まぎれもなく虚栄心から、自己暴露の記録を残し続けてきたことを知っています。しかし、彼らにとっても虚栄心とは別の、不可思議な動機に突き動かされた面もあったのではないでしょうか。つまり、書かなければならないというやむにやまれぬ欲求が。書くという行為には、人の心を慰める素晴らしい力がある。おそらくオッペンハイマーには、なんとしてもこれを書き残す必要があった。ソノ意味デ、彼ニトッテハ、コレコソガ記録原稿《ノン・フイクション》ダッタトハ思イマセンカ？

「それは、まあ、そうかもしれませんが……」

私は、男が喋《しゃべ》れば喋るほど、どんどん希望を失っていった。

「しかし、この原稿はアメリカ本国で無視されたのでしょう？　彼の弟子たちも、遺稿の出版リストから外した。そんなものに日本の出版社が興味を示すかどうか……」

――オヤ、ナゼデス？

男は驚いたように目を丸くして言った（義眼の右目も等しく丸くなった）。

――おっぺんはいまーハ原爆ヲ作ッタ男デスヨ。彼ガ広島ト長崎ヲ壊滅サセタノデス。日本人ハ、彼ノコトニ興味ヲ持ツデショウ。

うーん、と私は唸《うな》った。「ヒロシマもナガサキも、すでに半世紀以上も昔の話になりましたからね。ご覧になってはいませんか？　今では広島も長崎も、焼け野原だったのが嘘のようにビルが建ち並び、そこで戦争のことなど何一つ知らない多くの若い人々が生活しているのです。……もちろん、過去にヒロシマ・ナガサキで起きたことは語り継がなくちゃいけない。実際日本には、原爆投下前後の広島や長崎を舞台にした優れた小説や舞台作品、それにマンガなんかがあります。しかし、今現在において、原爆を開発した側についての小説を読みたがる日本人読者がどれほどいるかは疑問ですね。第一、オッペンハイマーはすでに死んでいるのでしょう？　いまさら彼について、あるいはロスアラモスについて、書かれた小説を読んでみたところで仕方がないんじゃないですかね」

男はしばらくきょとんとした顔をしていたが、ゆるゆると首を振って言った。

――日本人ハ不思議ナ民族デスネ。ワズカ五十年カソコラノ時間デ、ナゼアンナコトヲ忘レルコトガデキルノデス？

私が黙っていると、男は（義眼でない方の）眼を細め、淡々とした口調でつづけた。

――あめりかノ大統領ハ、今コノ瞬間モ『地域紛争解決の手段として原爆の使用を排除しない』ト明言シテイルノデス。ひろしま・ながさきハ、ケッシテ過去ノコトデハアリマセン。……ネエあなた、想像シテモゴランナサイ、もしいまドイツ人が『地域紛争解決の手段として強制収容所《アウシュビッツ》の門を再び開く』と言い出したら、それがいかなる民族に対してであれ、ユダヤ人は絶対的な抗議の声をあげるでしょう。彼らにはその権利があるのです。ユダヤ人は、ナチス・ドイツが『ユダヤ人問題の最終解決策』と称して強制収容所で彼らに行ったことを決して忘れてはいません。アイヒマンの例を持ち出すまでもなく、彼らはいまも責任者を地球の果てまで追いかけて、捕まえ、裁判にかけて、断罪しています。相手が生きていようが、死んでいようが関係ありません。彼らは責任の所在を暴き立て、裸にし、徹底的に知ろうとしているのです。ソレナノニ日本人ハ、自民族ニモタラサレタアレホドノ悲惨ヲ、ナゼ忘レルコトガデキルノデス？

「でも、それはほら、ドイツが敗戦国でアメリカが戦勝国だったからじゃないですか？」私は一応、反論を試みた。「終戦後の日本人には、現実問題として、占領国であったアメリカの、またアメリカ人の罪を追及する手段がなかった。その状況は、日米安保という枠組みに縛られた現在においてもたいして変わってはいません。責任の所在を特定しても仕方がない。だとしたら、忘れるより仕方がないでしょう」

男は、信じられないといった様子で首を振った。

――アナタノ話ヲ聞クト、日本人ハマルデ原爆ガ逃レガタイ天災デアッタト考エテイルヨウニ聞コエマス。

「確かにそんな部分はあるかもしれませんね」私は苦笑した。「原爆がもたらした惨禍は、人間が認識するにはあまりにも悲惨すぎる。その意味では、神戸《こうべ》を襲った地震に似ているかもしれない」

――シカシ、原爆ト地震ハ同ジデハアリマセン。誰カガ作リ、ソレヲ使用スルコトヲ誰カガ決メタ。ソノ結果、コノ地球上カラ二ツノ都市ガ消滅シタノデス。

男はそう言うと、不意に身を乗り出し、私に顔を近づけて尋ねた。

――アナタハ怖クナイデスカ？

そうして、手のひらで辺りをぐるりと撫《な》でるような奇妙な仕草に続いて、

――死ガ。

と低い声で言った。

男の芝居がかった仕草に、私はむしろ鼻白み、原稿の入った茶封筒を指で叩《たた》きながら、彼に尋ねた。

「すると、この小説は恐怖《ホラー》小説なのですか？」

――〝ほらー〟？　イヤ、ソウデハアリマセン。ムシロ〝みすてりー〟ト呼ブベキデショウ。トモカク一度オ読ミクダサイ。

男はそう言うと、原稿を私に押し付けるようにして立ち上がり、自分の分の勘定を済ませると、そそくさと店を出て行ってしまった。

私は、やれやれとため息をつき、茶封筒から原稿を取り出した。

タイプで打たれた原稿の束の一番上に、手書きの文字が並んでいる。神経質そうな、震えた文字は、どうやらこの小説（記録？）のタイトルであるらしい。

そこには、何度か書き直された後、二本の下線を引いて次の文字が記されていた。

――新世界

第一章　ロスアラモス

彼は死神の姿で廊下の隅に立っていた。長い柄の大きな鎌をもち、全身黒ずくめ、肩からフードつきのマントのようなものを羽織った、奇妙な格好をしている。

「……ロバート？」私は呆気《あっけ》にとられて、彼の横顔に声をかけた。死神が、白い髑髏《どくろ》の顔で振り返った。

「やあ、イザドア。君か」

なるほど、この場所で私を〝イザドア〟と名前《ファースト・ネーム》で呼ぶのは——本物の死神でなければ——ロバートだけだ。あとの連中はみな、私のことを礼儀正しく、あるいはうさん臭げに〝ミスタ・ラビ〟と呼ぶ。ここロスアラモスでは、私はよそ者にすぎない。

もっとも、それを言えば、彼を〝ロバート〟と呼ぶのも私くらいなものだった。研究所の所長である彼は、ふつうは〝ミスタ・オッペンハイマー〟と呼ばれている（陰ではみな〝オッピー〟と呼んでいるが、面と向かってそう呼ぶ人間にはまだお目にかかったことがなかった）。

「出番を待っているんだ」ロバートが言った。

「出番？」

「この後、ちょっとした仮装劇を行うことになっている」

「なるほど《オウ》」私は頷《うなず》き、改めて友人の扮装《ふんそう》を点検した。

ロバート・オッペンハイマーは、一八六センチの長身に六〇キロに足りぬ肉を備えた、ひどくやせ型の男である。光輪をかぶったようなふさふさとした黒い巻き毛と見事な尖《とが》った鼻、眼は珍しいほどの深く澄んだ青《ラベンダー・ブルー》、白く塗った髑髏の顔はバイロンばりに整っている。……この死神はさぞや女性にもてることだろう。

「劇には、誰が出るのだい？」

「テラー、コンプトン、フェルミ、ベインブリッジ、それにオットー・フリッシュ」

「オウ……」

全員がノーベル賞受賞者か、さもなければ近々受賞を噂されている科学者たちである。

「豪華な役者を揃えたね」

「そうでもないさ」ロバートはちょっと顔をしかめて言った。「みんな気まぐれでね。勝手なことばかりやりたがる」

「彼らが気まぐれなのは今にはじまったことじゃないさ」私は思わず吹き出して言った。「だがまあ、連中の取りまとめは君の十八番《おはこ》じゃないか。もっとも、僕にはまだ信じられないがね。学生時代の君からは想像もできないよ。君がまさかこんな仕事をやり遂げるとは……」

「悪いがイザドア、過去を振りかえるのはあとにしよう。私はこれから未来に備える必要がある。……つまり、劇の準備をしなくちゃならない、ということだが」

「じゃあ、またあとで」

「劇を楽しみにしていてくれたまえ」

死神は黒いマントを翻し、低い呟《つぶや》きを残して、うす暗い廊下を歩み去った。

「〝われは死なり。わが前にあっては、すべての望みを捨てよ〟……」

会場に戻ると、タキシードに黒い蝶《ちょう》ネクタイ、燕尾服《えんびふく》に白の蝶ネクタイといった装いの男たち、それにナフタリンの匂いのするロングドレスの婦人たちでごった返していた。安物のシャンパンがあちこちで派手な音を立てて抜かれ、会場の隅では濃いスープを煮立てた大きな鍋《なべ》が湯気をあげている。中央のテーブルにはステーキやキドニー・パイが何枚もの紙皿を広げて並べられ、別の台では、山のように盛られたトライフル（スポンジケーキ、フルーツ、クリームなどで作った菓子）が甘い匂いを辺りいちめんにまき散らしていた。グラスに氷の注がれる音と、声高な話し声、会場中に響く哄笑《こうしょう》、テーブルの間を子供たちが走り回る……。

パーティーには、この場所にふさわしくない、どこか度外れた、野放図なところがあった。目を凝らせば、浮かれ騒ぐ人々の頭上には、ある共通した感情——安堵感《あんどかん》——がピンク色をした雲となって浮かんでいる様が見えるようだ。

世界を巻き込んだ今世紀二度目の、そしてもっとも大規模なものとなった今度の戦争は、本日——つまり一九四五年八月十四日（日本時間では八月十五日）に、敵国日本の無条件降伏という形で終わりを告げた。

死がつねに目の前に存在する、あの恐怖の日々は去った。死神は、ついに消えうせたのだ。

おそらくこの瞬間、アメリカ中が〝浮かれ騒いで〟いたであろうし、少なくとも、ここロスアラモスの人々にとって浮かれ騒ぐ理由としては充分であった。

＊

ロバートたち一行がはじめてこの場所、つまりニューメキシコ州サンタフェから、さらに北西におよそ六四キロほど内陸に入ったロスアラモスの地を訪れたのは、三年前の一九四二年十一月十六日のことであったという。

「そのとき、ここには本当になにもなかったのだ」

一カ月ほど前、到着したばかりの私を出迎えて、ロバートはそう説明してくれた。そして、いつもの几帳面さで付け加えた。

「正確には、金持ちの子息を集めて馬の乗り方を教える、小さな牧場学校が一つだけあった。たぶん、ホレイショ・アルジャー（アメリカの児童文学作家）ものの図書とか、その他少年たちが読むような雑誌、それに彼らが馬に乗って出掛けるときに使う荷造り具くらいはあっただろう。……いずれにしても、われわれが中性子生産加速器《サイクロトロン》を作るのに役に立つようなものではなかった」

ところが、翌一九四三年の四月にはもう、この台状地《メサ》に忽然《こつぜん》と一つの町が現れ、六千人もの人間が生活していた。なにもない辺鄙《へんぴ》な場所にわざわざ町が作られ、そこにアメリカ中から優れた物理学者がひそかに呼び集められる。

それが普通のやり方でないことくらいは、私にも分かる。

「なにしろ、極秘の研究なのだ」とロバートは言った。「機密保持のためには、町そのものを一から新しく作り、そこに素性の知れた人間だけを集めるのが、もっとも簡単で確実なやり方だ」

「だが、これじゃまるで強制収容所だ」私は町を一巡り案内されたあとで、顔をしかめた。「外部から遠く隔てられた場所に作られた秘密の町、周囲を囲む高い壁、壁の周りは武装した兵隊たちが常に巡回し、そのうえ鉄条網まであるとはね。……機密保持の目的は分かるが、いくらなんでもやりすぎじゃないのかい？　住民たちからは色々と苦情も出るだろう」

「ある程度の不便は仕方がない。研究のためだ。みんな納得している」

——そうだろうか？

私はひそかに首をひねった。

人工の町に集められた人々は、機密保持を理由に番地を持てず、運転免許証からは名前が削られた。私的な旅行は一切禁止。買い物のために町を出るにも、そのたびごとに許可が要る。そのうえ町の住民は強制的に四つのグループに分けられ、彼らは胸につけたバッジの色で区別（差別？）されているのだ。上級科学者たちはたいてい〝青バッジ〟をつけている。理工系の大学院から動員され、上級科学者の研究の手伝いをしている若い人たちは〝白〟。町で多く見かける職業軍人たちは〝緑〟のバッジ。残る住民——上級科学者の妻子、土木建築や建物の保守管理を行う作業員、それに手伝い女として毎日丘の下の谷からバスで通ってくる地元のインディアンやスペイン系の女性たちは〝バッジなし〟であった。

町は内部で幾つかの区域に分かたれ、バッジの色で立ち入り区域が厳しく制限されている。使用可能な施設、また入手可能な情報もバッジの色によって厳格に定められ、もしバッジの色が異なれば、たとえ家族であっても、そこで得た秘密を漏らしてはならない……。それがいかにばかばかしいものであれ、たくさんの細かい規則に囲まれた生活がストレスにならないはずはない。

戦争終結によって、人々はようやく塀の中の生活から解放されることになった。ロスアラモスの人々が少しばかり羽目を外して浮かれ騒いだとしても――わずか一カ月滞在しただけの――よそ者の私には咎《とが》め立てする権利はなかった。

ふと、近くのテーブルを囲んで正装した人々が口々に話している声が聞こえた。

「祝砲を鳴らせ！　祝砲を！」

「でも、大砲がないわ」

「祝砲を！　祝砲を！」

「ねえ。だれか、なんとかできないの？　今日は特別な日なのよ」

どうやらみんな、すでにしたたか酔っ払っているらしい。

「分かりました！　ボクがなんとかしましょう」

酔った人々をかき分けるようにして背の高い青年が姿を現した。手足のひょろりと長い、もしゃもしゃの金髪の、薄いグレーの目をしたその青年に、私は見覚えがあった。

「なあに、大砲なんかなくとも、TNT爆薬を広場に仕掛けて爆発させれば良いんです。ボクがこれから車でひとっ走り行って、貯蔵庫から爆薬を取ってきますよ。祝砲は何発必要ですか？」

「十……いや、二十一発だ！」

「よろしい。では、みなさん。また後で！」

歓声を背に、よろよろと歩きだした青年の腕をとらえ、私は小声で忠告した。

「キスチャコフスキー、止めた方がいい。危険すぎる」

「おや、誰かと思えば……誰でしたっけ？」

「イザドア・ラビ。オッペンハイマーの友人だ」

「ああ、そうでしたね」ウクライナ出身の若者はくすりと笑った。「大丈夫ですよ。なにしろボクは爆薬の専門家ですからね。嘘だと思ったら、オッピーに聞いてごらんなさい。二十一発の祝砲なんて、あの爆弾に比べたらなんでもありません」

「しかし、君はいま酔っ払っているじゃないか」

「良いことを教えてあげましょう」長身の彼は、上から私の顔を覗《のぞ》き込み、囁《ささや》くように言った。「爆弾の良いところは、心配する必要がないことです。もし失敗すれば、何かを感じるひまなどない。ドカン。それで終わりです」

キスチャコフスキーはそう言ってハハハと笑うと、鼻歌をうたいながら会場を出て行った。追って行って、引き留めたものかどうか思案していると、背後から声をかけられた。

「無駄だよ。連中は結局のところ、好きにやらせるしかないんだ」

振り返ると、グローヴス将軍が太い猪首《いくび》を小さく左右に揺すっていた。

彼レスリー・グローヴス将軍は、ロバートとともに、ロスアラモスのもう一人の責任者である（グローヴス将軍は原爆プロジェクト――いわゆるマンハッタン計画――全体を指揮した。オッペンハイマーは科学者グループの長）。四十九歳。顎骨《あごぼね》の張ったいかつい容貌《ようぼう》と、いかにも軍人然としたいで立ちは、平均年齢二十六歳といわれるロスアラモスの若き研究者集団の中にあっては、白鳥の群れの中に舞い降りたカラスのごとく目だっている。グローヴスは目的を達成するまではおよそ休むということを知らず、そしてひとたび目的が達成されるやいなや、次の瞬間には別の目的を貪欲《どんよく》に探しはじめる、所謂《いわゆる》〝精力的なタイプの男〟である。彼はまた、一七八センチの身長と同程度の横幅のある見事な太鼓腹の持ち主で、いまも腰の周りに巻いた真鍮《しんちゅう》製の軍人用バックルがほとんど埋まって見えないほどであった。

「ジョージ・キスチャコフスキーには、ふだんから狂騒的なところがある。周りにけしかけられたら、どんなことでもやりかねない」グローヴスは目を細め、データを読むような無機的な口調で言った。「もっとも、ここにいるのは大抵が、協調性などかけらもない、お天気屋の、そのくせきわめて高度な才能をもつ専門家たちばかりでね。連中には、不機嫌な花嫁さながら、扱いにひどく苦労させられてきた。しかしまあ——ここだけの話——キスチャコフスキーなどはしょせん、非常に聡明《そうめい》だが、一介の専門家にすぎない。ここにいる連中はたいていそうだ。……あなたの友人であるミスタ・オッペンハイマー、ただ一人を除いてね」

グローヴスは私に酒の入ったグラスを手渡し、片目をつむってみせた。

「オッペンハイマー博士は正真正銘、掛け値なしの天才だ」グローヴスは言った。「まったくのところ、彼こそが天才の名にふさわしい。彼は何でも知っている。どんな問題を持ち出しても、彼なら話ができる。彼がいなかったらこのプロジェクトは決して成功しなかっただろう。つまり今度の戦争はどうなっていたか分からない、ということだ。……もっとも、正確に言うと、オッペンハイマー博士にも分からないことが少しはある。彼は野球のことはなにも知らない」

グローヴスはそう言って、にやりと笑ってみせた。最後の台詞《せりふ》はジョークのつもりらしい。

私が頬を引きつらせていると、幸いなことに、会場に音楽が流れ出した。

「劇が、はじまるようですね」

「やれやれ。科学者の先生たちは、原子をおもちゃにしているだけじゃ物足りなくて、今度は芝居まではじめたのか。ふむ、せいぜいこの酒が悪酔いするようなものに変わらないことを祈るとしよう」

私はグローヴスのジョーク（?）を無視することにした。

劇が始まった。

善人のフランクリンおじさんのもとに、ある日、友達のウィニーおじさんから手紙が届きました。

「悪人のアドルフおじさんとベニトおじさんが、魔法を使ってみんなを苦しめています。どうか助けて下さい」（それぞれ、フランクリン・ルーズベルト、ウィンストン・チャーチル、アドルフ・ヒトラー、ベニト・ムッソリーニに対応）

フランクリンおじさんは、自分の三人の子供たちを集めてこう言いました。

「悪い魔法使いをやっつけるには、〝南の砂漠〟にある、魔法の杖《つえ》を手に入れなければならない。お前たちが、行って魔法の杖を取ってきなさい」

子供たちは、大好きなウィニーおじさんを助けるために、魔法の杖を求めて〝南の砂漠〟を目指します。

途中、子供たちにさまざまな試練——精霊たちの誘惑、嵐、行く手に立ち塞《ふさ》がる死神等々——が襲いかかります。そのたびに、三人の子供たちは互いに協力して試練を乗りこえ、ついに〝南の砂漠〟に到着しました。

魔法の杖は、高い塔の上にあります。

子供たちが塔にのぼり魔法の杖に手をかけると、辺りにはとつぜん眩《まぶ》しい光と雷のような大きな音が響き渡りました。

音が静まり、子供たちはおそるおそる目を開けました。するとどうでしょう、砂漠はいつのまにか美しい花が咲き乱れる、緑の丘に変わっているではありませんか！

子供たちが顔を見合わせていると、そこへウィニーおじさんがにこにこと笑いながら現れ、こう言います。

「子供たち、本当によくやってくれたね。意地悪な魔法使いのアドルフおじさんとベニトおじさんは、もういない。溶けてなくなったんだ」

子供たちは大好きなウィニーおじさんを囲んで、歌をうたい、踊りをおどります。

ラララ、僕たちは手にいれた。魔法の杖を！

意地悪な魔法使いはもういない。

ラララ、わたしたちは手に入れた。魔法の杖を！

これからは、みんなで仲良く暮らしましょう。

………。

たわいもない筋書きだったが、劇は大いに受けた。なにしろノーベル賞受賞者、もしくは近々受賞を噂される科学者たちが、水兵や農民、謎のインド人、といった念入りな扮装《ふんそう》で次々に現れ、真面目な顔で一生懸命、じつに下手くそな台詞を喋《しゃべ》っているのだから、それだけでまず笑える。ことに、ぎょろ目のオットー・フリッシュが、三人兄妹の一番下、おさげ髪に花柄スカートの少女役で姿を現したときには、ご婦人方はもはや化粧が崩れることなどおかまいなく、大口をあけ、涙を流してしばらく笑いつづけ、劇が一時中断したほどであった。

一方〝高い塔〟――実際には脚立だったが――の上でバケツが打ち鳴らされ、電球が激しく点滅する場面は、ご婦人方にはあまりよく分からなかったようだ。その代わり、男たちにはこの演出は大受けで、とくに大きな音を立てる仕掛けは大ヒットだった。

そのあとは、会場の床をきれいにして、ダンスが始まった。

ダンス・パートナーのいないよそ者の私は、無粋な将軍ともども、たちまち会場の隅に追いやられた。しばらくグローヴス相手にぎこちない会話を続けていると、そこへロバートが夫人を伴って現れた。

黒のタキシードに着替えたロバートは、同性の目からみても、ほれぼれするほどスマートな男である。彼は、普段よりいっそう、ひょろりと背が高く見えた。一方、あっさりとしたクリーム色のドレスを身にまとったオッペンハイマー夫人――キティ・オッペンハイマーは、小柄ながら、きびきびとした印象の女性である。艶《つや》のある黒い髪を後ろにまとめ、広い額といききとよく動く茶色の瞳《ひとみ》、なにより幅のひろい、表情に富んだ口もとが、彼女の最大の魅力であった。

「今日はまた、いちだんとお美しい」とグローヴス将軍は如才なく、まずはオッペンハイマー夫人に声をかけた。「ところで、おたくの〝ちっちゃな《リトル》トニ〟は元気ですかな？　たしかそろそろ……」

「おかげさまで、ちょうど八カ月になるところです」

「おや、もうそんなになりますか。すると、可愛い盛りでしょうな」

「さあ、どうでしょう？」キティはきれいな白い歯をみせてにこりと笑った。「もっとも、うちの人はすっかりメロメロのようですわ」

「なるほど。天下のロスアラモス研究所の所長様も、一人娘にはかなわない、と……。なるほどね」グローヴスは、ほっほっとくぐもった声をあげ、腹を揺すって笑った。それからロバートにむき直り、あらためて言った。

「素晴らしい仕事でした」

「とんでもない」ロバートは差し出された手を握って、ひょいと肩をすくめた。「連中ときたら、台本に文句を言う。勝手に台詞をかえる。そのくせ、歌ひとつまともに歌えやしないんですからね。最後の場面も、いつバケツを落とすんじゃないか、脚立をひっくりかえすんじゃないかと、気が気じゃありませんでした」

「ハハハ……今の芝居はそうかもしれませんが……なにしろ、演じる役者が偉い物理学者ばかりじゃ、理屈も多くなりそうだ。それにしたって、彼らをまとめられるのは、やはりあなたしかいません。いや、たいしたものですよ」グローヴスは急に真面目な顔になり、しみじみとした口調で言った。「……長い道のりでしたな」

「そう、じつに長い道のりでした」とロバートも、まるで遠くを見るように目を細め、二人のロスアラモス責任者は短く沈黙した。

グローヴスが口を開いた。「結局、この戦争中に私が行ったもっとも重要な、そして賢明な判断は、ロスアラモスの所長を選んだことでしたな」

「その点については、私にはいささか疑問がありますがね」

「いや、私はそういう疑問は一度も持ったことはない。その点は、あなたもご存じのはずですぞ」グローヴスはそう言って、ロバートの肘《ひじ》の辺りを軽く叩《たた》いた。

「それで、あなたはこれからどうするつもりです？」

「大学に戻りますよ」ロバートが答えた。「むこうに研究途中のテーマがいくつか残っていますからね」

「しかし、それではここは？　ロスアラモス研究所はどうなるのです？　いや、あなたには是非ここに残ってもらいますぞ。なにしろミスタ・オッペンハイマー、あなた以外にここに集まったような科学者連中――あの大勢のプリマ・ドンナたちを取りまとめる仕事をできる人物はいない。なんとか考えなおしてはもらえませんかな？」

グローヴス将軍はひどく真剣な口調であった。そばで聞いていた私などは、ロバートがこれほど信頼され、また頼りにされているのを知って、ちょっと意外な気がしたほどである。

「戦争は終わったのです。私はもう必要ないでしょう」ロバートは軽く首を振った。

「さて、と。そのことなんだが……」とグローヴスはなにごとか言いかけ、ふとロバートの肩越しに視線を移して、小さく声をあげた。

「や、来たな！」

グローヴスは、そこへちょうど通りかかった軍服姿の二人の若者を呼び寄せ、私たちに紹介した。

「ポール・ティベッツ中佐、それにマイケル・ワッツ中佐」

紹介を受けて、規則通りの背筋を伸ばした軍隊式の敬礼をしたのは、しかし不思議なほど対照的な印象の二人の若者だった。

ポール・ティベッツは、顎《あご》の張った四角い顔に太い眉《まゆ》、肩の筋肉が盛りあがった、がっしりとした、たくましい体つきの青年であった。灰色の目は糸のように細く絞られ、高い鷲鼻《わしばな》と引き締まった口元が意志の強さを示している。短く刈り上げた金色の髪は、額の生え際で見事なV字形を描いていた。

一方のマイケル・ワッツは、中肉中背、浅黒い肌、顔立ちはいたって平凡で、軍服を着ていなかったら、建築作業のために雇われた労務者と見まちがえられそうだ。短い褐色の髪と、やはり茶色の瞳はくるくるとよく動き、薄い口ひげに覆われた口元には微《かす》かな笑みが浮かんでいた。

私たちが目の前に並んだ意外な組み合わせに戸惑っていると、グローヴスはいたずらっぽく目を輝かせて、彼らを改めて紹介した。

「この二人は、あの日、それぞれエノラ・ゲイ号、シルヴァー・ムーン号を操縦していたのだ。二人とも、陸軍が誇る、優秀なパイロットだよ」

ロバートが、あっと声をあげた。

「すると、君たちがあれを運んだのか？」

「そうであります」ポールが顎をあげて質問に答えた。「僚機シルヴァー・ムーン号が先行して気象探査と敵機警戒任務を、そしてわがエノラ・ゲイ号が投下任務を遂行したのであります」

「おいおい、そんなに堅くならなくても良い。今日はせっかくの戦勝記念パーティーだ。気楽にやるさ」とグローヴスは二人の若者に笑いながら声をかけた。彼は、私たちをあらためて振り返り、

「つまり、彼らが〝ヒロシマの英雄〟というわけだ」と言った。

私たちは、予期せぬ珍客を交えて、しばらく時を過ごした。当然ながら、二人の軍服姿の若者に質問が集中した。

「あれはその時どのように見えたのか？」

「衝撃波は感じたか？」

「火の玉は見たか？」

「そのときの天候は？」

「地上の様子はどう変わったのか？」

「音は？　光はどうだった？」

…………。

問いかけは二人の若者に対して等分になされたが、口数の少ないマイケル・ワッツに代わり、質問にはもっぱらポール・ティベッツが率先して答えた。

「イエス、サー。われわれは一度ならず、二度まで衝撃波を感じました。二度目の衝撃波はお

そらく地上から跳ね返ってきたものだと思われます」

「ノー、サー。いいえ、火の玉は見ていません。われわれが旋回して戻った時は、すでに上空に巨大な雲が立ちのぼっていました」

きびきびとしたポールの態度は、いかにも戦勝記念パーティーのこの場にふさわしく思え、私たちはみな彼に好感を持った。ふと、マイケルが口を開いた。

「それにしても、すごいですね」彼はまだダンスが続いている会場を、ぐるりと見回して言った。「ここにいる人たちは、みんなノーベル賞をもらっているのでしょう?」

ロバートが真面目くさった顔で応《こた》えた。

「いや、みんなではない。例えば、そう、私はノーベル賞をもらってはいない」

「まさか?」マイケルは信じられないといった顔で言った。「だって、ミスタ・オッペンハイマー、あなたはこの研究所の所長さんですよね」

「そうだ」

「だとしたら、一番偉い人のはずだ。その人がノーベル賞をもらっていないなんて……」

「ここではノーベル賞なんてたいして意味はないのだよ」と私は、混乱しているらしい若者の様子を見かねて口を出した。「だが、サンスクリット語で〝バガヴァッド・ギーター〟を愛読している人間はロバートのほかにはいない。つまり……そういうことだ」

「サンスクリット? バガヴァッド?」ポールが眉をひそめて呟《つぶや》いた。

「バガヴァッド・ギーターは、七百連ばかりの、ただの詩だよ。古代インドの一大叙事詩『マハーバーラタ』の中に出てくる」ロバートが説明した。「サンスクリット語は梵語《ぼんご》とも呼ばれているが、まあ、当時の現地の言葉だな。たいして難しくはない」

おー、と私たちは一斉に非難の声を上げた。

「あれが難しくないだって？　文字とも思えないな」と私。

「あれに比べれば、ラテン語なんて子供用の絵本くらいなものよ」とキティ。

「スフィンクスの謎を解く方がまだましだ」とグローヴス。

「あの……」おずおずとした声に振り返ると、マイケルが困ったような様子でこちらを窺《うかが》っていた。

「ところで、あれはなんだったんです？」

「サンスクリット語のことかい？」

「いえ、ぼくたちがヒロシマに運んだものですが……」

とマイケルが言いかけた時、突然、会場の外で乾いた爆発音が聞こえた。軍服姿の二人の若者がさっと緊張した面持ちになり、事態に対処すべく身構えたのは、さすが現役の軍人と言うべきであろう。

「キスチャコフスキーが戻って来たんだ」私はすぐに思い当たって言った。「彼が祝砲の代わりに、広場で爆薬を爆発させているんだ。酔った連中が、彼に頼んだのだよ」

私がそう言う間に、二度目の爆発音が聞こえてきた。

私は肩をすくめて周囲の疑問に答えた。

「たしか〝二十一発〟と言っていた」

「広場に行ってみよう」

ロバートの提案に、みながぞろぞろと動き出した。

広場につくと、すでに先に来ていた何人かのやじ馬連中が、遠巻きに広場の様子を窺ってい
た。

「危ないので、広場には入らないで下さーい！」キスチャコフスキーは、広場の真ん中に立てられた高さ三メートルほどの給水塔に寄りかかり、のんびりした口調で叫んでいる。

「吹っ飛んでも知りませんよー」

その間にも、広場に仕掛けられた爆薬は祝砲（？）の規則正しいリズムを刻んでゆく。

ドン。

「八発！」

キスチャコフスキーの合図に合わせて、やじ馬たちが声をそろえて数えあげた。

ドン……「十発！」……ドン……「十五！」……ドン……「十八！」「あと、三発！」……

ドン……「二十！」……

「最後、二十……」

振り上げた合図の手を下ろそうとした瞬間、彼の足元で爆薬が轟音《ごうおん》とともに炸裂《さくれつ》し、キスチャコフスキーの体は藁《わら》人形のように宙に吹き飛ばされた。

第二章 〝ゼロ・アワー〟以前

一九四五年七月十三日――

私ははじめて〝ロスアラモス〟を訪れた。

あの戦勝記念パーティーでの暴発事故とそれにつづく異常な事件が起きた、ちょうど一ヵ月ほど前のことである。

戦争中、大学で新型レーダーの開発に従事していた私が研究を中断してまでロスアラモスに行くことになったのは、もちろん一つには、五月七日のドイツ降伏によってレーダー開発研究が急務ではなくなったためである。だが、直接に私を研究所の椅子から立ち上がらせ、急《せ》き立てたのは、アメリカ陸軍から内密に派遣されてきたという男の言葉であった。

「ロバート・オッペンハイマーは壊れかけています」

大学の私の研究室を訪れた、その非常に小柄な若い男は、表情も変えずにそう言った。彼はさらに、驚いている私に秘密を守るよう誓約させたのち、

「彼は現在、われわれが極秘で進めている極めて重要なプロジェクトの責任者の立場にあります。いま彼に壊れてもらっては困る。あなたにはむこうに行ってもらいます」

と、告げたのだ。

そのとき私は、小男のいかにも軍人めいた、有無を言わせぬ態度に生理的な不快感を覚えた

はずである。だが、そのことを感じたのは後になってのことだった。

「分かった」気がついたときには、そう答えていた。「それで、私は何をすれば良いのだ？」

「あなたは何もする必要はありません」小柄な若い男は無表情のまま言った。「一切他言無用に願いますが、われわれの極秘プロジェクトの成否をかけた実験が、もうすぐ行われることになっています。この実験が終了するまで、彼に壊れてもらっては困る。そこでわれわれは、彼には現在の職務とは無関係の、気の置けない、対等に話ができる友人が必要だと考えました。オッペンハイマーにとってそのような存在は、ミスタ・ラビ、あなたしかいない。あなたはただむこうに行って、彼の話し相手をしてくれれば良いのです……」

男が帰った後も、私はしばらく研究室の椅子に座り、過去に思いを馳《は》せることになった。

私が彼ロバート・オッペンハイマーと知り合ったのは、ハーバードでの学生時代、二人ともまだ二十歳になるかならないかといった頃だ。彼はその当時から極めて優秀な頭脳の持ち主──世間が好む言葉でいえば〝天才〟──として周囲に知られていた。当時彼の専門は物理学だったが、以前には化学の分野で世界的なレベルの、独創的な研究を行っていたとも聞く。また語学の才能にも秀で、数カ国のヨーロッパ言語を自在に操るのはもちろん、古代のギリシアやインドの言語を学び、自ら詩を作り、哲学を語るという万能の才人。

その彼が唯一苦手としたのが人間関係であった。

ロバートは一見ひどく人当たりがよく、ことに彼の端整な顔立ちとこまやかな心遣いに魅《ひ》かれる若い女性も決して一人や二人ではなかったはずである。それにもかかわらず、彼は学生時代を通じて、ガールフレンドはおろか、友人と呼べるような仲間をほとんど作ることができなかった。

理由は幾つか考えられる。裕福な家庭で生まれ育ったロバートは、趣味にうるさく、野暮や紋切り型というものをひどく馬鹿にしていた。彼の口元にしばしば浮かぶ冷笑は、周囲と距離を作るのには役立っても、友人やガールフレンドが耐えるにはおよそ不向きな代物だった。また彼は、他人の思考の速度をもどかしく感じ、しばしば問題を議論している当人たちより早く結論にたどり着いた。そして、親切にも彼が結論を教えてやると、当人たちは決まって怒り出すのである。ロバートの優秀すぎる頭脳には、その理由がどうしても理解できなかった。

学生時代、私がロバート・オッペンハイマーにとってただ一人、曲がりなりにも友人と呼べる関係を続けることができたのは、おそらく性格、趣味、教養、思考方法、生い立ち、その他あらゆる点において異なっていたためではないかと思う。

大学を卒業した後、ロバートはヨーロッパに渡り、ドイツのゲッティンゲン大学で博士号を取得、さらにコペンハーゲンのニールス・ボーア研究所に在籍した後、帰米してカリフォルニア大学バークレー校で物理学を教えることになった。彼を良く知る者の多くはその選択を間違いだと感じたが、ロバートは周囲の不安をみごとに裏切り、たちまち学生たちの崇拝の的となった。

私はその頃の彼に何度か会ったことがある。ロバートは周囲にいつも若くて優秀な学生を何人も引き連れ、彼自身満足げな様子であった。学生たちはロバートを尊敬し、できるだけ彼を真似ようとしていた。ロバートの（いささかぎくしゃくとした）身振り、彼の癖、彼の口調までが、学生たちの崇拝の対象であった。私の目に、その関係はひどく危らいものに見えた。なるほど学生たちはロバートの言葉を有り難く拝聴している。だが、それは――言うまでもなく――対等に話し合うといった関係ではありえない。

もっとも、その後私は、彼がついに結婚したと聞いて安心していたのだが、今頃私にお呼びがかかるようでは、ロバートはやはり学生時代と少しも変わっていないらしい……。

翌日私は、軍が用意した車に行き先も聞かずに乗り込んだ。それは生涯を科学に捧《ささ》げた研究者にはふさわしくない不合理な行動であったが、学生時代の友人とは結局のところそのようなものなのだ。

飛行機と、すこぶる乗り心地のよろしくない軍用ジープとを乗り継いで、私はようやく目的地に到着した。ロバートは笑顔で出迎えてくれた。久しぶりに目にする友人の姿に、私は内心驚きを禁じ得なかった。もともと細身の体から、さらに肉が削《そ》ぎ落とされ、その時の彼の姿はまるで後年のジャコメッティの彫刻作品のように見えた。

「ロバート、君は、えー……どこか具合が悪いんじゃないのか？」私は慎重に言葉を選んで尋ねた。

「私が？　いや、どこも悪くはない。最近水痘《すいとう》にやられたが、それもよくなったところだ」

そう答えた古い友人の様子を観察して、私はひとまずほっと胸をなでおろした。彼はひどく疲れてはいたが、〝壊れている〟ようには見えなかった。

「君の方こそ、なんだってそんな格好をしているのだ？」ロバートは、私の頭の天辺から足の先を順に眺め、口元にいたずらっぽい笑みを浮かべて尋ねた。「見たまえ。さっきから通りかかる連中はみんな、君を見てくすくす笑っているじゃないか」

なるほど、きっちりとしたダークスーツにホンブルグ帽（フェルト製の中折れ帽）、ぴかぴかに磨き上げた黒い革靴、腕からステッキをぶらつかせた私のいでたちは、ボストンの町中でこそ適切なものであったが、大自然の真ん中につくられたこのロスアラモスにおいては、控えめに言って、なんとも場違いな……滑稽《こっけい》な感じがすることであろう。

「知らなかったんだ」私は肩をすくめて弁明した。「まさかこんな場所に連れてこられようとはね」

「おや、それじゃ君はまだ聞いていないのか？」ロバートが呆《あき》れたように言った。「これから二、三日、私は——つまり、君も一緒にということだが——ここを離れることになる。実験は、ここから三百キロばかり南に下った場所で行うことになっているんだ」

「三百キロばかり南？　まさか君、その場所というのは……」

「もちろん、ここは比べ物にならない」ロバートはにやりと笑って言った。「ひどい場所だよ」

なるほど、ひどい場所であった。

ジョルナダ・デル・ムエルト——スペイン語で〝死者の路〟、あるいは〝死の旅〟と呼ばれるその場所は、名前に恥じることなく、危険な死の気配に満ちていた。乾燥し、荒れ果てた地面には、わずかに灰色をした刺《とげ》のあるマメ科の低木か、さもなければ日本のサムライのカタナのように鋭い葉をもつユッカの一種が、荒々しい自然に対抗して細々とその命脈を保っている。見渡したところ、風に舞う赤い砂を別にすれば、ブーツを逆さに振ると必ず落ちてくるサソリやムカデ、ガラガラ蛇、火蟻《ファイア・アント》、恐ろしい毒を持つ舞踏グモ、といった心優しき連中がこの地の住人らしい。

予定されている実験は、ロバートによって〝トリニティ〟と名付けられていた。

「三位一体《トリニティ》？」私は振り返って、ロバートに尋ねた。「なるほど現代物理学の粋《すい》を集めた実験の名前が〝3イコール1〟とはふるっている。……それにしても、君がキリスト教の聖書にそれほど信頼をおいているとは知らなかったな」

「キリスト教？」ロバートは訝《いぶか》しげに眉《まゆ》をひそめた。

「トリニティというのは〝父と子と聖霊と〟という、例のあれだろう？」

「そうじゃない。私はこの名前をバガヴァッド・ギーターからとったんだ」

「バガヴァッド・ギーター？」今度は私が眉をひそめる番であった。

「君も知ってのとおり」とロバートは言った。「あの詩は、戦いに疑問を抱くアルジュナ王子と御者クリシュナとの対話によって成り立っている。ところで、このクリシュナは、半遊牧民の神バガヴァッド、さらにはヒンドゥーの神ヴィシュヌと同一視されているのだ」

「だから、三位一体というわけか？」

「というわけでもないのだが……」と彼は言葉を濁し、視線を逸《そ》らした。

見上げた視線の先には、通称〝実験塔〟と呼ばれる、三〇メートル程の高さの鉄塔が立っている。

鉄塔にはちょうどいま、直径一・五メートル、重さ二トンほどの鉄球がウィンチを使って引き上げられているさいちゅうであった。いささか信じがたいことではあるが、その不細工な鉄の塊――〝装置《ギヤジエット》〟と呼ばれているものこそが、世界中からロスアラモスに集まった優秀な科学者たちが休みなしに何カ月も研究を続けた成果であり、現代物理学の粋、かつまた二十億ドルという莫大《ばくだい》な国費をつぎ込んで、ようやくでき上がった代物なのだ。

ロバートはさっきまで、奇妙なポークパイ帽をかぶり、愛用のパイプをくわえた、ひどく目立つ姿で水鳥のようにあちこちを動き回り、組み立てや作業手順について細かい指示を出していた。が、その彼にしても、あとはじっと結果を見守るだけであった。

鉄球を塔の上にまで持ち上げるのに、約二時間かかった。途中一度、ウィンチの滑車が一つ外れ、塔の側面を音を立てて転がり落ちた。その場に居合わせた誰もが一瞬、はっと息をのんだ。幸い大事には至らず、その後作業は順調にすすめられ、やがて鉄球は地上三〇メートルの高さにあるトタン板の小屋の所定の位置に据えつけられた。

砂漠に黄昏《たそがれ》が訪れたころ、すべての準備作業は完了した。

予定時刻《ゼロ・アワー》は、翌朝の夜明け前――一九四五年七月十六日五時三〇分――と定められた。

次第に辺りをおおう薄闇の色が濃くなるなか、科学者たち、続いて軍の警備要員が全員ジープに乗り込んだ。そのとき、グローヴス将軍が奇妙なことを言い出した。

「今夜、ここの警備はどうなっている？　誰が残るんだ」

私たちは互いに顔を見合わせた。予定では、警備要員たちは――落雷、その他不慮の事故に備えて――今夜は二マイル（約三・二キロ）ほど離れた場所で待機するはずである。部下の一人がグローヴスにそう告げると、彼は突然顔を紅潮させ、大声で怒鳴りはじめた。

「馬鹿な！　もし今夜、ここに敵が現れたらどうするつもりだ！」

敵？　この砂漠の真ん中に、いったいどうやって敵が現れるというのか？

疑問にはグローヴス本人が答えた。

「日本軍が、パラシュートで降りて来たらどうする？」

だが、日本軍の飛行機がもはやアメリカ本土はおろか、ハワイ諸島までも飛ぶことができないのは周知の事実ではないか？

「誰が残るのだ！」

沈黙する部下たちを苛立《いらだ》たしげに睨《ね》めまわしたグローヴスの眼は、気が付けば異様なまでに血走っている。私たちは何事かを察し、そっと目配せを交わした……。

何カ月にもおよぶ夜更かしと休みなしの生活のストレスは、ロバートの体重を十キロ近く減らしただけではなかった。

グローヴス将軍は一度、金星を撃ち落とさせようとしたことがある。日没後、西の空に明るく輝く光を見つけた彼は、それが装置《ギャジェット》を破壊しにきた日本軍の爆撃機に違いないと思い込んだのだ。近くの航空基地に電話をかけて戦闘機の出撃を命じようとするのを、天文学に詳しい科学者の一人が押しとどめて、危うくことなきを得た。

私はまた、ロスアラモスに着いてすぐ、グローヴス将軍がひそかに部下たちを集め『これ以後は、ミスタ・オッペンハイマーを装置に近づかせないよう注意しろ』と命じているのを偶然耳にしている。しかも『本人には気づかれないように』というのが、そのときの彼の指示だった。私はむろん、即座にグローヴスの意図を理解した。予定されている実験は、非常な危険を伴うものであった。彼は実験の失敗、もしくは予期せぬ事故によって、ロバートが負傷し、あるいは死亡することを極度に恐れているのだ。……だが、実際にはそんな芸当は不可能だった。ロバートにとって〝装置〟はわが子同然であり、なんとしても最後まで見届けようとするに違いない（事実、やきもきする将軍を尻目《しりめ》に、ロバートは実験が終わるまで装置につきっきりであった）。

実験の成否に戦争の行方がかかっていた。両肩にのしかかった重大な責任——もしくは二十億ドルの国家予算——は、荒縄のごときグローヴス将軍の神経をもってしてもなお、さまざまな妄想を生み出さずにはいなかったのだ。

結局、キスチャコフスキーが名乗りをあげ、彼は何人かの不運な軍人たちとともに、鉄塔の下で夜営することになった。

「軍の連中は、一晩中、懐中電灯と機関銃で敵の襲来に備えていましたよ」あとでキスチャコフスキーは、くすくすと笑いながらそう話してくれた。

「もっとも彼らは、来るはずのない敵よりは、頭の上の代物が気になって仕方がない様子でしたがね。……可哀そうに、みんな真っ青な顔で、すっかり怯《おび》えきっていましたよ」

一方、実験塔から約一五キロほど離れたベース・キャンプに戻った私たちもまた、翌朝までの時間を「心穏やかに過ごした」とは言い難かった。やはり〝頭の上の代物〟が気になって仕方がなかったのだ。私たちはそわそわとして落ち着かず、そのうえ誰もが寝不足で、不機嫌な空気が霧のようにたちこめていた。そのうち、誰が言い出したのか、翌日の実験結果に関して賭《か》けが行われることになった。つまり「ソフトボール・サイズのプルトニウムの塊が、TNT火薬換算でどれほどの爆発に匹敵するか？」というわけである。早速、何枚かのくじが作られ、机の上に広げられた。

「四万五千トン」エドワード・テラーがまず、賭け金の一ドルと引き換えに、最大の数字が書かれたくじを取り上げた。

「そいつはちょっと楽観的すぎる」ロバートが首を傾げて言った。「私は、控えめなところで、三百トンとしておこう」

「八千トンをもらおう」ハンス・ベーテがくじを買った。

「千四百だな」とベインブリッジ。

「ゼロ」とイギリスから参加したラムゼーが皮肉な結果を買った。

「残ったくじは一万八千トンだけだが……」ロバートが私を振り返った。

「それをもらうよ」

私は、どのみち推測するどんな根拠も持たなかったので、賭け金の一ドルを払って、残ったくじを買った。

騒ぎがおきたのは、その直後だったと思う。ぶらりと部屋に入ってきたエンリコ・フェルミが、くじが残っていないのに気づくと、別の賭けを提案したのだ。

「明日の朝、例の鉄球が見事に爆発したとして」と、いつものように黒い髪を丁寧になでつけ、着古した革の上着に身を包んだ、気取らぬいでたちのイタリア人科学者は、ゆっくりとマッチを擦り、煙草に火をつけて言った。「はたして、その爆発が大気に点火するかどうか？　そして、もし点火したとすれば、単にニューメキシコを破壊するだけか、あるいは世界を破壊するのか？　誰か私と賭けをしないか」

おそらく通常の場合であればなんということはなかったのだろう。だが、イタリアの偉大なノーベル賞学者〝法王〟フェルミの皮肉なジョークは——それまでも笑いよりは憤慨を仲間内に引き起こすことが多かったのだが——この時は過度の疲労と不安に苛立っていた部屋の空気に、まさに〝点火〟することになった。

「なんてことを言うんだ！」ベインブリッジが、飛び上がるようにしてフェルミに詰め寄った。「あんたのその考えのない、馬鹿げた虚勢が、どれほどみんなを不安にしているか分かっているのか？」

「ベインブリッジの言うとおりだ」ベーテが顔をしかめて言った。「あなたはいやしくも一部門の長でしょう（フェルミは進展部門の主任をつとめていた）。少しは立場をわきまえたらどうです」

「そもそも、あなたは状況を少しも理解していないんだ」テラーが押し殺した声で言った。「いいですか。いま、ここにいるのは僕たち科学者だけじゃない。熱核点火温度や火球冷却効果について何も知らない、軍の関係者が廊下をうろうろしているんです。連中がもし、高名なノーベル賞科学者である、あなたの今の発言を聞きつけたらどうなります？　大気に点火？　世界を破壊する？　みんな、たちまちパニックになって、明日の実験どころじゃなくなりますよ」

フェルミはぐるりと首を巡らして部屋の中を見回し、味方が一人もいないことに気づくと、唇の端を歪《ゆが》め、軽く肩をすくめてみせた。

「私はまた、ここにいる全員が例の問題を気にしていると思っていたのだがね」

「……問題は、すでに解決済みです」ロバートが低い声で言った。

「そう、解決済みだ」フェルミが言った。「一応は、ね」

「なにが言いたいのです?」

「つまりだな」フェルミは煙草をもみ消して言った。「われわれは明日の実験が大気中の窒素や、さらには海の水素に点火し、世界を燃えあがらせる可能性があることを知っている。その可能性を最初に指摘したのは、テラー、確かきみだったはずだ」

「ええ」とテラーは不快げに眉をひそめ「確かに僕は、D+D、重水素の熱核反応を検討していて、その可能性があることに気がついた。ですが、それは……」

「その後の計算によって否定された?」

「そうです。考えられるいくつかの熱核反応のうち、最も強力なものだけが起こり、その反応断面積は理論的に可能な最大の値のみをとる。とすると、計算によって、エネルギー損失がエネルギー生産をかなり上回ることが判明したのです」

「かくて大気に点火することが不可能なのは、科学と常識によって理論的に保証された、と」フェルミは大袈裟《おおげさ》に頷《うなず》き、新しく取り出した煙草をくわえて言った。「しかし、われわれはそれを百パーセント確信しているのだろうか? 一本のマッチが世界を燃やしてしまわないということを」

沈黙の中、フェルミがマッチを擦り、煙草に火をつけた。

「なにごとにも、多少の危険はつきものです」ロバートが沈黙を破って口を開いた。「危険というなら、明日、われわれの中の誰かがガラガラ蛇を踏みつける可能性の方がずっと大きい」

「ガラガラ蛇か。弱ったたな、私は蛇が大の苦手なんだ」フェルミが言った。「それじゃ、明日の実験にはウィスキーを一本持っていくことにするよ」

「世界が燃え上がる危険性の方はどうするんです？」

ラムゼーの問いに、フェルミはにやりと笑い、

「もう一本ウィスキーを持っていくさ」と言った。

その夜、私たちはほとんど眠らなかった。緊張や興奮のためだけではない。午前五時三〇分の実験に備えて、三時すぎにはベッドを抜け出し、三時四五分には食堂で乾燥粉末卵とコーヒーとフレンチトーストの早すぎる朝食を食べることになっていたのだ。

外に出ると、砂漠はまだ黒い夜の闇に包まれていた。砂漠における明け方の冷え込みは予想以上に厳しく、頬に触れる空気は突き刺すように感じられる。貯水池わきの地面にあらかじめ浅い溝が掘られていたので、私たちは来た順番に、無言でその溝へと潜り込んだ。

溝の中にはグローヴス将軍をはじめ、テラーやコンプトン、ベーテ、それにフェルミらの顔が見える。ロバートの姿は見えなかったが、それもそのはずで、彼は数名の技術者とともに、S-10000と呼ばれるベース・キャンプよりさらに近い地点――鉄塔の南一万ヤード（約九キロ）――に作られたコンクリート製の管制退避壕《ごう》から、実験を指揮することになっていたのだ。

S-10000の様子は、ラジオを通じて私たちのもとにも伝えられた。

私は砂漠の冷たい砂の上に身を横たえ、ラジオから聞こえてくるロバートの声に耳をすませた。彼はひどく緊張している様子であった。

五時〇九分四五秒。

ついに、マイナス二〇分の秒読みが開始された。

私たちは溝の中に低く横たわるよう指示された。

「頭が盛り土より下になるように……〝ゼロ地点〟には背を向けて……」

私は言われたとおりにした。見上げると、空を黒い雲が恐ろしいほどの早さで流れている。私はなぜか非常な不安にとらわれた。奥歯がかちかちと音を立てたが、それが緊張によるものなのか、寒さによるものなのかはよく分からなかった。

五分前。秒読みを続けていたラジオ放送が途切れた。不意に訪れた静寂は耳に痛いほどである。

ふと隣を見た私は、ハンス・ベーテが慎重な手つきで、何本かの小さな木の棒を地面に立てているのに気づいた。

「何をしているんだ？」

「昨夜の賭けを検証しておこうと思いましてね」彼は振りかえりもせずに答えた。「この棒の高さがちょうど、ゼロ地点での鉄塔の高さに匹敵します。……これで、およその爆発の規模が確かめられるというわけです」

少し離れた場所では、フェルミが細かく切った紙片を手に持ち、それを落としては、なにやらぶつぶつと呟《つぶや》いている。

反対側では、エドワード・テラーが手帳を取り出し、さっきからしきりに何か計算をしていたが、その手を止めると、首を傾げて小さく呟いた。

「ひょっとすると、爆発は予想以上かもしれないぞ……」

テラーはポケットからガラス瓶を取り出し、中に入っていたクリームのようなものを顔や手に塗り始めた。彼は、凝視する私の視線に気づいたらしく、瓶を差し出して言った。

「使いますか？」

「これは……？」

「ただのローションですよ、日焼け止めの。でも、塗っておいた方が良いかもしれない」

テラーの差し出した瓶に、暗闇の中、さっそく何人かの手が伸ばされた。私はなんだか夢でもみているような気がした。男たち――それもわが国最高の科学者たちが、真っ暗な溝の中で、無言のまま、日焼け止めローションをせっせと顔や手にすりこんでいるのだ。その様子は、ごく控えめに言って、不気味な光景だった。

一分前を告げるロケットが打ち上げられた。

それからの時間、一秒一秒がこれほど長く感じられたことはなかった。

日焼け止めを顔に塗ったテラーは、ぶ厚い手袋を取り出して両手にはめた。彼は黒いサングラスをかけた。さらに、その上から溶接工が使うような保護眼鏡で顔全体を覆った。

「一〇秒……九秒……八秒……」

最後の秒読みが始まった。

「神よ、これは心臓にこたえます」グローヴスの低く呟く声が聞こえた。

「……四秒……三秒……二秒……」

一秒前。

テラーがたまりかねたように身をよじり、止める間もなく、保護眼鏡で覆った顔を土盛りの上につきだした。

ゼロ。

閃光《せんこう》が、私たちを包み込んだ。

第三章　パーティー、パーティー

全員一体のわが目を疑う沈黙が五秒ほどつづくと、次の瞬間、誰かが悲鳴を発し、叫び声をあげつづけた。ヒステリックな絶叫が、私たちを金縛り状態にした。

私は凍りついたように動けず、だがそのあいだも眼だけは、広場で起きていることをまるで高感度カメラによるスローモーション映像のように捉えつづけていた。

暗い地面に人影が、長い手足を投げ出すようにして、うつ伏せに倒れている。……だが、それだけではなかった……爆発によって一本の足を吹き飛ばされた給水塔が……バランスを失い……ミシミシと嫌な音を立てながら……傾き……ゆっくりと……スローモーション……倒れ……巨大な水槽《タンク》の落ちて行く先に……キスチャコフスキーが横たわっているのだ。

ドスン、と重い音をたてて給水塔が倒れた瞬間、私はもとの時間感覚を取り戻した。

「大変だ！」

私はあわてて広場の中心にむかって走りだした。

水槽は、地面にたたきつけられた衝撃で真っ二つに裂けていた。流れ出した水で広場の中心付近はいまや泥の海に変わっている。引きちぎられた給水管からはなおも、大量の水が音を立てて流れ出し、広場に巨大な水たまりの輪郭を広げつつあった。

ぬかるみに足を滑らせながら次々と広場の中心に集まった者たちは、おそるおそる、裂けた水槽の陰をのぞきこんだ。そして、そこにキスチャコフスキーと、もう一人——長身の科学者をかばうようにして——白い軍服姿の若者が倒れているのを見た。

ポール・ティベッツが、泥たまりの中に膝《ひざ》をつき、若者を抱き起こして声をかけた。

「大丈夫か、ワッツ中佐！　マイケル・ワッツ。おい、しっかりしろ！」

その時になって私は、給水塔が倒れる直前、背後から誰かが黒い影となって飛び出したことを思い出した。

すると、あの黒い影の正体は、シルヴァー・ムーン号のパイロット——マイケル・ワッツ中佐だったのだ。

ポールの白い軍服の胸元に、黒く、大きな染みが広がっていた。泥のためだけではない。彼が抱えたマイケルの頭部から、褐色の短い髪を赤黒く染め、なおも血が流れ出しているのだ。気を失った若者は、同僚ポールの呼びかけに対しても、かすかに眉《まゆ》をひそめるような反応を示すだけであった。

一方、キスチャコフスキーの上にかがみこみ、慎重に様子を窺《うかが》っていたロバートが、ほっとしたように声をあげた。「こっちは気絶しているだけだ。これといってめだった外傷は見当たらない」

理解が、ようやく追いついてきた。全員が金縛り状態にあったあの時、マイケル・ワッツは一人とっさに行動を起こし、キスチャコフスキーが鉄塔の下敷きになるところを危うく救った。そして、身代わりに、倒れてきた塔に頭を打たれたものらしい。

「さすがは優秀なパイロットだ。口数は少ないが、判断は早い」グローヴスが満足げに頷《うなず》いた。

「いずれにせよ、二人とも早く病院に連れていった方がいい」ロバートが立ち上がり、辺りを見回して命令した。「誰か救急車の手配を。急いで！」

やがてサイレンが聞こえ、救急車が赤灯を回転させながら広場に入ってきた。

私はなぜかふいに、それらの音や光をひどく禍々《まがまが》しいものに感じた。が、すぐにその妙な考えを頭から振り払い、ロバートとともに二人の怪我人に付き添って、救急車に乗り込んだ。

幸いロスアラモスの病院は、広場からはほど遠からぬ場所にあった。

病院に着くと、ロバートは足早に受付にまわり、彼にしては珍しい大声で奥に向かって叫んだ。

「ドクター！　ドクタ・ウォレン。また事故で……二人怪我人がでました。治療をお願いします！」

廊下の奥から、白衣を着た若い医者が慌てた様子で小走りに出てきた。

彼は担架で運ばれてきた二人にちらりと眼をやり、それから緊張した面持ちでロバートを振り返って、無言で何かを問いかけた。ロバートは首を振った。

「違う……そうではない……彼らは爆薬の暴発事故で怪我をしたのだ」

ウォレン医師はふうと一つ息をつき、すぐに看護婦に向かってきぱきと指示を出しはじめた。

「急いで傷口を洗浄して。それからレントゲンの準備を……」

看護婦たちは、私たちの手からむしり取るように二人の怪我人を奪い去った。

ロバートが私の肩に手をおいて言った。

「ドクタ・ウォレンは優秀な医者だ。ここの病院は設備もそろっている。あとは専門家に任せるとしよう」

病院の施設はなるほど、にわか作りのこの小さな人工の町――ロスアラモスにはいささか不似合いなまでに、立派なしろものであった。建物が大きすぎるせいで、病院の中はむしろ閑散として、寒々しく感じられるほどである。敷地内には他にもいくつかの建物が黒い影を落としていたが、窓には明かり一つ見えず、どうやらすでに閉鎖されているらしかった。

「なにしろ町をまるごとひとつ、それも大急ぎで作る必要があったのだ」

二人の検査と治療を待つ間、ロバートが私の疑問に答えて説明してくれた。

「住宅、道路、電気、ガス、水道設備、子供たちの学校、レストラン、クリーニング所、バー、映画館、獣医、理髪店、それにこの病院も。町だけじゃない、ロスアラモスには例のばかでかい円型中性子加速器《サイクロトロン》をはじめ、直線式加速器《ヴァン・デ・グラーフ》、その他特殊な実験装置が数多くあるが、それらのものは魔法の杖《つえ》をひとふりして出てきたわけじゃないし、ましてわれわれ科学者がこの手で作りあげたわけでもない。そのためには五千人以上の建設労働者の手がなくては、そもそもこの町は存在しなかったんだ。だがね、君」とロバートはちょっと肩をすくめてみせた。「戦時中の労働力不足のなか、五千人以上もの建設労働者をかき集めるのは――しかも、こんなふうに外界から隔離された、なにもない荒野にとどめおくのは並たいていのことじゃない。はじめの頃は、事故やケンカ、その他いろいろと騒ぎが絶えなくてね。……つまり、その頃はこの病院も大いに繁盛していたというわけだ」

「なるほど」私は言った。「じゃ、さっきの若い医者は外科専門というわけだね?」

「いや、ドクタ・ウォレンは外科専門医じゃない。彼の専門はなんというか……もっと特殊な分野だよ」

ロバートはどうしたことか急に言葉を濁し、ちょうどそこへ当のウォレン医師が姿を現した。私たちは急いで医師に近づき、早口に質問を投げた。

「怪我人の具合はどうです?」

「意識は戻りましたか?」

「意識はまだです。怪我については、そう、はっきりしたことは言えませんが……」とウォレン医師は眉をひそめて言った。「頭部の傷口は六針ほど縫わなければなりませんでした。レントゲン検査による骨の異常は見当たりません。ですが、なにしろ頭を打っていますからね。まあ、二、三日は入院させて様子を見ましょう」

傍らを、頭に白い包帯を巻かれたマイケル・ワッツが運ばれて行った。光のかげんなのか若者の顔はひどく青ざめ、まるで死人のように見える。私はウォレン医師を振り返って尋ねた。

「それでもう一人は? キスチャコフスキーの方はどうなのです?」

「もう一人?」ウォレン医師は驚いたように眼を瞬かせた。「彼なら大丈夫です。腕や足にいくつか浅い擦り傷があるくらいで、あとはこれといって、大きな怪我をしているわけでもありません。おそらくショックで気を失っているだけでしょう」

私はロバートと顔を見合わせた。あの派手な爆発事故を実際この眼で見ているだけに、キスチャコフスキーが無傷だとはすぐには信じられない思いであった。だが、どんな場合でも運の良い人間というものは存在するものだ。あるいは、爆薬の専門家であるキスチャコフスキーは、とっさに衝撃を逸《そ》らす工夫を試みたのであろうか……。

マイケル・ワッツは一〇五号室に、キスチャコフスキーは――彼もまだ意識を取り戻していなかったので――隣の一〇六号室に入院することになった。

ウォレン医師は控室に私たちを招き入れ、改めてロバートに尋ねた。

「さっきは『爆薬の暴発事故だ』とおっしゃっていましたが、あの二人の身に、具体的には何が起きたのです?」

ロバートが、パーティーでの馬鹿騒ぎと、祝砲代わりに広場で爆薬を爆発させたキスチャコフスキーの無謀な行動について説明をしている間、私は相手の若い医師をじっくりと観察する機会を得た。

白衣のポケットに両手をつっこみ、話にじっと耳を傾けるウォレン医師は、私がはじめに思ったよりも若いようである。年齢はおそらくまだ三十歳にもなっていないだろう。もし自信に満ちた、落ち着いた態度がなければ、見習いの研修医だと思ったに違いない。ほとんど黒く見える彼の濃い鳶色《とびいろ》の柔らかな髪はゆるやかなウェーブを描き、少年のように滑らかな色白の肌は、髭《ひげ》などまだ一度も剃《そ》ったことがないように見える。褐色の瞳《ひとみ》はいかにも知的な光をたたえ、一言でいって彼は、世間でいう〝ひじょうに感じの良い青年〟の一人であった。

ロバートの話が終わるのを待って、私はウォレン医師に声をかけた。

「ところで、あなたはパーティーには参加しないのですか?」

「パーティー？」彼は虚をつかれたような顔になった。

「戦勝記念のパーティーですよ」私は笑いながら言った。「私はまた、このロスアラモスの住人は全員、今日はどこかのパーティーに参加しているものだとばかり思っていました。これでやっと、この鉄条網で囲まれた、強制収容所まがいの場所での仕事から解放されるのですからね。みんな多少ははめを外して浮かれ騒ぎたくもなるでしょう。……もっともキスチャコフスキーの場合は、いささかはめを外し過ぎたようですがね」

「ああ、そう言えば……そうでしたね」

妙に歯切れの悪い返事をしたウォレンは、しかしすぐに取り繕うような笑みを浮かべて言った。

「僕の仕事はちょっと特別でしてね。なにしろ、ほら、馬鹿騒ぎをして病院に運び込まれる人が必ずいますから、今日のような日はむしろ忙しいのです。それに、面倒をみなくちゃならない入院患者もいることですし……」

そのとき、入口の方から騒がしい声が聞こえた。なにごとかと廊下に顔を出すと、看護婦の制止を振り切るようにして一群の人々がこっちに向かってくるところであった。

「や、そこにいたのか！」グローヴス将軍がロバートを目ざとく見つけて声をあげた。

人々がどやどやと足音を立てて近づき、彼らは早速私たちを取り囲んだ。

「マイケル・ワッツは……奴は生きているんでしょうね？」

たくましい体つきのポール・ティベッツがロバートに詰め寄り、ひどく切羽詰まった声で尋ねた。

大丈夫。命に別状はない。まだ意識はもどらないが、頭の骨に異常はない。

ロバートの説明を聞いて、ポールの顔にようやく安堵《あんど》の色が浮かんだ。

「君たちはよほど仲が良いようだね」私はポールに尋ねた。「君が同僚のことをそれほど心配しているとは、正直思わなかったよ」

ポールはどうしたことか複雑な表情で黙り込み、代わってグローヴスがにやにやと笑いながら答えた。

「そうじゃない。ティベッツ中佐は同僚の身を心配して質問したわけじゃないのだ」

「どういうことです?」

「なあに。このティベッツ中佐は軍隊に入るときに、おふくろさんとちょっとした約束をしたらしくてな」グローヴスはからかうような口調で続けた。「つまり彼は〝同僚の誰よりも早く昇進する〟と母親に誓ったんだ。ま、軍隊じゃよくあることさ。おかげで彼はこれまで優秀な成績ですべての軍務を遂行してきたし、ヒロシマへの任務も格好の昇進機会だった。彼はこの大事な任務に使うB29の胴体に〝エノラ・ゲイ〟と母親の名前をペンキで描かせたくらいだ。

ところがここで思いもかけぬ事態が出来《しゅったい》した。軍のお偉いさんから招待されたパーティーで起きた暴発事故。本来なら手柄を立てる機会のはずが、彼は肝心な時に金縛りにあって動けなかった。それどころか、これまで内心見下してきた同僚が手柄を横取りしてしまったんだ。この上、もしマイケル・ワッツがこの事故で死んだとなれば、その場に居合わせたわしとしては、二階級、もしくはそれ以上の〝特進〟の話も考えなくちゃならん。〝英雄〟としての扱いも異なってくるだろう。つまり、ティベッツ中佐としては、同僚のマイケルにはなんとしても生きていてもらわなければならないというわけだ」

「グローヴス将軍……それは誤解です」ポールが顔を朱色に染めて抗弁した。

「ほう、わしがなにか間違っていたかな？」

「間違いではありません。ただ……なんというか……少々誤解をされているだけです」ポールは懸命に言った。「第一に、私はマイケル・ワッツを内心見下してなどいません」

「ほう」グローヴスはわざと驚いたように眼を丸くした。「ま、良い。それから？」

「それから……」ポールはぐっと詰まった。そして「それだけであります」と小さな声で言った。

「それで、キスチャコフスキーは？　彼は死んだのですか？」

かん高い声に振り返ると、小柄なセス・ネダマイヤーが度の強い眼鏡を光らせ、上目づかいにロバートに尋ねていた。キスチャコフスキーは気絶しているだけで、ほとんど無傷だとロバートが説明すると、ネダマイヤーは猫背気味の背中を丸め、いまいましげに舌打ちをした。

「ちぇ、相変わらず人騒がせな野郎だ。おまけにおそろしく運が良いときている。いっそ死んでくれれば良かったのに」

「貴様、なんてことを！　すこしは場所柄をわきまえたらどうだ！」大声をあげたのは、海軍大佐ウィリアム・パーソンズであった。「ミスタ・ネダマイヤー、今の発言は不謹慎だ。取り消したまえ」

「それを言うなら、誰かさんの馬鹿でかい声の方がよほど不謹慎だと思いますがね」ネダマイヤーはろくに相手を見ようともせず、皮肉な口調で言った。「取り消したらどうです。取り消せるものならね」

「なんだと……」とそれきり絶句したパーソンズ大佐のはげ上がった額が、怒りのためにみるみる頭頂近くまで赤く染まるのがはた目にも見てとれた。四十三歳、冷静、精力的、身ぎれいで快活なパーソンズが、ネダマイヤーを相手にした時だけは冷静さを失うのはほとんど奇妙なほどである。

　ネダマイヤー、パーソンズ、それにキスチャコフスキーを加えた三人は、ロスアラモス・プロジェクトの中でも最後の最後まで苦労を強いられた起爆装置の開発責任者であった。爆縮レンズという前代未聞の画期的なアイデアを実現し、起爆装置の開発に成功したのは、三人それぞれの天才的な才能と常人離れした勤勉さによるところが大きい。ところが、不思議なことにこの三人は、うまがあわないというのだろうか、ことあるごとに対立し、感情的になることもしばしばで、間に入ったロバートやグローヴスはそのたびにひどく苦労させられていた。

「よさないか」グローヴスが苦虫をかみつぶしたような顔でパーソンズを制して言った。「今日は戦勝記念のめでたい日だ。みっともない騒ぎを起こすんじゃない。それより、今夜の事故の件を報告書にまとめておいてくれ。詳しいことはミスタ・オッペンハイマーとドクタ・ウォレンに聞けばいい」

「報告書ですって！」エドワード・テラーが、黒い太い眉《まゆ》を片方すっとあげて言った。「グローヴス将軍、あなたはまさか、今夜の馬鹿げた事故について議会に報告なさるおつもりじゃないでしょうね？」

「これからは、このロスアラモスで起きたことは逐一報告せねばならん。なにしろ、それが予算をつけてもらう条件だからな」

「やめてください！」テラーは突然、悲鳴をあげるようにしてグローヴスに詰め寄った。「そんなことをしてどうなるのです？　議会の連中は今、このロスアラモス・プロジェクトが戦争中、議会の承認を経ずに、ひそかに二十億ドル以上もの予算を使ったと聞かされて、ほとんど怒鳴《どな》り出さんばかりに騒ぎ立てているんですよ。彼らは、ロスアラモスを〝無意味な金食い虫だ〟と言っている。戦争が終わった以上、すでにロスアラモスは不要だと考えているんです。そこへ馬鹿げた事故の報告などしてごらんなさい。連中はこれ幸いと、たちまち言い掛かりをつけて、今後の研究予算を減らそうとするにきまっている。だめだ！　今夜のことは、たんなる事故です。報告などしないでください。お願いします将軍、どうか……」

私たちはすっかり呆気《あっけ》にとられ――さっきまでいがみ合っていたはずのネダマイヤーとパーソンズまでが――テラーのこの不可解な動揺を前にして、無言で顔を見合わせるだけであった。

「おお、エドワード」ロバートはテラーの肩に手をまわして言った。「戦争はもう終わったんだ。すこしリラックスした方が良い」

テラーは肩におかれた手を振り払い、ロバートに向き直って言った。

「うるさい！　まだだ。まだ何も終わっちゃいない。終わるものか。始まったばかりじゃないか。あなたにもそれが分かっているはずだ」

テラーはそう言うと、暗くよく光る眼でロバートを睨《にら》みつけた。彼はふいに身を翻し、いつもの重いむらのある足取りで廊下を遠ざかり、そのまま病院を出て行ってしまった。

「なんだ？　彼はいったいどうしたというのだ？」グローヴスがロバートを振り返って尋ねた。

「さあ」ロバートは肩をすくめて答えた。「パーティー会場で飲んだアルコールのせいか、さもなければ昼間、すこし日光に当たりすぎたのでしょう」

「まさか？」

「それより皆さん」ロバートは私たちをぐるりと見回して言った。「怪我人は、あとはドクターに任せるとして、われわれはそろそろパーティー会場に戻るとしましょう。噂に飢えたご婦人がたが病院に押し寄せ、われわれを頭からかじってしまう前にね」

病院を出たあと、私はロバートとグローヴス将軍の三人でパーティー会場へと引き返した。

パーティー会場に戻ると、案の定、私たちはたちまち事故のことを聞きたがる婦人たちにとり囲まれた。ロバートは終始快活に振るまい、ユーモアを交えて受け答えをしていたが、私には彼の眼にときおりちらりと浮かぶ、怯《おび》えた色の理由が気になって仕方なかった……。

その夜、ロスアラモスのあらゆる場所でパーティーが催され、一晩中続けられていたらしい。それらのパーティーがいかに陽気で、少々はめを外したものであったか、ここでくだくだしく繰り返す必要はあるまい。どんな馬鹿げた出来事も——飲み過ぎて茂みに向かって吐いている青年も、酔っ払ってお互いわけの分からぬ喧嘩《けんか》をしている男たちも、そして、祝砲代わりの爆薬に吹き飛ばされる科学者も、おそらく彼らにとってはそうするだけの充分な理由があったのだろう。

しかしその雰囲気は、部外者である私にはいささか疲れる代物であった。

私は二時を回ったあたりでパーティー会場をこっそりと抜け出し、割り当てられた宿舎に戻ることにした。

外に出ると、冷たい夜気がアルコールに火照った頬に心地よく感じられた。パーティー会場から漏れ聞こえる嬌声《きようせい》さえも、少し離れれば、むしろ好ましいものに思われた。

私は降るような満天の星空を見上げて、一つ大きく伸びをした。

——今日は特別な日なのだ。

戦争は終わった。もう、死を恐れる必要はなくなった。

私はこれから始まる新しい生活を想像した。これで、戦争のために中断していた本来の研究テーマに打ち込むことができる。純粋科学の研究と教育の仕事に戻ることができる。それこそが、私にとって〝自分の人生を生きる〟ということであった。

私は一人暗い夜道を歩きながら、胸の奥から湧き上がる言いようのない解放感に酔いしれていた。

遠くにサイレンの音が聞こえた。

足を止めると、サイレンはだんだんと近づき、やがて目の前を禍々しく赤い光を点灯させながら救急車が走り去った。

別の場所からもサイレンの音が聞こえ、それが病院に近づいているようであった。

パーティーも盛りをすぎた今、あちらこちらで急病人や怪我人が出ているらしい。

私はさっき会った、感じの良い若い医者のことを思いだし、なんだか気の毒になった。彼にとっては戦争が終わった今日という日も（すでに〝昨日〟になっていたが）特別な日ではありえないのだ。それとも普段より忙しいという意味で、特別な日なのだろうか？

私はやれやれと首を振り、宿舎に戻ってベッドに潜り込んだ。

眠りに落ちる寸前、私はふと、

――さっきの救急車に乗っていたのは、酒を飲み過ぎて具合が悪くなった急病人だろうか、それとも酔っ払い同士の喧嘩で怪我をした者だろうか？

と設問をたてたが、答えが出る前に眠りに落ちていた。答えなど大して意味はない。いずれにしても、自分が仕掛けた爆薬に吹き飛ばされたキスチャコフスキーと同様、馬鹿げた事故なのだ。

私は一晩中、浅い眠りの底に、浮かれ騒ぐ人たちの嬌声や、通り過ぎるサイレンの音を聞いていたような気がする。

……そう、すべては馬鹿げた事故だった。

翌朝になって、死体が発見されるまでは。

第四章　〝ゼロ・アワー〟以後

——それはすべてを圧倒する光だった。

私は、ひじょうに濃い色のサングラスをかけていたにもかかわらず、空全体が信じられないほどの明るさに輝くのを見た。砂漠の端にある砂丘がおそろしく明るい光に揺らいでいた。色も形も見えなかった。

突然、真夏の海辺の熱を感じた。首すじが熱くなり、背中が気持ちが悪いほど暖かくなった。冷たい砂漠の朝の空気はもはやどこにもない。背後で、巨大な太陽のオーブンが開かれたようだった。

私は無意識のうちに身を起こし、気がつくとテラーのそばに並んで、土盛りの上から〝ゼロ地点〟を眺めていた。

私は、忽然《こつぜん》と地上に現れた小さな太陽を見た。まばゆい光は——最初は明るすぎてとてもまともに見ることができなかったのだが——みるみる膨れあがり、回転しながら、ゆっくりと上昇した。黄色い閃光《せんこう》は、いつしか深紅になり、緑色に変わった。そのたびに少しずつ光が弱くなり、火の玉はやがて巨大な油田の炎のようになった。炎の塊が渦を巻きながら、なおもゆっくりと空に上がっていった。地上との間には埃《ほこり》の渦が幹のようにのびた。それはまるで——奇妙な連想であるが——真っ赤に焼けただれた巨大な象が、もがき苦しみながら鼻で体を支えている姿のようであった。

炎の渦は、やがて熱いガスの雲となり、明るさが薄れるにつれて、その周囲にはまるで幽霊のように青い電離光が浮かび、消え、また現れては消えた。

完全な静寂のあとにやってきたのは、轟音《ごうおん》と、そして爆風であった。

あらかじめしっかりと耳をふさいでいたにもかかわらず、私はその音に打ちのめされた。もう少しで本当に倒れるところであった。凄《すさ》まじい音だった。こっそりと土盛りの陰に隠れていた何者かが、そこで五インチ高射砲を撃ったのではないかと思ったほどだ。轟音は、私の存在をまるごと揺り動かして通り過ぎ、辺りの岩に当たって跳ね返ってこだました。ほかのどこに当たったのか、私には分からなかったが、その音は決して止むことはないように思われた。普通の音ではなかった。轟音は〝死の旅《ジョルナダ・デル・ムエルト》〟のなかで、死に場所を求めて響きつづけた。音が消えてゆくまでの間は、とても恐ろしい時間だった。

爆風は、ベーテが地面に立てた小枝を打ち倒し、フェルミの手から白い紙片を奪い去った。乾いた砂が巻き上がり、ざっと音を立てて顔に吹きつけた。目に見えぬ波は幾度となく打ち寄せ、揺さぶり、そしてどこかに消えた。

すべてが終わった後で、私ははじめて周囲を見回した。ある者は泣き、ある者は無言だった。ある者は隣の者の肩をむやみと叩《たた》き、別のある者はまるで意味をなさぬ言葉を叫んでいた。

私は土盛りの上に登り、呆然《ぼうぜん》と、火球が消えたあとの場所に紫やピンク色をした明るい、放射能を帯びた雲が漂っているのを眺めた。その光景は、とうていこの世のものとは思えなかった。私はなんだか、自分が間違った場所にいる……ここは自分のいるべき世界ではない……そんな気がして仕方がなかった。

テラーがまだ溶接工の使う保護眼鏡を顔につけたまま、ゆっくりと振り返って私を見た。私たちは互いにぼんやりと相手を眺めるだけで、言葉を見つけることができなかった。なぜなら——言葉は通常、経験に裏打ちされているのだが——私たちがたったいま眼にしたものは、それまでのいかなる経験をも超越した出来事であった。

背後の溝の中で、誰かがうわ言のように呟《つぶや》いていた。

「ちくしょう……オレたちはみんな……ろくでなし《サン・オブ・ビッチ》だ」

それが、私が最初に耳にした、まともな言葉であった。


私はその後時計に眼をやり、時計の針がさっきからほとんど進んでいないことに気づいて、ひどく驚いたものだが、もちろん原子の時間は人間のそれとは別の単位で計られるべきである。

記録によれば〝ゼロ・アワー〟は〇五二九：四五（五時二九分四五秒）。その時間、発火回路が閉じられ、X－ユニットが放電、三二個のポイントで起爆剤がいっせいに発火した。

起爆剤によって生じた爆裂波は、鉄球の内側に向かって加速されながら進み、中心部のプルトニウム・コアを眼球ほどの大きさに押し潰《つぶ》した。プルトニウム・コアの中心には、ベリリウムとポロニウムからなる、反応開始装置が設けられていた。わずかな数の中性子が飛び出し、プルトニウムの核分裂連鎖反応が開始された。

それから一〇〇万分の一秒のあいだに、八〇世代を超える核分裂が繰り返された。核分裂によって生じた巨大なエネルギーは、瞬間的に〝眼球大〟のプルトニウム内部を何千万度、何百万ポンドの圧力に押し上げた。

エネルギーは外に向かって拡大を始める。最初に飛び出たのは強烈なX線であった。X線は光速で進み、爆発そのものよりもはるか前方を行く。X線は外の冷たい空気に吸収され、非常に高温の空気球体を作り出した。この熱い空気の球体はより低いエネルギーのX線を放出し、これがまた外側の空気に吸収され、次なる熱球を作り出す。さらにX線が再放出され、外側に熱球ができ……この繰り返しが、放射線移送と呼ばれるものである。

およそ一〇ミリ秒後に、もはや放射線移送がついていけない速さで進む衝撃波が形成された。衝撃波は、水中の波や空中の音波のように、中心から均一に広がってゆく……。人間に見えるのはこの衝撃波面で、それが冷えてはじめて見えるようになるのだ。火球として。

私はのちに、ゼロ地点の西、一万ヤード（通称〝W-10000〟）に設置されていた高速度カメラが、ミリ秒単位で火球の発展の様子を記録した連続写真を見る機会を得た。それによれば〝ゼロ・アワー〟以後の時間の推移はおよそ次のようなものであった。

一〇〇万分の一秒。火球が出現する。

一〇〇万分の一五秒。火球の直径六五フィート（約二〇メートル）。温度は約四〇万度。火球はその後、地面にぶつかるまでほぼ均等に拡大する。

一〇〇万分の六五秒。火球が地表に接触。

二ミリ秒。衝撃波が地上のあらゆる物体を粉砕し、巻き上げ、吹き飛ばす。火球下部にスカート状の埃の雲が形成される。

三二ミリ秒。火球の直径は約九四五フィート（約二八八メートル）にまで拡大。

〇・八秒。火球はさらに膨張し、約二〇〇〇フィート（約六〇〇メートル）に達する。この頃、埃の雲はいったん火球に飲み込まれる。

二秒。火球が上昇を始める。

三・五秒。火球はさらに上昇を続け、地上のスカート部分の間には首状の雲が形成される。

その後、火球の上昇につれて〝首〟は細くなり、一方〝スカート〟は渦巻き状の輪を描くようになる。その輪と、その上に次々とたたみかけるように重なり、成長してゆくものが、新しい雲の形となって、幹のように立ちのぼる。その幹は左巻きのネジのように渦を巻いて見える。高速度カメラがとらえた火球の映像は、ロバートの命名により、仲間内では〝目玉〟と呼ばれていた（繰り返しになるが、爆発の最初期、プルトニウム・コアは眼球大に圧《お》し縮められ、その後、火球が形成される）。

私は、あの実験に立ち会った後では、このユーモアをいささか気味の悪いものに感じた。あの朝、私が暗い砂漠の空に見たものは、理論物理学が知り得ぬもの、高速度カメラが記録しえぬものであった。あれは爆発し、襲いかかり、人を押しのけ、打ち倒して進む、なにものかであった。あれは永遠に続くように思われた。止まってくれるようにと、誰もが望んでいた。あれは眼でなく、なにかそれ以上のもので見る光景だった。あれは脅威だった。あれは一つの世界の終わりであり、別の世界の始まりだった。

あの瞬間、私たちが感じていたのは、哀れみと恐怖であった。

そして、哀れみや恐怖といったものは、けっして映像に記録することはできないのである。

肩を叩かれて、振り返るとフェルミが私に右手を差し出していた。

「おめでとう、ミスタ・ラビ。賭《か》けは君の勝ちだ」

私は一瞬、目の前のイタリア人がなにを言っているのか理解できなかった。するとフェルミは言葉を続けて言った。

「どうやら、君が購入した一万八千トンのくじが当たりだったらしい。……もっとも、ぴったりというわけにはいかなかったがね」

彼はそう言うと、まだ呆然としている私の手を握って、にやりと笑ってみせた。

フェルミの背後から、ベーテが顔を出した。彼は悔しそうに口を尖《とが》らせて言った。

「われわれの計算はいずれも、今の爆発の規模がTNT火薬換算で約二万トンだったということで一致したのです。ま、しょうがない。あなたの勝ちですよ」

ベーテはそう言って、彼が取りまとめていた数ドルの賭け金を私によこした。

私は二人の顔に交互に眼をやった。すると彼らは、地面に立てた木の枝や、爆風に飛ばされた紙片によって、本当に爆発規模を推定したというのか？ 私はぼんやりと昨夜の賭けのことを思いだし、それでようやく我に返った。

「私こそ、みなさんに〝おめでとう〟を言わなければならない」私は姿勢を正して言った。

「実験の成功を心からお祝いします」

フェルミとベーテは顔を見合わせ、皮肉に肩をすくめてみせた。

「その言葉は、オッピーに言ってやるといい」

「そうそう。彼がこのプロジェクトを成功させたのだから」

「しかし、あなた方の助力なしには、実験はやはり成功しなかったでしょう」

「ま、それはそうかもしれないがね」

「そうだ」と私は用意してきたウィスキーの瓶を取り出し、二人に尋ねた。「飲みますか？」

「そいつは悪くない提案だな」ベーテが手を擦り合わせて言った。「エドワード、君も来いよ」

土盛りの上から、エドワード・テラーが振り返った。彼はまだ顔を溶接工用の保護眼鏡で覆ったままであった。

「おいおい、いいかげんにその妙なお面を外さないか」ベーテが吹き出して言った。「もう大丈夫だ。全部終わったよ。第一、そんなものを付けていたんじゃ、せっかくのうまい酒が飲めないぜ」

テラーはゆっくりと保護眼鏡を外した。そして妙にうつろな、表情のない声で言った。

「いまのを……見たかい？」

「見たさ。みんな見たよ。あの大騒ぎを見ないですませられる奴がいるものか。月からだって見えたに違いない」

「本当かい！」テラーはびくりと肩を震わせた。「いまのは……月から見えただろうか？」

「そうだな」ベーテは眉《まゆ》をひそめた。「正確には、月の高度と火球の輝度を計算しなくちゃならないが……うん、おそらく見えたはずだ」

「大変だ。急がなくちゃ……」

テラーはそう呟くと、保護眼鏡をその場にほうり出し、青い顔で立ち去ってしまった。

「どうしたんだい、彼は？」フェルミが尋ねた。

「さあ」私は肩をすくめた。

「いずれにせよ、一つだけはっきりしたことがある」ベーテは早速ウィスキーを一口飲んで言った。「奴は、せっかくのこの上等のウィスキーを飲みそびれたということだ」

「そういうことであれば、残念ながら私もテラーと同類だな」フェルミは大袈裟《おおげさ》にため息をつき、ウィスキーの瓶を恨めしげに見て言った。「私はまだ酔っ払うわけにはいかないのだ。なにしろ、これからゼロ地点に行って破片を回収してこなくちゃならないのでね」

「嘘でしょう！」私は呆《あき》れて声をあげた。「確か、爆発地点では残留放射能の危険性が指摘されていたはずです。あなたの身になにかあったらどうするおつもりです？」

「しかし君、どのみち誰かが行って破片を取ってこなくちゃ、実験結果の正当な判定ができないんだ。それが私であってなにが悪い？　それに……大丈夫さ。あれを用意したからね」

フェルミが指さした先には、軍隊から借り出した戦車が止めてあった。

「全面に鉛を張りめぐらせた、特注品さ」

イタリア人のノーベル賞科学者はそう言って、私に片目をつむってみせた。彼は、まるで新しい玩具《おもちゃ》を与えられた子供のような、うきうきとした軽い足取りで戦車に向かって行った。

フェルミを乗せた戦車が動き出すと、入れ違いに、Ｓ－１００００から若いＭＰ（アメリカ陸軍憲兵）が運転する一台のジープがベース・キャンプに戻ってきた。私は夜明けの薄明かりの中に眼を凝らし、ジープの助手席に――いまではすっかりお馴染《なじ》みとなった――ポークパイ帽姿のロバートを認めて、迎えに出た。

「やあ、ご苦労だったね……」

私はジープから降りようとするロバートに声をかけ……ふいに、殴られたようなショックを受けた。理由はすぐには分からなかった。だが、なにしろ恐ろしくて、不吉で、心の底まで凍りついたような気がした。

気がつくと、本当に全身にびっしりと鳥肌が立っていた。

ジープから地上に降り立ったロバートは、なんだか昨夜までの彼とは別人に見えた。苛々《いらいら》として落ち着きがなく、ひっきりなしに強い煙草を吸い、眼の縁を痙攣《けいれん》させていた、あの水鳥のように痩《や》せた私の古くからの友人は、しかしいまでは落ち着き払い、自信に満ちた、見知らぬ男に変わっていた。

ロバートは、私の姿を認めて手をあげた。が、相変わらず私は不可解な恐怖に自由を奪われ、身じろぎ一つできなかった。彼は一瞬不審そうに眉を寄せ、私に向かって近づいてきた。

「……世界は以前と同じではない」

ロバートが歩きながら、軽く呟くように唇を動かすのが見えた。

「私は死神になった。私は世界の破壊者だ」

私はすぐにそれが〝バガヴァッド・ギーター〟の一節であることに気がついた。

破壊神ヴィシュヌは、戦いに疑問を抱くアルジュナ王子に自身の本当の姿を一瞬かいま見せる。ヴィシュヌは世界の始原であり、流転であり、また終末であった。本来人間が決して見ることのできぬ壮大なヴィジョンを前にしたアルジュナ王子は、己のなすべきことに気づく……。

それこそが、この実験が〝トリニティ〟と名付けられた本当の理由であったのだ。

「イザドア?」ロバートは私の肩に手をおき、顔をのぞきこんで言った。「どうした? なんだか顔色が悪いようだが」

「なんでもない……なんでもないんだ」

私は首を振って長身の友を見上げた。その瞬間、私ははっきりと知った。私をこれほど怯《おび》えさせているものの正体を。

それは、ロバートの顔に浮かんでいる表情——かつて私が眼にしたことがないほどの、歓喜の表情であった。

第五章　盗まれた夢

翌朝は早く目が覚めた。

部屋のカーテンを開けると、空は青く晴れわたり、雲一つ見えなかった。

――なるほど、新しい世界の始まりにふさわしい。

私は急いで着替えを済ませて外に出た。朝食前の涼しい時間に病院に行って、昨夜の事故で入院した二人の怪我人――ジョージ・キスチャコフスキーとマイケル・ワッツ――を見舞ってこようと思ったのだ。

病院につくと、驚いたことに、ロビーにはすでにロバートの姿があった。昨夜私がパーティー会場をこっそりと抜け出した時、ロバートは主に女性たちに囲まれ、華やかに笑いさんざめく人々の輪の中心となっていた。あれからすぐに解放されたとも思えないから、少なくとも明け方ちかくまでは酔っ払ったご婦人方の話し相手をさせられていたはずだ。

ロバートは、さっぱりとした普段着に着替え、その横顔からはいささかの疲れもうかがえない。一方、長身のロバートを見上げるように彼と話をしている白衣のウォレン医師は、こちらはひどくくたびれた様子であった。昨夜はよほど忙しかったのだろう、目の下に黒く隈《くま》が浮かび、頬がげっそりとこけて見える。

近づくと、二人は同時に私を振り返った。

「昨夜はいつのまにいなくなったんだ?」ロバートが私に尋ねた。「あのあと、うちのやつ《キティ》が君を捜し回っていたんだぜ」

「本当かい? それはすまないことをしたね。しかし、オッペンハイマー夫人がぼくに何用だったんだろう?」

「なんでも、通いでうちに来ている地元インディアンの手伝い女がどうしたと言っていたようだが……」ロバートは眉をひそめて言った。「詳しいことは自分で聞いてくれたまえ」

「仕方ない。あとで叱られに行くとするか。ところで君は、昨夜はご婦人方にずいぶんともてていたようだが、もしかして一睡もしていないんじゃないのか?」

「なあに一晩くらいどうってことはないさ」と言って、ロバートはウォレン医師にあごを向けた。「もっとひどい夜を過ごした人間だっているようだしね」

「さながら『禿山《はげやま》の一夜』といったところでしたよ」ウォレン医師は苦笑して言った。

「すると、悪魔がやって来た?」

「悪魔や、魔女、もっとひどい者たちも。……つまり酔っ払いということですが」とウォレンは気弱く笑い「でも、もう終わりです。朝日とともに悪魔たちも退散したらしい。これで僕もやっと帰って……」

「〝泥のように〟眠るかい?」

「どっちかっていうと〝死体のように〟でしょうね」

「君が死体になる前に、昨夜入院した二人の容体を教えてもらえるとうれしいな」

「そのことなら、ちょうど私が聞いていたところだ」ロバートが口を挟んだ。「心配はいらない。ワッツ中佐の容体は安定しているし、キスチャコフスキーはすでに意識を回復して……」

彼がそう言いかけたとき、一人の若い看護婦が慌てたようすでロビーに駆け込んできた。

「ドクタ・ウォレン！」彼女は青い顔で早口に言った。「すぐに来てください。昨夜、入院した一〇六号室の患者が死んでいます」

一〇六号室？　私はその数字に聞き覚えがあった。それは確か、昨夜、キスチャコフスキーが割り当てられた部屋番号ではなかったか？

「死んでいる？」ウォレン医師は呆気《あっけ》に取られたように看護婦が言った言葉をくりかえした。

「そんな馬鹿な。一〇六号室の患者は、まちがっても死ぬような怪我ではないはずだ」

「そうじゃありません！」若い看護婦は泣きそうな顔で強く首を振った。「患者は頭を殴られています。シーツが血まみれになって……きっと誰かに殺されたんですわ！」

私たちは慌てて廊下を駆け出した。


一〇六号室は、奇妙なほどの静けさに包まれていた。

病室はなにもかもが簡素、かつ清潔な白一色で統一され、暗い廊下からとびこんだ瞬間、私はあまりの眩《まぶ》しさに思わず眼をしばたたかせたほどであった。

私たちは病室の入口に足を止め、食い入るようにそれを見た。ひっそりと静まり返ったベッドの上に、長身の人影がうつ伏せに横たわっていた。そしてその頭の上まで引き上げられた白いシーツが、ちょうど頭の辺りで、不吉な、どす黒い色に染まっている。シーツの脇からはみ出た一本の腕がだらりと床に垂れ下がり、よく見ればその肌の色はすでに死者の色に変わっているのであった。

「なんてことだ……」

ウォレン医師がごくりと唾《つば》を飲み込み、うめくように言った。彼はひどくショックを受けた様子で、よろよろとベッドに歩み寄った。

ウォレン医師の靴底がなにかを踏み砕く音で、私はようやく自分を取り戻した。私は床の上に眼を凝らし、そこに無数のガラスの破片が散らばっているのを発見した。砕けたガラス片が、朝の光を反射してきらきらと輝いているのだ。しかし、なぜこんなものが……？　次の瞬間、私はその意味に気づいて、あっと声をあげた。

昨夜私が帰り際に病室を覗《のぞ》いた時、窓のわきのテーブルの上には大きなガラスの花瓶が載っていた。

その花瓶がなくなっている。

すると何者かが、ガラスの花瓶を使ってキスチャコフスキーの頭を打ち砕いたのだ。

私はなんだか目の前の出来事が現実ではないような気がした。殺人。ガラスの花瓶で頭を打ち砕く。そんなことはしかし、気晴らしに読む探偵小説の中だけで起きる話ではなかったのか……。

私は反射的に窓を見た。東に向いた窓から吹き込むさわやかな風がカーテンを揺らしている。窓はすでに開いていたらしい。窓の外には低い植え込みがあるだけで、その向こうにはすぐに未舗装の道路が走っている。何者かがこの窓から侵入し、そしてキスチャコフスキーを殺してまた出て行ったのだろうか？　あるいは……。

私はもう一つの可能性に思い当たった。もし犯人が犯行に使ったガラスの花瓶をこの窓から投げ捨てたのだとしたら？　花瓶の一部でも回収できるなら、そこに犯人の指紋を見つけることができるのではないか？

窓の外の未舗装の道路を、軍のジープがタイヤの音をきしらせながら通り過ぎた。その後をまた一台。私は首を振った。駄目だ。たとえ花瓶の一部が投げ捨てられていたとしても、今頃は粉々になっているに違いない……。

――何を考えているのだ？

私はふいに自分の思考に気づいて、顔を赤らめた。おそらく私は別のことを考えるべきであった。しかし、こんなとき人はいったいなにを考えれば良いのだろう？

ロバートがベッドに近づき、ウォレン医師の肩越しに哀れなキスチャコフスキーを覗き込んだ。ロバートはウォレン医師にちらりと視線を向け、こう尋ねた。

「それで、これは誰なのです？」

事情はロバートが説明してくれた。

なんとキスチャコフスキーは昨夜のうちに意識を回復し、自分から病院を出て行ったというのだ。

「大騒ぎ、だったそうだ」

ロバートの言葉に、私は深く頷《うなず》いた。あのキスチャコフスキーが自分で退院すると言えば、医者や看護婦が総出でかかったところで止められるものではあるまい。それに、聞けば、昨夜はやはり病院は大繁盛であったらしい。即席のアルコール中毒患者や、酔った上での怪我人が次々に運び込まれ、そのうえ付き添いで来た連中が病院で酒を飲み、また喧嘩《けんか》を始めるといった有り様で、ウォレン医師は一晩中、息をつく暇もないほど忙しかったそうだ。

「だからこそ、キスチャコフスキー氏が自発的に退院した後、この病室はすぐに次の患者に割り当てられたのです。それが、こんなことになるなんて……」ウォレン医師は痛ましげにベッドの上の死人を見て首を振った。

看護婦たちに死者を安置所に運ぶよう指示した後、ウォレン医師は改めて私たちに向き直った。

「カルテによれば、死んだのはジョン・ワイルド——通称〝荒くれジョン〟という、建築現場で働く作業員です。彼は、仲間内の戦勝記念パーティーでの喧嘩の末に、ナイフで切りつけられて病院に運び込まれてきたのです。怪我は大したことはありませんでした。ですが、病院に運び込まれた時点でなにしろ前後もなく酔っ払っていて、麻酔なしで傷口を縫っても、その間ずっといびきをかいて眠っていたくらいです」

「すると、腹の虫が収まらない喧嘩相手が、あらためて病院で彼を襲い、殺してしまったのだろうか?」

「それはちょっと考えられませんね」ウォレン医師は眉《まゆ》をひそめた。「ワイルド氏の喧嘩相手も一緒に病院に運び込まれました。彼はいま、この病院の別の棟に入院しています」

「だったら、なおさら可能性が高い」

「ところが、その相手というのも目茶苦茶に酔っ払っていましてね。あの様子じゃ、ここまで歩いてくるなんて芸当ができたとはとても思えません。それに彼は、今じゃ多分、誰と喧嘩をしたかさえ覚えていませんよ」

「すると、どうなるのだろう？」私は首を捻《ひね》った。「〝荒くれ《ワイルド》〟氏はなぜ殺されなければならなかったのか？　今のところ手掛かりはまったくないというわけかい？」

「そのことなのですが……」ウォレン医師はひどく言い辛《づら》そうに口ごもった。「もしかすると犯人は、キスチャコフスキー氏と間違って〝荒くれジョン〟を殺してしまったのではないでしょうか？」

青年医師は、私たちの顔を上目づかいにちらりと見やり、思い切った様子でつづけた。「じつは昨夜、キスチャコフスキー氏がこの病院を出て行く時に妙なことを言っていたのです。ですが、私も昨夜はまさか、彼が本当に怖がっているとは思わなかったものですから……」

「怖がっていた？」

「キスチャコフスキーが、かい？」

私はロバートと顔を見合わせた。怖がっている。キスチャコフスキーにはおよそ似合わない言葉であった。

「こんなことが起こったのだから、多分そうなのでしょう」ウォレンはあいまいに頷いた。

「彼は昨夜、私に『自分は狙われている。こんなところにいたら殺されるだけだ』と主張して病院を出ていったのです……。彼はまた『このことは、犯人が分かるまでは誰にも喋《しゃべ》らないようにに』とも言っていました」

「犯人？」

「ええ。どうやら彼は、誰かが暴発事故に見せかけて自分を殺そうとしたと信じているようでした」

私は小さく首を振り、ロバートを振り返って小声で言った。「弱ったな。キスチャコフスキーはきっと、頭を打ってどうかしてしまったに違いないよ」

「そう……だろうか？」ロバートは眉をひそめ、独り言のように呟《つぶや》いた。

「おいおい、君が事実を認めたくないのは分かるがね。しかし、あんまり馬鹿げているじゃないか。誰かが彼を殺そうとしているだなんて……」

「確かに、馬鹿げている。……だが、本当だという可能性も残されている」

「ロバート？」私は友人の顔を正面から覗き込んだ。「どうしたんだ。君までなにを言っている？　しっかりしてくれ。このロスアラモスは、いまなお軍によって二重三重に警備を受けている、いわばアメリカ中で一番安全な町なんだぜ。なかにいるのは、いわば身内ばかりだ。敵はいない。誰がキスチャコフスキーを殺そうとするものか」

「ロスアラモスは、外の人間が思っているような、仲良しグループではない」ロバートはそっけなく言った。「これだけの科学者たちがひとつの場所に集まり、一つの目的に向かって研究をつづけたこと、さらには何事かをなし遂げたという事実はほとんど奇跡的なことだ。歴史上、これまでこんなことはなかったし、おそらくこれからだってないだろう」

「うん。そのために君がいかに苦労したかは想像できる。グローヴス将軍もずいぶん君のことを褒めていた」

「そうじゃない、私はそんなことを言っているんじゃないんだ」ロバートは苛立たしげに言った。「私などは、ロスアラモス・プロジェクトにおいて、本当は取るに足りない存在なのだ。すべての科学者たちを研究に駆り立てたものは、もっとなにか別のものだ。恐怖か、使命感か、それとも好奇心だったのか、いまとなっては知りようがないが、なにしろそれは偶然にこの時代、この場所に生まれた、なにかだった。それは私たちを操り、研究に駆り立て、ついには人類初の核分裂爆弾を完成させた。……しかし、同時にプロジェクトは、われわれ一人一人、個人の都合など一切無視しておこなわれたことだった。たとえばキスチャコフスキーは、もともとはわれわれのプロジェクトに参加するはずではなかった。新しい起爆装置を開発する過程で、彼の専門知識が必要になった。そこでキスチャコフスキーに声がかかった。彼はいわばプロジェクトに無理やり参加させられたんだ。おかげでキスチャコフスキーは大学での研究を中断させられ、海外での勤め口をふいにした。そして、そのせいで彼には、ここロスアラモスでは、さながら不機嫌な花嫁なみのわがままが許されていた……」

「そりゃあ、ただでさえあの性格だからね。敵も多かっただろうが、だからと言って、彼を殺そうとするほど憎む人間がいるかな?」

「だが、考えてみれば変な話じゃないか」ロバートは軽く首を傾げ、思案げな様子で先をつづけた。「昨夜の暴発事故は、あきらかに爆薬の量を間違えたために起きたものだった。しかし、キスチャコフスキーの専門は、まさに爆薬による暴発をコントロールすることにある。連日実施された爆発実験はほとんどが彼の指揮の下で行われたのだし、それだけでなく例えば昨年の冬、彼はロスアラモス住民専用のスキー場を作ってみせた。キスチャコフスキーはそのために、台地の斜面に生えていた邪魔な木々にネックレスのように爆薬を巻きつけ、爆発させて根こそぎ倒して回ったんだ。彼はその作業を、一人で、ほとんど鼻歌まじりにやってのけた。その彼が、爆薬の量を間違えたなどという単純なミスを犯すだろうか？」

「いくら専門家でも間違いを犯すことはあるさ」私は肩をすくめて言った。「それにロバート、君は重要なことを忘れているぜ。昨夜、キスチャコフスキーはひどく酔っていた。無理もない、なにしろ戦勝記念の祝賀パーティーだったのだから……」

「まさにそれが問題なのだ」ロバートはいっそう深く眉をよせて言った。「キスチャコフスキーがもうすぐ広場で、祝砲代わりに爆薬を爆発させることを、あのときパーティーに出席していた誰もが知り得た。もしその中の誰かが、こっそりと先回りをして給水塔の下に爆薬を仕掛けていたとしたら？ それが昨夜の事故だとしたらどうだろう？」

「まさか、そんなことが……」と笑い飛ばそうとした私は、不意にあることに思い当たって凍りついた。

――もしあのままキスチャコフスキーが命を落としていたら？

ロバートにしたところで、キスチャコフスキーが表明した疑念を聞くまでは、あれが馬鹿げた事故だと考えていたのだ。もしキスチャコフスキーが死んでいたら、きっと誰もが、彼の死は酔って爆薬の量を仕掛け間違ったために起きたものだ、と考えたに違いない。

だが、キスチャコフスキーは宙に吹き飛ばされながらも、幸運にも大きな傷を負うこともなく、生き延びた。

問題はその先である。

犯人がそのことを知ったらどうするであろう？

キスチャコフスキーが意識を取り戻せば、彼のことだ、あの暴発が仕組まれたものであったこと、さらには誰かが自分の命を狙っていると大騒ぎを始めるに決まっている。慌てた犯人は、キスチャコフスキーが意識を取り戻す前に、今度は殺人と分かる危険を冒してでも、彼を殺そうとするのではないか？　もし彼（あるいは彼女？）が、昨夜、すでにキスチャコフスキーが自主退院したことを知らずに病院に忍び込み、シーツの下で眠る男の頭を花瓶で打ち砕いたのだとしたら……？

私は改めてロバートを振り返った。奇妙に青ざめたその顔と堅く結ばれた唇が、彼もまた私と同じ疑惑にとらわれていることを告げていた。

病室の入口に、さっきとは別の若い看護婦が顔を出した。彼女は、ロバートと私にちらりと訝《いぶか》しげな視線を投げ、ウォレン医師に向かって声をかけた。

「先生、一〇五号室の患者が意識を取り戻しました」

ウォレン医師による簡単な問診が終わるのを待って、ロバートと私はベッドのわきに歩み寄った。

「やあマイケル、気分はどうだい？」私が尋ねた。

「残念ながら、最高というわけにはいきませんね」マイケル・ワッツ中佐は頭に白く巻かれた包帯を指さし、顔をしかめてみせた。「まだ頭が割れるようです」

「おかしいな。割れた頭はちゃんと縫い合わせたと聞いたのだが……」肩ごしに振り返ると、ウォレン医師が苦笑していた。「うん、どうやら大丈夫らしいよ」

「昨夜の君の活躍はグローヴス将軍も認めている」ロバートが生真面目に言った。「特別表彰を検討してくれるよう、私からも将軍に話しておくつもりだ」

「表彰だなんて……」マイケルは血の気の戻った顔を赤らめて言った。「戦争が終わった後の怪我じゃ、自慢にもなりませんよ。それに、昨夜はとっさに、無我夢中で動いただけのことですから……。そうだ、あの人は？　ぼくは彼を助けることができたのですか？」

「じつは、そのことなんだがね」と私が言いかけたところで、ウォレン医師が背後から口を挟んだ。

「キスチャコフスキー氏なら無事だ。君の活躍のおかげだよ」

「キスチャコフスキー氏？」

「おや、知らなかったのかい？　ジョージ・キスチャコフスキー。昨夜君が救った男の名前だよ。君は一人の優れた科学者の命を救ったんだ」

「そうでしたか」

そう話す間に、ウォレン医師は私たちに向かって素早く目配せをしてみせた。どうやら患者には今はまだ余計な心配をさせたくない、ということらしい。

「どうかしたのですか……？」マイケルが私たちの顔を見回して不審げに尋ねた。

「なんでもない」と首を振った私は、少々慌てていたらしい。「ところで、昨夜は病院は大繁盛だったそうだが、よく眠れたかい？」

マイケルは妙な顔をしている。

「つまりだな、えー……夜中に誰か君の邪魔をしたんじゃないかと思って、ちょっと尋ねてみたんだ。忘れてくれたまえ」

「昨夜？」マイケルはふいにまた、頭の痛みを覚えたように顔をしかめた。「そういえば……昨夜、ぼくは一度眼が覚めた。そのとき……ベッドのわきに誰かが立っていた……誰かがぼくの顔を覗《のぞ》き込んでいました……」

「本当かい！」私は勢い込んで尋ねた。とすれば、マイケルが見たその人物こそは、〝荒くれ《ワイルド》〟ジョンの頭を打ち砕いた殺人犯ではないか？　犯人は最初一〇五号室に忍び込み、そこに入院しているのがマイケル・ワッツであることを確認した。そして彼は、隣室の一〇六号室のベッドで、うつ伏せに、頭の上までシーツを被《かぶ》っていた人物がキスチャコフスキーだと誤認して殺害したのではあるまいか？

　私はウォレン医師の思惑など、すっかり忘れてマイケルに尋ねた。

「その人物についてなにか覚えていないかな？　ささいなことでいいんだ。なにかそれと分かる特徴はなかったかい？」

「いいかげんにしてください」ウォレン医師がうんざりした口調で言った。「患者は昨夜は薬で眠っていたんです。彼が見たのは夢か、さもなければ強く頭を打ったことによる幻覚ですよ」

「いいえ。あれは幻覚じゃない。ぼくははっきりと覚えている」

「それじゃ、きっと様子をみにきた看護婦《ユニホーム》だ」ウォレンは患者の興奮をなだめるように言った。

「看護婦じゃありません。病院の制服を着ていなかったし……第一、もっとずっと小さかった。まるで子供のような……。そうだ、思い出した。間違いない。彼女は十歳くらいの子供でした」

「彼女？」二人のやり取りを聞いていた私は、がっかりして言った。「すると昨夜、君の病室を訪れたのは、十歳くらいの女の子だったというのか？」

「やっぱり幻覚ですね」ウォレンが私の耳元で言った。「十歳くらいの女の子なんてこの病院にはいませんよ。患者でも、付き添いとしても、昨夜はこの病院に女の子は来ていません」

「そんなはずはない」マイケルは強く言い張った。「だって、飾りのない白い服を着た十歳くらいの女の子ですよ。黒くて長い髪を、肩からまっすぐに垂らしている。……彼女は確かにそこに立って、ぼくの顔を無言で、じっと覗き込んでいたんだ」

「……詳しく聞かせてくれないか？」

ロバートが急に身を乗り出すようにして、マイケルに尋ねた。その声がかすかに震えていた。

「どうしたんだロバート？　気分でも悪いのか」

彼はしかし私の声などまるで耳に入らぬように、マイケルをまっすぐに見据え、重ねて尋ねた。

「その女の子のことで、ほかになにか覚えていないか？」

「ほかにと言っても、なにしろ暗かったですからね」

「眼は……どうだろう？」ロバートがかすれた声で尋ねた。「女の子の眼について、なにか気づかなかっただろうか？」

「眼、ですか？」首を捻ったマイケルは、次の瞬間、横になったままはたと膝《ひざ》を打った。「そうだ、思い出した！　言われてみれば、彼女は眼帯をしていました。たしか右の眼です。だけど、不思議ですね。なぜです？　ミスタ・オッペンハイマー、あなたがなぜそのことを知っているんです？　おや、どうかしましたか？　ミスタ……」

　マイケルは質問を途中で呑《の》み込まざるをえなかった。ロバートの様子は、いまではもう誰の眼にもはっきりと分かるほど変化していた。顔がひどく青ざめ、唇からはすっかり血の気が失《う》せている。体が小刻みに震え、彼はいまにも崩れ落ちそうな体を支えるように、ベッドの柵《さく》を指が白くなるほどきつく握り締めていた。

　私たちが息を呑んで見守る中、ロバートは虚空の一点を凝視し、うわごとのようにこう呟《つぶや》きつづけていた。

「違う……違うとも。私じゃない……。同時に二つの場所に存在することは、悪魔でも不可能だ……」

第六章　イルカ放送

一九＊＊年＊月＊日。

その日、アメリカ南部の小さな町サンタフェに住む人たちは、朝からすっかり眼を丸くしていました。いつもなら日に二、三便、貨物列車が止まるだけの町の小さな駅に、その日にかぎってはどうしたことか、満員の臨時列車がひっきりなしに到着し、カメラを持った大勢の人が次々に降りてくるのです。

列車から降りてきた旅行者たちは、きまって町の人にこう尋ねるのでした。

「ロスアラモスへはどうやって行くのです？」と。

サンタフェの町の人たちにとって、ロスアラモスは不思議な町でした。何年か前、車で一時間ほど離れた高台《メサ》の上に、ある日とつぜん、魔法の杖《つえ》で一振りしたように一つの町が現れ、気がつくとそこに大勢の人が暮らし始めていたのです。

噂によると、その町には世界中から優秀な科学者が集められ、なにか秘密の研究が行われているということでした。

しかしいったいなぜ、急にこんなにもたくさんの旅行者がロスアラモスを訪れることになったのでしょう？

じつは二日ほど前、全国の新聞社に次のような招待状が届けられていたのです。

「記者のみなさん。
＊月＊日にロスアラモスに来てください。
重大な発表があります。

ロスアラモスへの来かたは、臨時列車がサンタフェに着いたら、駅前で町の人に尋ねてください。

《追伸》

どうしても都合がつかない人はラジオを聞いてください。記者会見の様子は、全世界に向けて臨時ラジオ放送を行う予定です。

世界の科学者より」


こんな招待状を見ては、来ないわけにはいきません。記者たちはみんな急いでサンタフェ行きの臨時列車に飛び乗ってやって来た……というわけだったのです。

ロスアラモスについた記者たちはみんな、すぐに町の中央にある大きな建物に案内されました。パイプ椅子が並べられたその場所は、なんだか小学校の体育館のようにも見えます。

記者たちと向き合うように、正面には科学者たちが座っています。アメリカ、ソビエト連邦、ドイツ、イタリア、イギリス、インド、中国、オーストラリアなど十指にあまる国々から集まった、世界を代表する優秀な科学者ばかりです。科学者たちの背後の壇の上に、白い布をかけて大きな箱のようなものが置いてありました。

記者の一人が、隣の椅子に座った別の新聞記者に小声で尋ねました。

「ねえ君、今日はなんの発表があるのか知っているかい？」

「さあ。しかし、なんでもとてつもない発明が行われたらしいよ」

「すると、その発明品があの後ろの箱に入っているというわけかい？」

少し離れた場所で、別の記者どうしが話をしています。

「イルカだってね」

「なんだいイルカって？」

「おや、知らないのかい。今日発表されるのはイルカに関係したことらしいよ」

「でも、ここは海から何百マイルも離れているぜ」

「そうだね。おかしいな。もしかすると、太陽に関係したことだったかもしれない」

隣では別の記者が大きなあくびをしています。きっと朝早くに家を出てきたのでしょう。

こんな声も聞こえます。

「おなかが空いたね」

「今のうちにトイレに行っておいた方がいいかな」

「でも、もう始まるぜ。……ほら」

背の高い、痩《や》せたアメリカの科学者がマイクロフォンを持って立ち上がりました。

「えー、記者のみなさん。ようこそロスアラモスへ。今から記者会見を始めます。なお、お知らせしたとおり、この記者会見の様子はラジオを通じて全世界に放送されます」

彼はそう前置きをした後、ちょっともったいぶったように間を置き、それからまたマイクロフォンに向かって先を続けました。

「わたしたち世界の科学者グループは、この町に集まり、もう何年も研究に打ち込んできました。今日はその成果をみなさんに発表することができる喜ばしい日です。えー、いいですか、みなさん、いよいよ発表しますよ。えへん、えへん。わたしたち〝世界の科学者グループ〟は長年の研究の結果、イルカがしゃべる言葉を理解できるようになりました。つまり、わたしたちはついに〈イルカ語翻訳機〉の開発に成功したのです！」

アメリカの科学者は興奮した様子でそう言うと、胸を張って記者たちをぐるりと見まわした。しかし、集まった記者たちはお互いに顔を見合わせています。

記者の一人が思いきったように手を挙げて質問しました。

――つまり魚の言葉が分かるようになった、ということですか？

「イルカにうろこはありません」若いイギリスの科学者が答えました。「イルカは魚ではありません。われわれ人間と同じ高い知能をもつ哺乳《ほにゅう》動物です」

別の記者が尋ねました。

――海に住むイルカがしゃべるというのはどういうことです？　水の中じゃ、いくらしゃべっても聞こえないでしょう。そもそも、海の中は沈黙の世界ではないのですか？

「音は波の性質を持っています」今度はイタリアの科学者が陽気に答えました。「音は空気の中と同様、水の中も進むのです。海の中は沈黙の世界ではありません。むしろ非常ににぎやかです。例えば、エビがハサミを擦り合わせてギギギッといったり、魚が浮袋を膨らませたりしぼませたりするウウウという音、さまざまな生き物がさまざまな音を出して暮らしています。クジラに至っては、歌をうたうことが分かっています。彼らの歌は、ものがなしいような旋律で、非常に音楽的、独特の魅力があります。わが国のオペラにも負けません」

イタリア人の科学者がそう言って鼻歌をうたいはじめたので、記者たちはこらえきれずに口々に質問をはじめました。

——海の中でどうやって歌をうたうのです？　口を開けると水が入ってきませんか？

——耳はどこにあるのです。どうやって音を聞くのです？

「イルカは口から声を出しているわけではないのだ」ドイツの科学者が重々しい声で答えました。「イルカたちは頭の上についている呼吸孔から空気を吸い込み、この空気を身体の中で振動させて音を作っている。この音は、人間でいえばおでこにあたる前頭部の〈メロン〉と呼ばれるレンズ状の組織を通じて、指向性をもった音として外に出ていく。つまり、これがイルカの〝声〟というわけだ」

彼はぎろりとした眼で記者たちを見回しました。

「次に、なるほどイルカには耳はない。その代わり彼らは下顎《したあご》で音を聞いているのだ。水中を伝わってきた音は鋭角三角形をした下顎のなかの脂肪層に伝わり、下顎の末端は直接耳骨に接しているから、音は効率よく聴神経に伝わる、というわけだ。……お分かりかな？　よろしい。では、次の質問？」

一人の記者がおずおずと手を挙げて尋ねました。

――イルカ語が分かったとして、それがなんになるのです？

アメリカの科学者はやれやれと首をふりました。

「いいですか、みなさん。みなさんは、この発明がいかに画期的なものであるか、どうやらまだお分かりになっていないようですね。しかし、考えてもみてください。地球の表面積は三分の二は海に覆われています。わたしたち人間は、わずか三分の一の陸の上でしか生きて行くことができない。一方、三分の二を占める〝海の民〟イルカたちは、ひじょうに知能が高く、しかも人間に友好的な存在です。このことは歴史を見ても、たとえば海に落ちた人を助けたという話が世界中あちこちの神話に見ることができますし、実際オーストラリアの先住民たちは、二百年ほど前までイルカと協力して漁を行っていました。もしイルカたちと意思を通じることができれば、人間にはこれまで困難だと思われていた、じつに多くのことが可能になります。例えば海難事故救助、人間が潜れない場所に沈んだ難破船の調査、海岸パトロールなどを手はじめとして、イルカと楽しむマリンスポーツ、将来的には海洋牧場や真珠貝会社の経営も可能になるでしょう」

記者たちは顔を見合わせました。よく分かりませんが、なにしろなんだかすてきな発明のようです。

「えへん、えへん」アメリカの科学者は満足そうにせきばらいしました。「どうやら〈イルカ語翻訳機〉がいかに画期的な発明なのか、少しはお分かりいただけたようですね。この装置を使えば、誰でも、直接にイルカと話をすることができるのです」

記者の一人がまた手を挙げて質問しました。

――イルカとどんな話ができるのですか？

「残念ながら現在のところはまだ、イエス、ノー、右、左、上、下、行け、止まれ、来い、危険、助けて、といった簡単な言葉に限られます。ですが、将来的には語彙《ごい》はもう少し増えるでしょう」

別の一人が尋ねました。

――装置開発までの苦労を聞かせてください。

「そうですね」アメリカの科学者はちょっと首を傾げ、遠くを見るように眼を細めました。

「今回、わたしたちがこの画期的な発明に至るまでには、実際じつに多くの困難を解決しなければなりませんでした。イルカの言葉は、わたしたち人間の言葉とは基本的に構造が違っています。そこでわたしたちはまず、イルカの声をたくさん収集して、細かく分析することから始めました。しかしこれは――ご想像いただけるかと思いますが――ひじょうに手間がかかる、大変な作業なのです。この分析作業において、わが国アメリカのグループが開発した巨大な電算機《コンピューター》が重要な働きをつとめたことは言うまでもありません……」

「アメリカだって！」それまで黙っていたソ連の科学者が急に声をあげました。「待ちたまえ。コンピューターのアイデアを最初に出したのは、わが国ソビエトだよ。アメリカのグループは部品を組み立てただけじゃないか」

「それを言うなら」イギリスの科学者が言いました。「イルカの声を集めたのはイギリスのグループですよ。いくらコンピューターがあっても、イルカの声がなくちゃ、何もできなかったはずです」

「ドイツが最初だ」ドイツの科学者が重々しい声で言いました。「最初にイルカの発声メカニズムを解明したのは、わが国のグループだ」

「だが、イタリアがイルカ語における言語構造を数学的に解いた」

「オーストラリアが最初にイルカと共同作業を行ったのです」

「最初にイルカが言葉を話している可能性を指摘したのは、インドですよ」

「イルカを教育した中国人民の協力を忘れてもらっては困る」

「いや、アメリカだ」「ソ連だ」「ドイツだ」「イタリアだ」「インドだ」……。

科学者たちは口々に自国の功績を主張し、お互いに少しも譲ろうとはしません。記者たちは呆気《あっけ》にとられてしまいました。この記者会見の様子は、いま、全世界にラジオで中継されているのです。科学者たちはそのことをすっかり忘れているようでした。

科学者たちの口論はどんどん激しくなり、彼らはいまにもつかみ合いをはじめそうな勢いです。

そのとき、会場に不思議な声が響き渡りました。

「争《あらそ》ワナイデ……」

科学者たちはみんなはっとした様子で口を閉ざし、辺りを見回しました。

「争ッチャダメダヨ……」

もう一度、今度ははっきりと聞こえました。

アメリカの科学者が慌てた様子で背後の壇上にかけのぼり、勢いよく白い布を取り払いました。

白い布の下から、大きな水槽が現れました。水槽の中で、二頭のイルカが元気良く泳いでいます。

「争ッチャダメダ……ミンナ仲良ク」

よく見ると、不思議な声は水槽の前に置かれたスピーカーから出ています。スピーカーから延びた線は、水槽内の水中マイク《ハイドロフォン》につながっているようです。すると、これが〈イルカ語翻訳機〉なのでしょうか？

記者たちはそれとばかり水槽の前に詰めかけ、手にしたカメラで写真を撮り始めました。

「ウフフフ」

「眩《まぶ》シイナア」

「ウマク撮《と》ッテヨ」

スピーカーからは次々と不思議な声が聞こえてきます。もう間違いありません。二種類の声は、二頭のイルカがそれぞれ話しているようです。

記者たちは、興奮した様子で言いました。

「なるほど、これが〈イルカ語翻訳機〉か」

「まさか、これほどはっきり聞こえるとは思わなかったなあ」

「想像以上だ。いやあ、たいしたものだ」

ところが、なんだか科学者たちの様子が変です。彼らは困惑したように首を捻《ひね》り、額を寄せて、ぶつぶつと呟《つぶや》いているのです。

「これはどうしたことだ……」

「こんな馬鹿なことが……」記者の一人が、まだ白い布を手に持ったまま呆然《ぼうぜん》とした顔で立っているアメリカの科学者に近づき、小声で尋ねました。

「さっきはなぜ嘘をついたのです？」

「嘘？」

「ええ。だってさっきあなたは『イルカたちはごく簡単な言葉しか話せない』とおっしゃったじゃないですか」

「いや……まあ……そのはずだったんだが……」

「ソノ人ハ嘘ヲツイタワケジャナイヨ」スピーカーからまた声が聞こえました。

「僕ラハ、全世界ニ向ケタ記者会見ノ日マデ、ワザト簡単ナ言葉シカ使ワナカッタンダ」

「ダカラ、コノ人タチハ僕ラガ簡単ナ言葉シカ話セナイト思ッテイタンダヨ」

「わざと簡単な言葉しか使わなかった、だって？」記者の一人が驚いてイルカに尋ねました。「しかし、君たちはなんだってそんなことをしたんだい？」

二頭のイルカは、水中マイクの前でくるりと身を翻し、交互に言いました。

「ダッテ、コノ人タチトキタラ」

「スグニ喧嘩《けんか》ヲスルシ」

「オ互イ秘密ヲ持ツノガ好キデ」

「大事ナコトハ、ミンナ隠シチャウカラ」

「僕ラガコンナフウニ話スコトガ分カルト」

「秘密ニシチャウンジャナイカト思ッタンダ」

イルカの言葉に、記者たちはいっせいに科学者の方を振り返りました。

科学者たちは顔を真っ赤にして下を向いています。

「デモ、コレデ世界中ノ人ガ知ッタワケダヨネ」イルカが言いました。

「僕ラガ話スコトハ、モウ秘密ジャナイ」

二頭のイルカはもう一度くるりと身を翻し、声をそろえてこう言いました。

「僕ラノコトモ」

「新シイ世界ノ始マリダ！」

第七章　科学者たち

目指す研究室は、研究棟の廊下を突き当たったいちばん奥に位置していた。

私はつるりとしたスチール製のドアの前で足を止め、改めて我が身を振り返って、やれやれとため息をついた。

一カ月前、私は、学生時代の友人ロバート・オッペンハイマーが〝壊れかけている〟と聞かされて、取るものも取りあえずここロスアラモスにやって来た。それから世界は目まぐるしく変化した。史上初の核分裂爆弾の実験が行われ、一方で長い戦争が終わりを告げた。だが、その結果、この私が探偵のまねごとをすることになろうとは、神ならずして、いったい誰が予想できたであろう？

マイケル・ワッツの病室で眼帯をした少女の話を聞いた瞬間、ロバートは急に顔色を変え、不可解なことを口走り、ほとんど正気をなくしたように見えた。しばらくして我に返ったロバートは、私を病室から連れ出し、廊下の隅に引っ張って行くと「君が調べてくれないか」と小声で言ったのだ。

「僕が調べる？」私は一瞬、彼が何を言っているのか理解できなかった。「人が一人殺されたんだ。あとは警察の仕事だろう？」

「ロスアラモスに警察は存在しない」ロバートは首を振った。

「だが、軍の保安部隊は？　そうだ、彼らに任せればいい。連中ならこの町に掃いて捨てるほどいるのだし、そもそも彼らの仕事はこの町の安全を守ることだろう」

「彼らの仕事は外部からの侵入者を防ぎ、あるいは内部の機密が流出するのを阻止することに限られる。もしロスアラモスの内で事件が起きた場合は、グローヴス将軍、もしくは研究所所長である私が直接調査の指揮を執ることになっている」

「まさか？」

「いいかイザドア」ロバートは私に顔を寄せ、秘密を打ち明けるように言った。「ロスアラモスはアメリカの一部ではない。一種の独立国としての権限を与えられているのだ」

「なるほど《オゥ》……」私はいまさらながら、ロスアラモスの特殊性に呆《あき》れる思いであった。

ロバートは神経質に辺りを見回し、囁《ささや》くような声でつづけた。

「できるだけことを荒立てたくないのだ。昨夜、この病院で一人の作業員が殺されたのは事実だ。だが、それがキスチャコフスキーを狙った者による〝人違い殺人〟だという可能性は、事実がはっきりするまでは、秘密にしておきたい」

「グローヴス将軍にも？」

「そう。彼にも、だ」

私は少し考え、ようやくロバートの意図を察することができた。〝独立国〟ロスアラモスは、それ自体が高い塀と有刺鉄線とで囲まれた閉鎖空間、いわば密室であった。その内側で科学者を狙った凶悪な犯罪が発生した、つまり身内の誰かが殺人者かもしれないという可能性は、ロスアラモスの住民をパニックに陥れることになるかもしれない。しかし……。

「それならロバート、君が自分で調査を指揮すればいいじゃないか」私は改めて彼に提案した。「ここの責任者である君なら、ひそかに、かつ、あらゆるパイプを用いて情報を集めることができる。よそ者の私が口を出すのも、妙な話だと思うがね」

「君はなにも知らないのだ」ロバートはゆっくりと首を振り、かすれた、ほとんど聞き取れないほどの声で言った。「ここでの私の行動はつねに見張られている。私の発言はあらゆる場所で盗聴されているのだ。もし私が調査をすれば、たちまち私を観察している者の知るところとなるだろう。その結果、どんな波紋が起きるか分かったものではない。……だめだ。事実がはっきりするまでは、私自身は手を出せない。といって、内部の誰かが犯罪にかかわっている可能性がある以上、誰かほかの者に頼むこともできない。唯一、よそ者である君だけが頼りなのだ」

「君が見張られている？　盗聴されているだって！」私は思わず声をあげた。「君はそんなことを本気で心配して……」

「しっ！」ロバートは顔の前で人差し指を立て、私に黙るよう指示した。そして「どうか調査を引き受けてくれたまえ」と私を真っすぐに見て言った。

そのとき私が頷《うなず》いたのは、論理に説得されたからというよりは、むしろ、目の前の友人の澄んだ青い眼に浮かぶ、異様な、なにか偏執的とでも言える光を、それ以上長く見ていたくないためであった。

意を決してドアをノックすると、中から不機嫌そうな声が答えた。

だが、中に入っても、部屋の主は小柄な猫背ぎみの背中をこちらに向けたまま、乱雑に机の上に広げたノートの類から顔を上げようともしなかった。

「話があるのだが……少し良いかな」

私がもう一度声をかけると、部屋の主は驚いたように振り返り、度の強い眼鏡の奥から改めて闖入者《ちんにゅうしゃ》を確認した。

「開いてますよ」

私が彼、セス・ネダマイヤー博士を最初に訪れることにしたのは、大して理由があったわけではない。ただ、もし昨夜の犯罪が〝人違い殺人〟だとすれば、蓋然性《がいぜん》の問題として、キスチャコフスキーが一〇六号室に入院していたと知っていた者は限られてくる。昨夜あの場に居合わせた人物、つまり――医師や看護婦といった病院関係者を除けば――グローヴス将軍、ティベッツ中佐、ネダマイヤー、パーソンズ大佐、テラー、さらにはロバートと私というわけである。

その中でネダマイヤーは一人、あのときキスチャコフスキーの死を望む台詞《せりふ》をはっきりと口にした。「いっそ死んでくれれば良かったのに」と。むろん誰かがある発言をしたからといって、彼が本当にそう願っているとは限らないし、ましてや直接手を下したという証拠にはならない。だが、きっかけは、きっかけである。にわか探偵としては、まずは当たってみるしかない。

私はネダマイヤーに突然研究室におしかけたことを詫《わ》び、少し話を聞かせてもらいたいと言った。

「キスチャコフスキーについてなのだが……」と私が切り出すと、ネダマイヤーは露骨に不快な顔をした。

「奴の話なんかしたくもない。帰ってください」

「君はなぜ彼のことをそんなに嫌っているのだ？」

「なぜ、ですって！」ネダマイヤーは椅子から飛び上がるようにして言った。「奴はぼくの研究を盗んだのですよ。あの研究はぼくが始めたものだ。〝爆縮《インプロージョン》〟は、もともとぼくのアイデアだったんだ」

ネダマイヤーはそう言うと、まるで彼のアイデアを盗んだのがこの私であるかのような、深い恨みを込めた眼でじっと私を睨《にら》みつけた。私はふと、ネダマイヤーのキスチャコフスキーへの憎悪は、予想以上に激しいのかもしれない、という気がした……。

――爆縮《インプロージョン》。

核分裂爆弾の実現を可能にしたその画期的なアイデアは、しかしごく最近まで――発案者のネダマイヤーを除けば――ロスアラモス科学者の誰一人として、それが重要なものだとは見してこなかった。というのも、未臨界量の核分裂物質を衝撃波で圧縮して核分裂反応を起こさせるという爆縮理論は、アイデアとしては面白いが、技術的には非常な困難を伴うことがはじめから明らかであったのだ。例えば、多くの高性能爆薬をいかにして極めて高い同時性を保ちつつ発火させるのか？　そもそも爆薬の衝撃波によって核分裂物質を一様に収縮させるなどということが本当に可能なのか？　多くの科学者たちはいずれの問いに対しても懐疑的であった。なにより科学者たちは、

「なんのためにそんな面倒なことをしなければならないのだ?」

と言って肩をすくめていたのだ。

アメリカが二十億ドルの国費をつぎ込み、世界中から優れた科学者を総動員して、ようやく実現にこぎつけた核分裂爆弾は、理論上は、きわめて単純な代物である。

核分裂物質は、ある臨界量に達することで自発的に核分裂をはじめる。〝もし複数の未臨界量の核分裂物質を素早く一カ所に集めることが出来れば、核分裂によって発生する莫大《ばくだい》なエネルギーは武器、すなわち《原爆》として利用できるであろう……〟。

その可能性は、ウランの核分裂反応が実際に確認される以前、一九三三年の時点で、一部の科学者によってすでに指摘されていた。

では、なぜ開発までに短からぬ時間と、二十億ドルもの途方もない費用を要したのか?

問題は爆弾を作る材料にあった。自然に存在するウラン鉱石の九九・三パーセントを占めるウラン二三八には、分裂時に発生する中性子を吸収してしまう性質があり、連鎖反応が持続しないのだ(そうでなければ、ウラン鉱石はとっくに自発核分裂を起こして爆発消滅しているはずである)。核分裂エネルギーを利用する爆弾を作るためには、天然ウラン中わずか〇・七パーセントを占めるウラン二三五を分離する必要がある。だが、この分離は容易なことではなかった。同位体であるウラン二三八とウラン二三五は、化学的性質はまったく同じであり、その違いはわずかな質量の差だけである。さまざまな方法が試みられたが、研究用程度ならともかく、爆弾に必要なだけの量を分離することなど、ほとんど不可能に思われた。

そんなとき浮上したのが人工元素プルトニウムの可能性であった。

冥王星《めいおう》の名をとって〝プルトニウム〟と名付けられたその物質は、もともと天然ウランに中性子を照射することで人工的に生みだされたものである。このプルトニウム二三九が、分離困難なウラン二三五に代わる核分裂物質として注目され、研究されることになった。

ところが、その結果、プルトニウムもまた意外な欠点を持つことが判明した。つまり、サイクロトロンを用いて作り出されたプルトニウムには、同位体プルトニウム二四〇が微量ながら含まれており、臨界量以下で自発核分裂を起こしてしまうのだ。爆発以前に核分裂を始められては爆弾としては役に立たない。プルトニウム二四〇を分離することは不可能であった。

科学者たちは最初の設問に立ち戻った。

「複数の未臨界量の核分裂物質を素早く一ヵ所に集めることが出来れば、核分裂によって発生する莫大なエネルギーは武器（原爆）として利用できる」

ウラン二三五を用いる爆弾においては、その方法はしごく簡単である。臨界量の核分裂物質を二つに分けておき、爆発させたい時は、一方を大砲の弾のように撃ち出して他方にぶつけ、一つの塊にすれば良い。〝銃　式《ガン・メソッド》〟と呼ばれるこの方法は、だがプルトニウム爆弾においては用いることができなかった。自発核分裂による早期爆発を防ぐためには、核分裂物質を未臨界量の、さらに小さな塊に分けておくしかない……。

かくして、爆縮方式は一躍脚光を浴びることになった。

ネダマイヤーが一人でやっていた爆縮研究は、急遽《きゆうきよ》〝起爆部門〟へと格上げされ、多くの科学者、技術者が彼の下に配属された。

ところが、ほどなくして再び組織改編が行われた。ネダマイヤーは部門の長からはずされ、代わってロスアラモスの外から呼ばれたジョージ・キスチャコフスキー博士が研究の指揮を執ることになったのだ。ロシア・ウクライナ地方に生まれ、ドイツで教育を受けたキスチャコフスキーこそは、合衆国では数少ない爆薬科学、つまり爆薬と衝撃波の専門家であった……。

「奴が来るまで、ぼくはここの生活に満足していたんだ」ネダマイヤーは眼を細めて言った。「ぼくはこの手で様々な爆発実験を行い、その結果を記録した。キスチャコフスキーはぼくの研究成果を横からかっさらい、自分の手柄のような顔をしている。だが、あれはぼくのアイアだ。ぼくがこの手で実現させるはずだったんだ」

「もちろん、そうだろう」私はひとまず相槌《あいづち》を打った。「だが、君がキスチャコフスキーを恨むのは少々筋違いではないかね？　君に代わってキスチャコフスキーを〝起爆部門〟の責任者に据えたのは、ロバートの判断だ。それにロバートだって、仕方なくそうしたんだよ。爆縮の開発研究は、一刻も早く結果を出すことを求められていた。一方で君は、ロバートによれば、なんというか、他人と仕事するのがあまり得意ではなかったそうじゃないか」

ネダマイヤーは薄暗い部屋のなかで黙り込んだ。彼は、私をしばらく訝《いぶか》しげに眺めていたが、不意にほおを緩め「ねえ、あなたはご存じですか？」とうっとりとした顔になって言った。「衝撃波がどんな具合に爆薬の中に広がっていくのか。その様子は、ちょうど小石を投じたとき、水面に作り出される波紋に似ている。波紋は爆発の種類によって、さまざまな美しい文様を描き出す。その神秘に、ぼくはほとんど我を忘れて見惚《みと》れていた。……もしかするとぼくは、核分裂物質を爆縮させることなど、本当はどうでも良かったのかもしれない。ただ、いつまでも一人でこの研究を続けていたかった。結局のところ、ぼくは一人でやるのが気に入っているんだ」彼はそう言うと、我に返った様子で軽く首を振った。「やれやれ。爆縮理論が注目を集めるまでは、ここでの日々も悪くはなかったのですがね。なにしろ誰にも邪魔されずに、一日中仕事ができた。しかも、予算の乏しい大学での研究とは違って、希望した実験材料や器具はただちに、ふんだんに手に入るんですから。ぼくは喜んで一日十二時間から十六時間、ぶっとおしで研究に没頭した。そんな生活を何日も続けていると、幻覚が見え始めるんです。ふと顔を上げると、部屋の背景に奇妙な動物たちがうごめいているのが見える。羽根を持ったトカゲや……ときどきは口から炎を吹くやつもやって来た。そうするとぼくは『ああ、そろそろ寝たほうがいいな』と思うんです。あれこそ理想的な生活というものですよ。

ぼくがキスチャコフスキーのことを必要以上に悪く言ったとしても、あまり気にしないでください。ぼくはなにも彼自身を恨んでいるわけではない。ただキスチャコフスキーは、ぼくにとってはいわば、失われた過去の象徴なんです。そのことはぼく自身よく分かっている。ぼくはただ、なんとかして彼が来る前の生活を取り戻したいのです。自分の好きな研究を、好きなだけやることができた、あの頃にね。……でも、まあ無理でしょうね。戦争も終わってしまったようだし、予算もあの頃のように使い放題というわけにはいかないでしょう」

「君は自分の研究について疑問に思ったことはないのかい？」

「疑問？　なぜです？」ネダマイヤーはぽかんとした顔で尋ねた。

それ以上は話すことも思いつかなかった。私は礼を言ってネダマイヤーの研究室を出ようとして、肝心なことを聞き忘れていたことを思い出した。

「そうだ。君は昨夜は病院を出てからパーティーには戻らなかったようだが、どこにいたんだ?」

「朝までこの研究室にいましたよ。解析途中の実験データを整理していたのです。パーティーなんてくだらないものに顔を出すくらいなら、研究をしていた方がずっと心が休まりますからね」

「その間、誰かに会ったかい?」

「いいえ。あれから朝までは、誰とも……」と言いかけたネダマイヤーは、ふと眉《まゆ》をひそめた。

「いや。そういえば、海軍大佐のパーソンズ殿が隣室でタイプライターをカタカタいわせていたので、一度文句を言いに行ったな。彼はいつも、そうやって部屋のドアを開け放したまま仕事をしているんです。まったく、迷惑な話ですよ」


研究室を出ると、廊下にテラーが立っていた。

「声が聞こえたので……」

彼は私を上目づかいに見て言った。どうやら私が出て来るのを待っていたらしい。

「ちょうど良かった。私も君に聞きたいことがあったのだ」

私がそう言うと、テラーは黒い眉を寄せ、ひどく疑り深げな顔になった。

彼エドワード・テラーは、浅黒い顔に表情豊かな太い眉を備えた、情熱的で、陽気な、人好きのする男である。……少なくとも、かつて私が知っていた、ワシントン大学時代の彼はそうだった。

ロスアラモスで再会したテラーはまるで別人のようであった。私はしばしば、彼が物思わしげに眉をひそめ、暗い表情で廊下をうろついている姿を眼にした。議論の場でも、彼は自分の考えに固執し、けっして譲ろうとしなかった。進んで他人の研究を手伝い、他人が持ち出したアイデアを嬉々《きき》として一緒に検討していた以前のテラーからは、およそ考えられない姿である。昨夜彼は、キスチャコフスキーを見舞ったあの病院で、突然ロバートを怒鳴りつけ、そのまま立ち去ってしまった。私は、彼の神経質な様子がずっと気になっていた。

「教えてください」テラーは低い声で尋ねた。「オッピーはここを閉鎖しようとしている。そうなんですね？」

「閉鎖？　このロスアラモス研究所をかい？」私は予想外の質問にすっかり面食らってしまった。「いや、私はそんな話は一度も聞いたことがないな。第一、ロバートがなんだってここを閉鎖しなくちゃならないんだ？」

「知るもんですか。理由はこっちが聞きたいくらいです」テラーは吐き捨てるように言った。

私はなにごとか合点して言った。「そうか。君は最近、ひどくいらいらして様子がおかしかったが、さてはこの研究所が閉鎖されることを心配していたのだね。働く場所がなくなるんじゃないかと？　君が心配するのも無理はないが、安心したまえ。たとえ何かの理由でこの研究所が閉鎖されることになっても、大丈夫、君ほどの優れた科学者なら、アメリカの大学はどこでも喜んで迎え入れるよ」

テラーは無言のまま、妙な顔をしている。

「戦争は終わったんだ。君もどこかの大学に腰を落ち着けて、研究者として、本来の生活に戻るのも、悪くはないと思うがね」

「あなたは……なにを言っているんです？」テラーは顔をしかめ、激しく眼を瞬かせた。「戦争は終わった？　まさか……本当にそんなことを考えているんじゃないでしょう？　だって……始まったばかりじゃないですか」

「君こそなにを言っているんだ」私は苦笑して言った。「しっかりしたまえ。ナチス・ドイツはすでに敗北した。最後に残った日本もようやく全面降伏したんだ。始まった？　いや、戦争は終わったところだよ」

「ああ、あなたはロシア人を忘れているんだ！」テラーは急に眼をぎらつかせ、早口に言った。「奴らとの闘いは、すでに始まっているんです」

信じがたいことに、テラーは本気であった。

私は改めて、彼が経験しなければならなかった、複雑な過去に思いを馳《は》せた。

テラーは、ナチス勢力の台頭とともにヨーロッパを追われ、アメリカにやってきた多くの科学者の一人である。出身はハンガリーの首都ブダペスト。この時期、テラーをはじめ、ユージン・ウィグナー、レオ・シラードといったハンガリー出身の科学者たちは、その独特の話し方と、なによりユニークな発想法によって、ひどく目立つ存在であった。彼らはその特異性ゆえ、冗談半分に〝ハンガリー人陰謀団〟と呼ばれていた。

テラーは、ナチス・ドイツに対して公式に反対を表明する一方、大のロシア嫌いでもあった。おそらくそれは、彼が十一歳の時、共産主義者がハンガリーを乗っ取って以来、彼の体に染みつき、決して拭《ぬぐ》い去ることのできない感情であったのだろう。テラーは、これまでもこう公言してはばからなかった。「ナチス・ドイツと同様、ロシアは危険な存在です」と。

テラーは私の腕をとり、有無を言わさぬ調子で言葉をつづけた。

「いいですかあなた、ロシア人は隣国を次々に乗っ取り、秘密警察と国家統制というソビエトのやり方を据えつけようとしているのです。もし連中がいま、比類なく強力な武器——例えば原爆を手に入れたらどうなるか？　奴らはたちまち世界を征服し、暗黒の世が地上を支配することでしょう。奴らの陰謀を阻止するためには、われわれはつねに、連中に先んじて研究を進める必要がある。そのためにもロスアラモスが閉鎖されるようなことがあってはならないのです」

「ロシア人が核分裂爆弾を手に入れることはできないさ」私はテラーをなだめようと、努めて穏やかな声で言った。「グローヴス将軍は、ロシアにはウランはないと言っていた」

「グローヴスが？　ばかな！　彼は何も分かってはいない」テラーはいっそういきり立った。「ウランのように豊富な元素に関する限り、広大なロシア領土に必ず存在する低品質の鉱石で充分なのです。核分裂爆弾の技術は、それ自体は難しいものではない。一度出来てしまえば、それを作るのは大して困難ではないのです。遅くとも五年か、早ければ二、三年のうちに、奴らはきっと自前の原爆を作り上げるでしょう。だから、その前に……」

テラーはふいに言葉を飲み込んだ。そして下を向いて、何か呟《つぶや》くように言った。

「その前に、なんだというのだね？」私は諦《あきら》めて尋ねた。「ロシア人が原爆を手に入れるのが必然なら、君はいったい何を望んでいるのだ？」

テラーは顔を上げ、一瞬私の眼を正面からのぞき込んだ。彼は眼を細め、にやりと笑って言った。

「水爆《スーパー》の開発ですよ」

「核融合爆弾、つまり水爆《スーパー》の開発は単に可能なだけではなく、いまや避けられないものなのです」テラーは急に何かに取り憑《つ》かれたように早口にしゃべり始めた。「ロシア人が核分裂爆弾《ギャジェット》を手に入れるのが必然なら、われわれはその前に、核融合爆弾《スーパー・ギャジェット》を開発するのです。核分裂爆弾の威力には限界がある。ウランにせよプルトニウムにせよ、核分裂反応から取り出すことのできるエネルギーは、それぞれの臨界量によって上限が決まってしまう。しかし、核融合爆弾は違う。それは理論上の臨界量を持たない。用意《セット》した核融合物質——例えば重水素——の量に応じて、いくらでもエネルギーを取り出すことができるのです。水爆からは、いまある原爆の百倍、いや、千倍もの威力を持つ爆弾を作ることが可能でしょう。そして、いいですか、核融合に必要な温度は約四億度。それは、この地球上では唯一核分裂爆弾だけが作り出すことのできる温度です。現在ロシア人が原爆を手に入れていない以上、彼らには水爆を作り出すことができない。彼らが原爆を開発するまでに、われわれは水爆を開発しなければならない。そのことによって、はじめて奴らの陰謀を阻止することができるのです。だが、もしわれわれが水爆《スーパー》の計画を推し進めなかったら、賭《か》けてもいい、僕は今から五年以内に、このアメリカ国内でロシア人の戦争捕虜になっていることでしょう。だからこそ……」

「いずれロシア人は原爆を手に入れるだろうと言ったのは、君だぜ」私はテラーを遮って言った。「もしアメリカがその水爆《スーパー》とやらを開発したら、彼らもまた早晩同じものを手に入れるだけの話じゃないか」

「だからこそ」とテラーはうるさげに手を振った。「われわれはロスアラモスで研究を続けなければならないのです。なに、奴らが水爆を手に入れる頃には、もっと強力な爆弾を作り出してみせますよ。それは、取り扱いの簡便な、爆発効率の良い、しかもより安価なものとなるでしょう。われわれはそれを作り出さなければならないのです。それなのにオッピーはここを閉鎖しようとしている。なぜです？　僕には分からない。彼がなにを考えているのか……」

テラーはそう言うと、一転して頭を抱え、深く考え込んでしまった。彼は呟くように言った。

「僕はいかなる病気も、貧困も、飢えも、おそらく死さえ耐えることができる。だが奴らには、ロシア人だけには、どうしても耐えることができないのだ……」

テラーを見ているうちに、私の脳裏にふと恐ろしい考えが浮かんだ。

キスチャコフスキーはまさにロシア人ではないか？

戦争が終わったいまでは、彼はロスアラモスを離れることも自由だ。もしかするとロシア人たちは、故郷ウクライナに帰ったキスチャコフスキーから原爆の仕組みを聞き出そうとするのではないか？

もちろんそれは、現実にはありえない、妄想に近い考えであった。アメリカ陸軍防諜《ぼうちょう》局がそんなことを許すはずはないし、第一キスチャコフスキー自身けっしてそのような要求には応じないだろう。

だが、問題は現実がどうかではなく、誰かがその可能性を信じるかどうかだった。例えば、ロシア人嫌いの誰かが、その妄想に取り憑かれたとしたら？

彼は、ロシアに秘密が漏れるくらいなら、その前にキスチャコフスキーを抹殺しようとするのではないか？

私は恐る恐るテラーに尋ねた。

「昨夜、君は病院を出てからどこにいたのだ？」

私はその足でフェルミの研究室を訪れた。「昨夜はあれから、ずっとフェルミと話し込んでいた」というテラーの証言を、一応確認しておこうと思ったのだ。

秘書に聞くと、フェルミはいつものように実験室にこもっているという。

実験室に顔を出すと、フェルミは私を認めて、人差し指をひらひらと振ってみせた。

「ちょっと待っていてくれたまえ。もうすぐ終わるから」

彼はそう言いおいて、くるりと背を向け、ふたたび目の前の実験器具をいじりはじめた。私は実験室の隅に椅子を見つけ、そこに座って待つことにした。フェルミがいったん実験をはじめれば、一段落するまではなにを尋ねてもろくな返事が返ってこない。そのことを、私は過去の経験上、いやというほど知っていたのだ。

実際、フェルミほど実験好きの物理学者を、私は他に見たことがない。現代イタリアを代表する物理学者エンリコ・フェルミもまた、ファシズムが台頭する祖国を嫌って、アメリカに逃れてきた科学者の一人であった。

核分裂爆弾の開発において、フェルミはひじょうに重要な役割を果たしている。

一九四二年十二月二日、フェルミはシカゴ大学のフットボール競技場内に作った実験場で、人類初の臨界実験を行った。減速材として黒鉛《グラファイト》を用いたこの実験で、フェルミは核分裂反応、すなわち〝連鎖反応〟が持続することを確認した。核分裂爆弾は、この実験によってはじめて実在性を与えられたといっても過言ではない。

フェルミは、なにごとも自分の手でやることを好んだ。彼は、すでにノーベル賞を受けた大科学者であるにもかかわらず、臨界実験においては、黒鉛の塊をパイルに組み立てる作業に自ら参加し、頭の先から足の先まで、文字通り〝真っ黒〟になって働いた。

おそらくフェルミにとっては、結果もさることながら、実験の過程こそが喜びの源泉なのだ。いまも実験器具をいじっている彼の顔には嬉々とした表情が浮かんでいた。彼は、不思議な踊るような動きで実験を続け、その姿に眼を奪われていた私は、実験を手伝っている助手の顔に眼を移して、おやと首を傾げた。

ぎこちない手つきでフェルミの指示に従っている若者は、ポール・ティベッツ中佐――昨夜のパーティーで紹介されたエノラ・ゲイ号のパイロットであった。軍服から白衣に着替えたポールは、なんだか巣穴から突然引っぱり出された野兎のようにおどおどとして見えた。

やがて、ガイガー計数管《カウンター》が、放射線に呼応して、カタカタと楽しそうに音を立てはじめた。

「見たまえ。予想したとおりの数字だ。これで分かったろう?」

フェルミはポールに向かって両手を広げて言った。ポールはなんだか狐につままれたような顔をしている。フェルミは相手の様子にはおかまいなく、満足げに眼を細め、ガイガー計数管の奏でる音に耳を傾けている。いつまでもそうしていそうな気配だったので、私は一つせき払いをして彼の注意を促した。フェルミは振り返って私に気づき、驚いたように声をあげた。

「おや、君。いつからそこにいたのだい?」

「ほんのさっきからです。気にしないでください」私は肩をすくめて言った。「それより、何の実験をしていたんです?」

「ああ、これなら」とフェルミはポールをちらりと見て言った。「彼が、自分がヒロシマに落とした爆弾の仕組みを知りたいと言うのでね。こうして実験で原理を確かめてみたというわけさ。……なあ君、このあいだまでは、科学者というのはみんなこんなふうにやっていたんだぜ」フェルミは、実験直後の高揚した雰囲気もそのまま、ポールに向き直って続けた。「つまり、一人の実験家が自分の研究室の中でなんでもできて、その結果をなんでも発表できたのだ。私がこの道に足を踏み入れた頃には、ベリリウム金属を乳鉢とすりこ木ですりつぶし、粉末にして、ラドンを満たしたガラス管に封入する、などといった作業をしばしば命じられたものだ。頭脳よりもスタミナの要求される作業。科学者は同時に旋盤工をも兼ねていたんだ。やれやれ、古き良き時代というやつさ」

「僕には、あなたはまだお若いように見えますが……」ポールが慎重に口を開いた。

「もう四十四だからな。若い連中には、太古の世界をのさばり歩いた恐竜くらいに思われているさ」フェルミはそう言って、はっはっと陽気に笑った。

「それで、君はドクタ・フェルミになにを教わったのだい?」私はポールに尋ねた。

「なにと言われましても……」白衣を着たパイロットは困惑した様子で首をすくめた。

「要するにだ」フェルミが言った。「そうだな。例えば、いまこの机の上に微量の物質が置いてあるとしたまえ。部屋の中は真っ暗だ。突然物質は姿を消し、その場所に光が現れる。部屋は明るくなった。〝質量とエネルギーが等価〟というのは、つまりそういうことだよ」

「はあ……」

「まあ、急がなくても良い。すぐに分かるようになるさ。科学者だってこのあいだまで、誰もこんなことを信じてはいなかったんだ。それどころか、一九〇五年にアインシュタインがブラウン運動による分子の実在性を発表するまでは、科学者の多くは原子や分子の実在性に懐疑的だったんだ。信じられるかい？　一九〇五年と言えば、ほんのちょっと前、私が子供だった時分だ。ところが、わずか三十年後には、存在さえ疑われていた原子を割って、中から未知のエネルギーを取り出そうというのだからね。人間という奴は、つくづく業の深い動物だよ。ところで、何か用かい？」フェルミは私に尋ねた。

「用というわけではないのですが……」私はちょっと言いよどんだ。テラーについての疑念を、ポールの前で切り出すのがためらわれたのだ。私は別のことを尋ねた。

「あなたは、ロシア人が近い将来、原爆を開発するとお思いですか？　例えば、彼らが自前の原爆を開発し、それをスーツケースに入れてアメリカに持ち込むなどという危険があると思いますか？」

「そいつは無理だな」フェルミは即座に言った。「ロシア人は原爆を開発するかもしれないが、スーツケースに入れて持ち込むのは不可能だ」

「なぜです？　原爆の装置自体はそれほど大きくはないはずですが？」

「ロシア人には原爆は作れても、スーツケースを発明するのは無理だよ」フェルミはそう言って、ははは と声に出して笑った。

「いや、冗談はさておき」フェルミはすぐに真顔に返って言った。「質問に対する私の答えは

『どんなことでも起こりうる』だ。考えてもみたまえ、われわれの原爆研究だって初期の段階では、原爆が実現する可能性を信じていた者はほとんどいなかったのだ。少なくとも、今回の戦争に間に合うとは誰も思っていなかった。ただ、ごく一部の科学者、レオ・シラードといった者たちだけが、原爆の可能性を指摘し、さらにはそれをナチス・ドイツが独占的に所有した場合の危険性について警鐘を鳴らしていただけだったのだ。

私自身、ここロスアラモスに来て、はじめて研究《プロジェクト》の全容を聞かされた時は、家に帰って妻にこっそりこう耳打ちしたものさ。『ねえきみ《ディア》、信じられるかい。ここの連中はまるで、本当に核分裂爆弾を作りたがっているようだぜ』とね」

「しかし、現実に原爆は完成しました」

「信じられないことにね」フェルミは体の前で両手を広げてみせた。「私としては、この爆弾が今後すべての戦争を無効にすることを心から祈っているよ。……もっとも、アルフレッド・ノーベルがダイナマイトを発明した時も、同じことを言ったそうだがね」

「ねえ君、戦争はいつからこんな具合になってしまったのだろう？」フェルミは白衣を普段着に着がえ、お気に入りの革製の椅子に深く腰を下ろすと、パイプに火をつけて言った。「私が子供の頃に思い描いていた戦争はこんなものじゃなかった。戦争という言葉は、もっと祝祭的な、むしろ陽気とさえいえる雰囲気をまとっていたはずなのだ。たとえば、私が子供の頃よく読んだ本には十七、八世紀ヨーロッパの、いわゆる〝ロココ風〟軍隊同士の戦争のようすが詳しく叙述されていた。それによれば、当時のプロイセンの王フリードリヒ・ヴィルヘルム一世はことのほか身長の高い兵士を好み、文字どおりの巨人軍《ギガンテン》を編制したという。『王は強制徴用の方法にかけてはことに無鉄砲で、七フィートを超える人物を見つけるや、誰彼かまわず騙《だま》してつれ去り、また彼らと対になって第二世代を産むにふさわしい大きさの女性をも誘拐したものだった』。その章の結びにはこう書かれていた。『このような大切な兵士をどうして戦場で死なすことができようか。好戦的と一般に考えられているこの国王は、二度の戦争に参戦したが、ただの一度も戦闘にはこの軍隊を使わなかったのである』。

結局のところ、当時の戦争は〝牛追い祭り〟か、せいぜいが旧式のフットボールの試合程度の危険しかなかったのだ。子供の頃、私が思い浮かべる戦争は、退屈な日常から離れて魂を高揚させる場所、名誉と勲《いさおし》が待つ空間だった。一九一四年にヨーロッパであの戦争（第一次世界大戦）がはじまった時も、まだほんの子供だった私は、戦場に行く若者たちがうらやましくてならなかったものさ。おそらく彼ら自身もそう思っていたのだろう。若者たちは見送りの者に珍しい土産話を約束し、笑って手を振っていた。彼らはその年のクリスマスには故郷に帰ってくるつもりだった。戦争はまだ〝人間的なもの〟だと思われていたんだ。

だが、戦場で若者たちを待ってたものは、魂の高揚でも、名誉と勲でもなかった。戦車と恐怖の毒ガス、高性能の銃から撃ち出された弾はどこからともなく飛んで来て一瞬にして目の前の戦友の命を奪い去り、兵士たちはもはや自分が誰を殺したのか、誰に殺されたのかさえ分からなかった。そこには、もはや個人の名誉も人間としての尊厳も存在しない。彼らが絶望して泣き叫び、いくら許しを請うたところで、毒ガスや、あるいは戦車がふるう死の利鎌《とがま》からは逃れることはできなかった。

戦争は、機械の発達によって、非人間的なものとなった。戦わない巨人《ギガンテン》たちがいた頃とは似ても似つかない、異質なものに変わってしまったのだ。その昔、戦争は志願者を募ったものだが、いまではむしろ犠牲者を駆り立てている……」

「つまり、あなたは」と私はフェルミに尋ねた。「戦争から〝人間的なもの〟を奪ったのは科学、ひいてはわれわれ科学者の責任だとおっしゃるのですか？」

「そうは言ってはいないさ」フェルミは肩をすくめた。「だが、少なくとも、私たち科学者がいなければ、高性能爆弾や毒ガスは存在しなかったはずなのだ」

私は彼が本当に言いたかったことに、ようやく気がついた。

「原爆を作ったことを、後悔しているのですね？」

「作ったことは後悔していないさ。私が手を貸さなくとも、あの爆弾は作られるべくして作られただろう。ただ……」フェルミはパイプの煙を宙に吐きだし、しばらくその行方を眼で追っていたが、ふいに椅子から身を乗り出して私に尋ねた。「いったい、あれは必要な行為だったのだろうか？　あのとき日本は、客観的に見て、すでに、充分に戦争に負けていた。その日本に、本当に原爆を落とす必要があったのだろうか？」

「決定に際しては、あなたも会議に参加されていたと聞きましたが？」

「ふむ」とフェルミは短く唸《うな》り、ふたたび椅子に深く背をもたせかけて言った。「私自身は反対だったのだ。あの爆弾は、未曾有《みぞう》の破壊力を持つ、化け物のような存在だ。そんなものを実際に、しかも警告なしに人々の頭のうえに落とすことは、ただでさえ人間味を無くしている戦争を、いっそう不気味な非人間的なものにしてしまうだけだ。私は『どこか無人島に日本の指導者を呼んで、原爆の威力を見せつけたらどうか?』と提案してみた。だが、私の提案はすぐに、日本人が『石を食べさせられても戦う(〝石にかじりついてでも戦う〟を誤解したものらしい)』と言っていること、それに日本で蔓延《まんえん》している奇妙な病――〝カミカゼ〟と呼ばれる自殺症候群を理由に退けられた。自殺願望のある民族なんて聞いたことがないが、もし本当なら、なるほど原爆の威力を目の当たりにしたところで戦争をやめるとは思えない。『それならせめて、いつ、どこに落とすか警告してから行うべきだ』という提案も出されたが、『警告したら、日本人はアメリカ兵の捕虜をその地区に集めるだろう』と言って、これも退けられた。目標を軍事施設に限るべきだという意見もあった。が、日本では軍需工場の周りを無数の小さな民家がアリの巣のように取り囲み、それぞれの家で手工業的に軍需物資を生産していて、これらを明確に分かつことはできないという。私は冗談に『皇居に落としてみたら?』と提案したが、もちろん退けられた。『そんなことをしたら、戦後日本は共産化するだろう』というのがその理由だった。

結局、私たちは充分に有効と思われるデモンストレーションを思いつけなかった。それで原爆投下の決定がなされてしまったのだ……私には、今もあれが正しい判断だったのかどうかよく分からないのだよ」

「正しい判断だったに決まっているじゃないですか!」それまで黙って聞いていたポール・ティベッツが、唐突に口を開いた。彼はフェルミと私の顔を交互に眺め、激しい口調でつづけた。

「あなたたちは二人して、いったいなにを話しているのです? 日本軍は、卑怯《ひきよう》にもわがアメリカに対して、宣戦布告なしに騙し討ちをかけた敵国ですよ。パール・ハーバーでわが軍がどれほどの被害を受けたか、また太平洋の島々で奴らにどれほどアメリカの若者が殺されたか、あなたたちは知らないんですか？　あれは見事な報復でした。それに、あれがなければ日本は決して降伏しなかった。あれは、戦争が続いたら失われたであろう多くのアメリカ人の命を救ったのです」

「ほう、アメリカ人の命をね」

　フェルミの皮肉な口調に気づいたらしく、ポールはちょっと顔を赤らめて言った。

「僕はなにも、アメリカ人のことだけを考慮しているわけではありません。その証拠に、考えてもみてください、あれがなければわれわれは日本に上陸して戦わなければならず、そうしたら必ずや双方に、いいですか双方に甚大な被害が出たに違いないのです。ええ、これはグローヴス将軍からの受け売りですが、将軍はあの任務のあと、ぼくにこうおっしゃってくれました。『君の働きのおかげで、多くの貴い人命を救うことができた。われわれは日本人の命も考慮に入れて作戦を行ったのだ』と。結果的には、あれはアメリカ人のみならず、多くの日本人の命も救うことになったのです。いったいどこに正しさを疑う理由があるのです？」

「では、教えてくれたまえ」とフェルミが尋ねた。「われわれの作ったあの爆弾は、正確には、いったいどれほどの人命を救うことができたと考えているのかね？」

「そうですね」ポールは少し考えて言った。「もし実際に上陸作戦が行われていたとしたら、日米双方の死者はおそらく百万人を超えたでしょう」

「そんなことはあるまい。あの時点で日本軍には、もはや武器らしい武器は存在しなかったんだ」

「そうでしたね」ポールは慌てて訂正した。「しかし数万から、数十万の犠牲は避けられなかったはず……」

フェルミは、にやにや笑って首を振った。

「では、数千？　だが、まさか数百ということはなかったはずです」ポールは最後はむっとしたように言った。「いずれにせよ、戦争においては敵の全人口が適正な軍事目標なのです。ぼくは命じられれば、何度でも同じ任務を繰り返すでしょう。それが軍人というものですからね」

ポール・ティベッツはそう言って、昂然《こうぜん》と胸を張った。フェルミは私に向かってちょっと苦笑してみせ、またポールに向き直って尋ねた。

「ところで君、第三次世界大戦で使われる武器がなんになるか知っているかい？」

「第三次世界大戦の、武器？」ポールは一瞬呆気《あっけ》にとられたような顔になった。「いや、ぼくには分かりません」

「そう、私にも分からない」フェルミは言った。「だが、第四次世界大戦の武器なら分かっている」

「何です？」

「こん棒だよ」

第八章　イルカ放送——続き

その頃、世界中は大騒ぎになっていました。

なにしろ、イルカと話ができるなんてことを、その日まで誰ひとり考えたことがなかったのですから！

ラジオを聞いていた人たちの反応は、大きく二つに分かれました。

大人たちの多くが困惑して眉《まゆ》をひそめる一方、子供たちはみんな大喜びです。

翌日には、世界中の新聞の一面に二頭のイルカの写真が大きく載りました。

イルカたちの顔はまるでにっこりとほほ笑みかけているようですし、彼らの前びれは新しい友人に手を振っているように見えます。二頭のイルカは、たちまち世界中の子供たちの人気者になりました（写真の隅には、科学者たちが肩を寄せ合うように小さく写っていたのですが、ほとんどの人は気がつきもしなかったようです）。

二頭のイルカはさっそく、それぞれ特徴にあわせて〝チビすけ《リトル・ボーイ》〟と〝太っちょ《ファット・マン》〟と名前がつけられました。

世界中の子供たちはもちろん、みんなイルカと話をしたくてたまりません。では、二頭のイルカが世界中の子供たちと話すには、いったいどうすれば良いのでしょう？

各国の政治家たちがあつまり、会議を開いて相談をすることになりました。

最初、大きな国の政治家たちは、自分たちの国だけでイルカの話を聞くことを主張しました。しかし今では、世界中の子供たちがみんなイルカと話ができることを知っているのです。いくら大きな国の政治家だって、世界中の子供たちの声を無視することなどできるはずがありません。

結局、ロスアラモスにラジオ放送局が作られ、毎日決まった時間に世界中にイルカの声を放送することになりました。

名づけて「イルカ放送局」。

話を聞くのは、ロスアラモスの科学者たちです。

「えー、ラジオの前のみなさん。聞こえますか？　こちらはイルカ放送局。ただいまから〝イルカ放送〟を始めます」

インタヴュー役のアメリカの科学者はいささか緊張気味のようです。

——ではイルカ君、まず尋ねたいのだが、イルカはみんな君たちのようにしゃべることができるのかい？

「もちろん喋れるさ。当たり前じゃないか」〝チビすけ〟が呆《あき》れたように答えました。

——しかし、われわれはほかのイルカたちにもこの〈翻訳機〉を試してみたのだが、どうもうまく働かない。なぜだろう？

「イルカ語は、本当はあなたたちが思っているよりずっと複雑なんです」〝太っちょ〟が言いました。「ぼくたちはこの研究所に連れて来られてから、あなたたちの言葉を研究しました。それで、なんとかあなたたちに分かるよう話しているのです」

――えーと、それはつまり……。

「ぼくたちの方が翻訳機にあわせて話しているんだよ」と〝チビすけ〟。

「本当だったら＊@？・＝£＋＊#§……となるはずです」と〝太っちょ〟。

――ふむ、むむむ。

科学者は、イルカと話ができるのが自分たちの発明のおかげではないと聞かされて、気落ちしたようです。なんとか気を取り直して尋ねました。

――君たちイルカの社会について聞いてもいいかな？

「どうぞ」

「なんでも聞いて」

――君たちもケンカをすることがあるのかい？

「そりゃ、ぼくたちだってたまにはケンカもするさ」〝チビすけ〟が答えました。「気の合わない仲間と争うこともあるし、かわいい女の子をめぐって恋のさや当てをすることもあるよ」

――しかし、君たちはよく私たちに「仲良くしろ」と言うね。あれは、なぜだい？

「おやおや。なぜ、だって」〝チビすけ〟がまた呆れたように言いました。

「あなたたち人間のケンカは、ぼくたちイルカのケンカとは全然違いますよ」〝太っちょ〟が言いました。「ぼくたちは、たとえケンカの時でも、相手の弱い部分は絶対に攻撃しません。嚙《か》むにしても、けっ飛ばすにしても、身体をぶつけるにしても、相手の筋肉で守られた部分だけを狙います。頭や腹といったダメージを受けると取り返しのつかない大切な場所を攻撃することはありません。ところが、あなたたち人間ときたら、相手の弱点を狙って攻撃する。武器を使う。あげくに、殺してしまうことまである」

「仲間を殺すなんて、サメよりたちが悪いや」〝チビすけ〟が言いました。「ぼくは知っているよ。あなたたち科学者は、お互いになんとかほかの国の科学者を出し抜こうと、あれこれ秘密にして……」

――えー、今日はこのくらいで……。では、みなさん、また明日。

科学者は慌てたように放送を終えました。

それからというもの、ロスアラモスには、世界中の子供たちから毎日のようにイルカへの質問が届きます。例えば、

――広い海の中で、イルカはいつも一人で暮らしているんですか？

という質問には、〝チビすけ〟がこう答えました。

「ぼくたちはたいてい集団で生活しているんだ。この集団はときには二、三百頭になることもある。なんのために集団を作るかって？　もちろん弱い者を守るためさ。ぼくたちは群れの真ん中に弱ったイルカや、子供のイルカを入れて守るんだ」

質問のなかで一番多かったのが、

――海の中はどんなふうに見えるの？　なにがあるの？

というもので、この質問に答えるのに、二頭のイルカは交互に何日も話さなければなりませんでした。

「ぼくがいちばん好きな場所は、なんといってもサンゴ礁《しょう》だ。白やピンクのサンゴは、たくさんの生き物たちのすみかになっていて、不思議が尽きないからね」

「海の中を泳いでいるとき、上には陽光がはじける眩《まぶ》しい世界、下には謎めいた青い薄闇の世界が広がっている。ときどき、ずっと下の方で何か大きな生きものがいったりきたり、堂々としたダンスを繰り広げていることもある」

「夜もおもしろいよ。月のない夜に、夜光虫が海を金色に染めているのはとても素敵な眺めだ」

「夜の海を走る竜巻の話を聞いたことがあるかい？　それは、はじめは霧がまとまって輝いているだけのように見える。でもすぐに形がくっきりとして、空へと高く昇っていく。それは、まるで海面を進む火の柱のように見える。でも本当は、竜巻が海のなかの発光生物を巻きあげて、空にまきちらしているんだ」

「海の底にどれほど巨大な海底火山があるかを知ったら、みんなきっと驚くと思うよ。火山のなかにはいまも生きているものがたくさんあって、海の底で真っ赤な炎を噴き出しているんだ」

「嵐の夜。逆巻く波と荒れ狂う風は恐ろしい。でも、そんなときも少し潜れば、海の下は嘘のように静かな世界が広がっているのさ」

………

世界中の人たちは、毎日ラジオの前に釘付《くぎづ》けになって、二頭のイルカの語る神秘の世界に耳を傾けました。

それは、それまですでに人間が知り尽くしたと思っていたこの地球の、まったく別の姿でした。ラジオを聞いたあとでは、なんだか自分たちが〝魔法の王国〟に住んでいたことにはじめて気づいたような気がしたものです。

ラジオを聞いていた人たちが、もう一つ驚いたことがあります。

それはイルカたちが、自分たちの種族の歴史を持っているということでした。

——しかし、きみたちイルカは文字を書くことができない。昔のことを、どうやって記録しているのだい？

科学者の質問に、二頭のイルカはおかしそうに笑って答えました。

「ぼくたちには、文字なんかよりずっと優れた記録装置がある」

「ぼくたちは自分たちの歴史を歌で伝えているんだ」

そうして〝チビすけ〟と〝太っちょ〟がうたってくれた歌声は——やっぱり〈翻訳機〉では訳しきれなかったので——科学者たちが後で苦労して翻訳して、のちに『イルカ史』として発表されることになりました。

イルカと人間の歴史を突き合わしてみたとき、誰もがまず感じるのはある種の〝ばかばかしさ〟でした。人間は有史以来、なぜこのような愚かなことで互いに憎しみ合い、人間同士の殺し合いを繰り広げてきたのでしょう？　仲間同士助け合い、また海に落ちた人間たちをも同じように助けてきたイルカの歴史に比べれば、人間の歴史はただもう不可解な、ばかばかしいものに感じられるのでした。

おかげで過去に争ってきた、また現在争っている人たちも、『イルカ史』を読んだ後では、すっかり自分たちのことが恥ずかしくなって仲直りをすることになりました。

人間たちが、世界との新しい関係性を手に入れたのは、なにも歴史や政治についてだけではありません。イルカたちの言葉は、なにより科学者たちにそれまで思いもかけなかった発想と広い視野を与えたようです。

何年もしないうちに、科学技術は飛躍的に発展しました。

なかでも宇宙に吹く太陽風を利用する技術が開発された結果、地球上のエネルギー問題はすべて解決しました。地球上から飢餓がなくなり、貧困が消えるまでにそう時間はかかりませんでした。疫病が駆逐され、環境汚染は解消、民族や階級間の対立もほとんどみられなくなりました。

人間の暮らしは、かつてないほど快適なものとなったのです。

イルカたちの夢が語られたのは、そんな頃でした。

――一緒にもう一つの海に乗り出そう！

ラジオ放送を聞いた人たちは、はじめイルカたちがなにを言い出したのか理解できませんでした。

その頃「イルカ放送局」は、とっくにロスアラモスから海の中へと移され、イルカたち自身の手によって放送が続けられていました。人間たちは毎日、楽しみに聞いています。

「こちらはイルカ放送局。地上のみなさん、聞こえますか？　こちらはイルカ放送局」

放送はいつものようにはじまりました。

「この時間は、予定を変更して、ぼくたちイルカの夢について放送します」

ラジオを聞いていた人たちは、おやと思いました。「イルカ放送」の予定が変更されるなんて、めったにないことです。

「地上のみなさん、ぼくたちイルカには夢があります。もう一つの海に乗り出すこと。それがぼくたちの長年の夢です。どうか地上のみなさん、想像してください。ぼくたちの見ている世界を。見はるかす水平線を。そして、よく晴れた夜の海を。頭の上に広がる満天の星空を。それはぼくたちにとってもう一つの海です。ぼくたちは長年、いつかそのもう一つの海に泳ぎ出すことを夢見てきました。

そうです。宇宙へ！

それが、ぼくたちの長年の夢なのです。

地上のみなさん、どうかぼくたちに協力してください。一緒に宇宙船を作りましょう。そして、一緒にもうひとつの海へ乗り出しましょう！」

ラジオ放送は、そう言うとまた普段どおりの番組に戻りました。〝イルカの歴史〟、〝今日の海底火山〟、〝イルカへの質問箱〟、〝イルカの歌〟……。

〝イルカの夢〟はそれから毎日一度、かならず放送されるようになりました。

しかし、イルカたちはこのかけがえのない地球を捨てて、いったいどこへ行こうというのでしょう？　大人たちの多くは地球を離れることなど考えられもしない様子でした。

イルカたちの夢に賛同したのは、子供の頃にはじめてイルカと話すことができることを知って大喜びをした世代の者たちでした。彼らはいまでは若者になり、その中には科学者の道を選んだ者も大勢いたのです。

彼らは大人たちを説き付け、イルカと協力して、ロケットの製作に挑みました。

何年もしないで、宇宙に行くロケットが完成します。

地球上のすべての人間とすべてのイルカたちが見守る中、イルカと人間をのせた最初のロケットが無事宇宙にむけて旅立ちました。

第二、第三の冒険者があとに続きます。

宇宙にむかって飛び立つロケットの姿は、すぐに珍しいものではなくなりました。

発射場では今日もまた、一台のロケットがまだ見ぬ大宇宙の海原に向けて出発しようとしています。

おや、発射場の片隅に、なんだか見覚えのある人たちが集まっているようです。

やっぱりそうです。彼らは、いつかロスアラモスで〈イルカ語翻訳機〉を発表した、あの〝世界の科学者たち〟です。痩《ゃ》せて背の高いアメリカの科学者、厳しい顔をしたソビエトの科学者、重々しい声で話すドイツの科学者、陽気なイタリア人、インド人、中国人……みんな揃っています。

しかし、どうしたことでしょう？　あんなに仲が悪かった科学者たちが、今日はにこにこと笑いながら、お互いしっかりと握手を交わしているではありませんか？　きっとなにか良いことがあったのですね。

その時、ロケットのエンジンが点火されました。

轟音《ごうおん》とともに、ロケットが空に浮かび上がります。たちまち、見上げた青い空を、ロケットは長い炎の尾を引いて、まだ見ぬ星へと旅立ってゆきました。

目指す先は〝アンドロメダ〟か、それとも〝かに座星雲〟でしょうか？

その星にはもしかすると、わたしたち地球の生き物とは異なる文明、異なる価値観を持った生物が住んでいるかもしれません。

でも、大丈夫。人間とイルカというまったく別の種族が理解しあえたのです。一が二になったのなら、二が三にならないはずはありません。今度もきっと仲良くできる……。

ロケットは、今日もイルカと人間の夢をのせ、宇宙の大海原の旅を続けていることでしょう。

どこまでも。そして、いつまでも！

第九章　隠された事故

ロバートとは、マイケルの病室で待ち合わせる約束になっていた。病室に入っていくと、彼はベッドのわきに椅子を出し、頭に包帯を巻いたマイケルと低い声でなにごとか語り合っていた。

「ずいぶん時間がかかったな」ロバートは私を振り返って言った。

「これでも急いだつもりなのだがね」

「数名の人物の昨夜の行動を確認するだけだろう？　たいした手間じゃない」

「確認するだけ、ね……」私は諦《あきら》めて小さく首を振り、ネダマイヤーをはじめテラーや、フェルミに聞かされた一切合切を、かいつまんで話して聞かせた。

ロバートは私の報告を一通り聞き終えると、眉《まゆ》をひそめて尋ねた。

「それじゃあ、グローヴス将軍は結局つかまらなかったというのか？」

「彼の秘書に確認したところ、なんでも将軍は昨夜のうちにシカゴに発ったという話だった。いずれにせよ、彼はこの件には関係ないと思うがね」

「ふん」とロバートは不満げに鼻をならし、すこし考えて言った。「ところで、君が聞いてきた話は確かなのだろうね。たとえばネダマイヤーが、昨夜は一晩中研究室にいたということを、証言してくれる人物はいるのか？」

「それなら間違いない。昨夜彼がずっと研究室にいたことは、パーソンズ大佐が証言している。彼は、グローヴス将軍の指示で、昨夜の爆発事故についての報告書をまとめていたんだ。もっとも、パーソンズは、自分の証言がネダマイヤーに有利に働くと知って、ひどく残念そうだったがね」

「なるほど。あの仲の悪い二人が口裏を合わせているとは思えない、か。それで、他の連中の話はどうなんだ？」

「テラーについては、フェルミが証言してくれた。彼は、例によって水爆《スーパー》の可能性を一晩中話していたそうだ。残るはポール・ティベッツだが……」私はベッドの上のマイケルをちらりと見て言った。「本人は『昨夜はあれからパーティーに少しいて、部屋に戻って休んだ』と言っていた。だが、残念ながらそのことを証明してくれる人物はいない」

「すると、機会はあったわけだ。しかし、彼には動機がない」

ロバートは難しい顔で顎《あご》をひねった。

「実はそのことなのだが……」私はあまり気が進まないまま、先をつづけた。「ポール・ティベッツにも、動機はあったんじゃないかな」

「どういうことだ」ロバートは言った。「あの若者は、昨夜はじめてキスチャコフスキーに会った。おそらく名前も知らないだろう。その彼がなぜ、見ず知らずの相手の命を狙わなくちゃならない？」

「しかし、こうは考えられないだろうか」私は言った。「彼は〝英雄〟として、昨夜のパーティーに招かれていた。ところが、その場所で起きた不測の事態にとっさに行動したのは、彼ではなく、同僚のマイケルだった。それは彼にとっては、軍人として致命的ともいえるミスに思えたのじゃないだろうか？ だが、もしマイケルが命を救った科学者――すなわちキスチャコフスキーが殺されれば、昨夜の同僚の英雄的行為は無価値になる」

「だから、彼はキスチャコフスキーを襲ったのだと？」

「われながらばかげた想像だとは思うがね」

「あの……」と、ふいに第三の声が割り込んできた。顔を向けると、ベッドの上でマイケルが私たちの顔を交互に眺めていた。

「すみません。あなたたちは、いったい何の話をしているのです？」

「もちろん、昨夜の事件についてだよ」私が答えた。

「昨夜の、事件？」マイケルは不思議そうな顔をしている。

振り返ると、ロバートがひょいと肩をすくめてみせた。「彼には、まだ何も話していないのだ」

「ティベッツ中佐は、ぼくの同僚です。彼が、いったいなにをしでかしたというのです？」マイケルは不安げに尋ねた。

私たちはちょっと顔を見合わせ、結局彼に昨夜の事件を手短に話して聞かせることにした。

ロバートの口から事情を聞かされると、マイケルはさすがにショックを受けた様子であった。

「そうですか……。昨夜、ぼくが意識を失っているあいだに、隣の部屋では人が一人殺されていたのですね」彼は虚《うつ》ろな眼でシーツを眺めて言った。「それで分かりました。さっきあなたがなぜ、昨夜病室を訪れた人物のことを尋ねたのかが」彼は顔を上げて尋ねた。「それで、ぼくが見た、眼帯をしたあの少女は見つかったのですか？」

一瞬、ロバートの表情がまた不自然にこわばるのが、はっきりと見て取れた。

「君の勘違いだよ」私はマイケルに言った。「調べてみたのだが、昨夜この病院にはやはり、君が言うような少女は来院していない。もちろん入院患者の中にもいなかった。君はきっと、頭を強く打ったせいで記憶が混乱しているんだ」

「記憶が？　そうでしょうか？」マイケルは首を傾げた。

「そうとも、そうに決まっている。なあロバート、君もそう思うだろう？」

せっかくとりなした私の言葉にも、ロバートは青い眼を大きく見開き、無言のままであった。

マイケルの方が気をきかせて言った。「どうやら、昨夜のぼくはつくづく水に祟《たた》られていたようですね。大きな水槽で頭を打って、助かったと思ったら、今度は危うくガラスの花瓶で頭を割られていたかもしれなかっただなんて。いや、それともぼくは、とてつもなくついていたのかな？　どっちの場合も、死んでいても不思議じゃなかった。隣の部屋で死んだ気の毒な男の代わりにぼくが頭を割られて、この部屋を血の海に変えていたかもしれない……」

「待てよ！」ロバートがとつぜん声を上げた。彼は椅子から立ち上がり、虚空の一点を見据えて言った。「妙だ。私は……なぜすぐに気づかなかったのだろう？」

「しっかりしたまえ」私は首を振って言った。「何が妙なんだ？　もし君の具合のことを言っているのなら、われわれはとっくに気づいているがね」

「私の具合なんぞ知ったことじゃない」ロバートは言った。「そうとも。現場は〝血の海〟になっていてもおかしくはなかったんだ。これは……確かめる必要がある。だが、もしそうだとすると……犯人はなんだってそんなことを？　まったく妙な話だ！」

　彼はぷいと身をひるがえし、ぶつぶつと呟《つぶや》きながら病室を出ていってしまった。

「心配しなくていいよ」私は、呆気《あっけ》に取られた様子のマイケルを振り返って声をかけた。「ロバートはなにも気が変になったわけじゃない。いつものことなんだ」

「いつものこと？　あれが、ですか？」

「ロバートだけじゃない」私はさっき会ってきたばかりの連中を思い出して言った。「このロスアラモスにいる科学者たちはみんな、とびきり優れた連中でね。……つまり、とびきりの変人揃いというわけさ」

　私はしばらくマイケルの相手をして、どこに行ったのか分からない友人の帰りを待つことにした。

「自分がロスアラモスにいるなんて、なんだか妙な気分ですよ」マイケルは言った。「ご存じですか？　この土地について今、アメリカ中でさまざまな噂が流れていることを」

「たった二発で戦争を終わらせた驚異の新型兵器を作った場所として？　それとも、二十億ドルを浪費した馬鹿騒ぎの場所としてかな？」

「まあ、両方ですね」マイケルは笑って答えた。「ぼくはここに来る前にいろんな噂を聞かされましたが、おかしなことに、最寄りのサンタフェの町での噂が一番混乱しているようでした」

「どんな噂か、およその見当はつくよ」私は苦笑して言った。「ここの研究所で使用する資材は、たいていあの町を経由していた。荷物を満載したトラックが、毎日ロスアラモスに向かっているが、帰りはみんな空になっているんだ。入っていくだけで、出てくるものはなにもない。サンタフェの人たちは不思議でしょうがなかっただろう。地元の新聞にこんな投書が載ったこともある。『これは明らかに税金の無駄遣いだ。くだらないニューディール政策の蒸し返しだ』とね。グローヴス将軍はこの記事を読んで怒り狂っていたようだが……仕方がない。戦争中、ロスアラモスは公式には存在しない、秘密の町だったのだから」

「そのほかにも、サンタフェの人たちはいろいろと想像を巡らせていたようですよ」とマイケルはくすくすと笑いながら言った。「中でも、一番人気のあった噂は『馬の部品を作って、ワシントンで組み立てているのだ』というやつで、もう少し真面目なところでは『潜水艦の前面ガラスにつけるワイパーを作っている』という噂もあったそうです」

「潜水艦のワイパー？　海から何百マイルも離れているのに？」

「ええ。それどころか、おかしなことにサンタフェの人たちは、戦争が終わって、ここで何が作られていたのか明らかになってからの方がいっそう混乱しているようでしてね。彼らは、ぼくがロスアラモスに向かうことを知ると『本当はあそこで何を作っているのか、ぜひ見て来るように』と言い、『帰りにこっそり教えてほしい』とさんざん頼まれました。彼らは政府の発表を全然信じていないみたいです」

「困ったものだ。が、考えてみれば、急に『二十億ドルをつぎ込んで、できあがったものがたった二発の爆弾だった』と聞かされても、信じろと言う方が無理かもしれないな」私は小さく頷《うなず》いて言った。

「ところで、さっきはロバートに何を教わっていたのだい？」

「おや」マイケルは驚いた顔になった。「ぼくが彼に教わっていたと、なぜ分かったのです？」

「最新の物理理論の応用でね……と言いたいところだが、じつは私が病室に入って来たとき、ロバートが君に低い調子の声で話をしていただろう？　彼があんなふうに話すのは、きまって人にものを教えるときなんだ」

「そうでしたか」マイケルはほっとした様子で言った。「ぼくはまた、本当に会話が盗聴されているのかと思いましたよ」

「盗聴とは、穏やかじゃないな」

「すみません。でも、ミスタ・オッペンハイマーがそんなことをおっしゃっていたものですから……」

「ふむ」と唸《うな》って、私は頭を巡らせた。ロバートは、私にだけでなく、この若者にまで盗聴の心配を漏らしたらしい。彼はいったい何を恐れているのだろう？

「それで、彼に何を教わったのだい？」私は不安を押し殺し、努めて平静な声で彼に尋ねた。

「いろいろと教わりましたよ」マイケルは目を輝かせて言った。「たとえば、ロスアラモスの奇妙な階級社会について。なんでもこの場所は、ひどい階級社会なんですってね？　住民は持っているバッジの色で差別される。一番偉いのが〝青バッジ〟、次が〝白〟、〝緑〟、それから〝バッジなし〟。バッジの色で立ち入り可能区域が決まる。同じバッジを持った者同士の秘密は、たとえ家族にも漏らしてはならない。技術地区《テック・エリア》に入れるのは青バッジを持った科学者たちだけ。……なんだか、まるで古いヨーロッパの秘密結社みたいだ」

「〝バッジ制階級社会〟」私は調子を合わせて頷いた。

「それから、原爆について」マイケルは言った。「ぼくは自分がしたことを知りたいのです」

ポール・ティベッツは、同じことをフェルミに尋ねた。〝原爆〟は、いまや最大の人気商品らしい。だが、彼らにはもちろん自分がしたことを知る権利がある。

「原爆を爆発させるためには、二つの方法があるそうですね」

マイケルは眉をひそめ、ロバートから教わったばかりの原爆に関する知識をそらんじてみせた。

「ぼくたちがヒロシマに落とした爆弾〝リトル・ボーイ〟には、銃式《ガン・メソッド》が用いられていた。一方、ナガサキには爆縮式《インプロージョン・メソッド》の爆弾〝ファット・マン〟が投下された。二つの爆弾の形が異なるのは、起爆方法の違いによるものである。複雑な装置を必要とする〝爆縮式〟に比べて〝銃式〟はきわめてシンプルである。なぜなら、この方式においては……」と彼は、ふいに私に視線を振り向け、怯《おび》えたように声を潜めて言った。「知りませんでした。核物質を銃で撃つだけで、核爆発が起きるだなんて。ぼくがヒロシマで眼にしたあの恐ろしい爆発は、もとはと言えば、たった一発の銃弾が引き起こしたものだったのですね」

「君、それは……」

私はマイケル・ワッツの勘違いを指摘しようとして、途中で言葉を飲み込んだ。

ロバートはきちんと説明したはずである。ロバートにできなかったことが、私にできるはずがない。それに、この純朴な若者が原爆の起爆方法について、いささかの勘違いをしていたところで、この先たいした不都合を生じることもあるまい……。

私はその後も、マイケルが勝手な思い込みの上に話す説明を、黙って頷くにとどめた。

ロバートはなかなか帰ってこなかった。

マイケルと話すこともなくなり、私はついにしびれを切らせて立ち上がった。

「ロバートを探してくる。もしその間に彼が戻ったら、ここで待っているよう伝えてくれたまえ」

私はそう言い残して、病室を後にした。

ちょうど通りかかった看護婦をつかまえて尋ねたところ、ミスタ・オッペンハイマーはドクタ・ウォレンを探していたという。

「それで、ドクタ・ウォレンは今どこにいるんだい？」

「さあ」と看護婦は迷惑そうに首を傾げ「でも、もしかすると……またD病棟にいらっしゃるかもしれませんわ」そう言って、足早に廊下を歩み去ってしまった。

D病棟？

今度は私が首を傾げる番であった。診療所の一番奥に位置するD病棟は、たしか閉鎖しているはずではなかったか？

私は訝《いぶか》しく思いつつ、D病棟へと足を向けた。

外から見たかぎり、D病棟はまったくの無人であった。窓にはすべて日除け《ブラインド》が下りていて、中に誰かいるとはとても思えない。

聞き間違いだったのかと思い、それでも一応病棟の入口にまわってみると、いつもは鎖錠がかかっているドアが開いていた。ドアの隙間からそっと中を覗《のぞ》いてみたが、廊下にはやはり明かりひとつ点《つ》いているでもなく、動くものなど猫の子一匹見当たらない。

――やはり聞き間違いだったのだ。

頭を引っ込めようとした瞬間、ふとなにか、ごく微《かす》かな物音が廊下の奥から聞こえた気がした。私はじっと耳を澄ませた。すると、また。非常に微かな音ではあるが、気のせいではない。

私は意を決して、ドアの間に体を滑りこませた。

人気《ひとけ》の無い病棟というやつは、昼間でも不気味なものである。明かりが消えた廊下を歩いていくと、自分の足音が周囲の壁に低くこだまして、まるで別の誰かがすぐ後ろをつけているような気になる。なぜか声を出すのがためらわれ、無言のまま先に進んだ。私はなるたけ息を詰め、足音を殺して、時折聞こえる音の所在を確認しようと努めた。

廊下の角を曲がると、暗く並んだドアのひとつが薄く開き、隙間から明かりが漏れているのが見えた。どうやら不思議な物音もまた、その部屋から聞こえているらしい。

そのとき、なにかが、今度ははっきりと聞こえた。

「水ヲ……水ヲ、クレ……」

それは瀕死《ひんし》の病人が救いを求めて無意識に発する、低いうめき声であった。私は明かりの漏れているドアに近づき、隙間から中を覗き込んだ。

ちらりとなにかが見えたかと思うと、とつぜん背後から肩をつかまれ、ぐいと引き戻された。

「何をしているのです」

白衣をまとったドクタ・ウォレンが、厳しい声で私に尋ねた。

「ロバートを、探していたのだ」私はどぎまぎしながら答えた。「ここにいるかもしれないと聞いたものでね」

ウォレン医師は一瞬疑わしげに眉《まゆ》をひそめたが、すぐに表情を緩めると、いつもの人好きのする笑みを頬に浮かべて言った。

「ミスタ・オッペンハイマーなら、ええ、さっきそこでお会いしました。まだその辺りにいらっしゃるはずです。さあ」

彼は私の背中に手を当て、その場を離れるよう促した。

私はしばらく無言のまま、ドクタ・ウォレンと並んで廊下を歩いていた。が、二つ角を曲がった辺りでこらえきれずに彼に尋ねた。

「何なんだ、あれは？」

「ただの入院患者ですよ」ウォレンはそっけなく答えた。

「しかし君、彼は……いや、あれは……人の形をしていなかった」私は背中に当てられた手を振り払い、足を止めてウォレンに尋ねた。「閉鎖したはずの病棟に入院患者を閉じ込めているなんて、いったいどうなっているのだ？」

「彼が怪我をしたのは……なんというか、ちょっと特殊な事故でしてね」

ウォレン医師は落ち着かない様子で、ちらりと私の顔をのぞき見た。私がなおもじっと眼を据えていると、彼は肩をすくめ、諦《あきら》めたように言った。

「彼は事故が起きたさいの様子をこう話しています。『その時、世界に青い光が満ちた』と……」

「あの入院患者が運び込まれたのは、いまから二週間前の深夜のことでした」ウォレンは、私の求めに応じて、渋々と事情を説明した。「患者の名前は、ハリー・ダグラン。理工系の大学から動員され、科学者の実験の手伝いをしている、いわゆる〝大学院組〟の一人です。最初に彼が診療所に連れてこられた時、私は正直なところ、いささか拍子抜けする思いでした。というのも『研究所内で深刻な事故が起きた』と聞かされ、待機していたにもかかわらず、診療所に現れた患者の意識ははっきりしていましたし、それどころか自分の足で歩くことさえ可能だったのです。外傷としては、わずかに右腕と右の胸に軽度の火傷《やけど》が見られるだけでした。火傷の治療を終え、患者自身の口から聞いた事故の様子はしかし、たいへん興味あるものでした。

その夜、彼――ハリー・ダグランが実験室に一人残り、臨界に極めて近い量のプルトニウム半球の周りに小さなウランの塊を並べていたところ、最後の一つが彼の手から滑り落ち、装置の中に転がり落ちたと言うのです。彼は少しぼんやりした様子でつづけました。『その瞬間、部屋全体が青い光に包まれた。それは見たこともない、荘厳な、空のような青い光だった。その神々しい光は、ぼくが装置の中からウランの塊を拾いあげるまでの二、三秒の間、まばゆく燃え続けていた。……青い光が消えた時、ぼくは眼が見えなくなったように感じた。それから、しばらく気を失っていたらしい。気がつくと、ぼくは研究所の床に倒れていた。そのあいだに床に少し吐いたようだ』と。

部屋を包み込んだ不思議な青い光。

それがなにを意味するのか、放射線を専門とする私はすぐに理解しました。核分裂物質が臨界に達した際に発する電離光に違いありません。ハリー・ダグランは、臨界事故によって罹災した、人類初の被曝《ひばく》患者だったのです。

私は早速彼をD病棟に隔離し、容体を見ることにしました。

最初は軽症に見えたハリーの体は、すぐに異常をきたしはじめました。彼は激しい不快感を訴え、嘔吐《おうと》と下痢が続きました。体温は上昇を続け、またたくまに四〇度を超えました。腎臓《じんぞう》の機能が低下し、全身の毛が抜け落ちました。

患者はこの頃から意識がなくなり、しきりにうわ言を呟《つぶや》くようになりました。

それからは、まったく未知の症状の連続です。皮膚が赤くなった程度の軽度の火傷だった場所には、水ぶくれが広がりはじめました。翌日、薬を塗布したガーゼを取り替えようとすると、皮膚がガーゼと一緒にはがれ落ち、しかもその場所には新しい皮膚が再生してこないのです。皮膚のはがれ落ちる箇所は日一日と広がってゆき、そこから体液や血液がじわじわと滲《にじ》み出してきました。障害は、浴びた放射線の量が多いところから徐々に広がっているようでした。やがて手の爪がはがれ落ち、翌日には患者のまぶたが閉じなくなり、目からは血の涙が流れ出しました。いまではもう患者自身の皮膚は、ほとんど残っていません。

つまりそれが、さっきあなたが目にした入院患者……あなたが〝人の形をしていない〟と言った彼ハリー・ダグランの姿なのです」

一息に語られた〝事情〟に対し、私はしばらく発すべき言葉が見つからなかった。

「しかし、君」私はようやく口を開いた。「二週間前には、私はすでにここに来ていたのだよ。

人類初の臨界事故？　私がそんな重大な事故があったことを知らないなんて妙じゃないか」

「別に不思議ではありませんよ」ウォレンは肩をすくめて言った。「なにかと微妙な時期でしたからね。臨界事故の噂が広まったら問題が起きるのは避けられない。この一件は、非常に高度な機密事項として扱われてきたのです」と彼はちらりと窓のブラインドの隙間に目をやり「ちょうどいい。詳しいことはミスタ・オッペンハイマーからお聞きください。なにしろ彼がこの件の責任者なのですから」

ウォレンはそう言って、下りていた日除けを勢いよく引き上げた。

薄暗い廊下に光があふれた。眩《まぶ》しさに目を細めた私は、窓の外を痩《や》せた背の高い男が通り過ぎるのを見た。

「ロバート！」

私は彼に声をかけた。声は聞こえたはずである。だが、ロバートはジョギングでもしているように手足を大きく振り、頭を心持ち片側に傾け、片方の肩を高くあげた奇妙な歩き方（それは彼が何かに気をとられている時の癖であった）で、病棟の中の私たちには背を向けたまま歩み去った。

私はウォレン医師をその場に残し、この忌まわしい病棟を出るべく、入り組んだ病棟の廊下を足早に進んだ。ロバートに会って、いまの話の真偽を確かめなければと思った。

ようやく出口を見つけ、病棟から表に出た私は、左右を見回して、ロバートの行方を目で探した。姿はすでに見えなくなっていたが、歩み去った方向は見当がついている。私は彼の後を追って歩きだした。

建物の角を曲がった瞬間、妙なものが視界に飛び込んで来た。物陰に一人の男が隠れるように身を潜め、ロバートの消えた方向をうかがっているのだ。

「おい君、何をしているんだ！」

私の声に、男ははっと振り返ると、たちまち身を翻して逃げ出した。

「待ちたまえ。君！」

私は男の後を追って駆け出した。男は身軽に柵《さく》を乗り越え、道路を横切って、別の建物の陰に消えた。私がその建物の角を回った時には、男の姿は煙のように消えうせていた。何人かその辺りにいた人たちに男の行方をたずねてみたが、不思議なことに彼らはみな、そんな男は一切見なかったと断言した。

私はその場に呆然《ぼうぜん》と立ち尽くし、周囲を見回した。

——あれは一体なんだったのだろう？

男はひどく奇妙な格好をしていた。黒っぽい服装のせいか、細部の記憶がはっきりせず、ただ全体的に影のような印象だけが残っている。

脳裏に、ふと妙な考えが浮かんだのはその時であった。全身黒ずくめの、裾の長い、フードつきの奇妙なマントのような服装。それは、昨夜ロバートが演じた死神の姿ではなかったか？そう言えば、ちらりとかいま見た男の顔は光の加減で異様に白く見えたが、あれは髑髏《どくろ》の顔ではなかった……？

私は急いで首を振り、自分の妄想を追い払った。

第十章　見知らぬ顔

「それでは、あなたはその時、不審な人物を見かけたとおっしゃるのですね?」

小柄な男は、上目づかいに私の顔を見て尋ねた。「〝その男は、黒いフードつきの、奇妙なマントのような服装で、髑髏の仮面をかぶった、死神の姿をしていた〟と。……なるほど、ね」

男は、私の発言をくりかえして、子細らしく頷《うなず》いてみせた。

「その時は、そんな印象を受けたというだけだ」私は慌ててつけたした。「なにしろ八年も前の話だから、はっきりしたことは言えないさ」

「ええ、そうでしょう、そうでしょうとも。〝はっきりしたことは言えない。なにしろ八年も前の話だから〟と……」彼はまた、私の発言を手元の手帳にすばやく書き留めた。「それから、あなたはどうされました?」

私は答える前に、ひとつ大きく息を吸った。

……………。

一九五三年十一月。大学にもどり、研究を続けていた私は、とつぜん陸軍防諜《ぼうちょう》局から呼び出しを受けた。受け取った書状には〝重要〟〝極秘〟と赤いスタンプの文字が仰々しく並んでいる。私は——陸軍防諜局などから呼び出しを受ける覚えはなかったので——首を傾げたものの、仕方なく指定された日時に、指定された建物に出頭した。

受付で名前を告げると、すぐに奥に通された。案内されたのは、しかしなんだかみすぼらしい小部屋であった。三方を壁に囲まれ、中はひどく薄暗い。部屋の中央に粗末な机が一つ、その机を挟んで、向かい合わせに折り畳みの椅子がおいてあった。まるで警察の取り調べ室のような雰囲気である。

待つほどもなく、二人の男がドアをあけて部屋に入って来た。

「すみません。ちょうど、こんな部屋しか空いていなかったものですから……」

いんぎんな物腰でしきりに詫《わ》びごとを口にしたのは、浅黒い顔に薄い茶色の眼をした、五フィート六インチ（約一六五センチ）ほどの小柄な男であった。男が差し出した手を握って、私は思わず顔をしかめた。男の手はひやりと冷たく、湿っていて、なんだかぬらぬらしている。だが、おかげで思い出した。新しく生やした口ひげと、つるの細い気取った眼鏡のせいで最初は気づかなかったが、間違いない、彼はかつて私に「オッペンハイマーは壊れかけている」と告げ、ロスアラモス行きを勧めた口の男であった。ところが小男は、そんなことはおくびにも出さず、平然とした顔で前とは別の名前を名乗った。

もう一人、部屋に入るなり後ろ手にドアを閉めた人物は、こちらはヘビー級のボクサーのような太った大男である。四角い、がっしりとした顎《あご》をしたその男は、金色の髪をぴたりと後ろになでつけ、深くくぼんだ眼窩《がんか》の奥に冷たいグリーンの目が光っている。彼はそもそも名前を名乗ろうとさえしなかった。

「これは、どういうことかな？」

私はいささかむっとして、二人の男を等分に睨《にら》みつけた。彼らは気にする様子もない。

――よろしい。これが防諜局のやり方なのだな。

私は開き直り、心の中で二人をこう命名した。

リトル・ボーイ《ちび》とファット・マン《でぶ》。

小柄《リトル・ボーイ》な男は、私に椅子を勧め、机の反対側に回って自分も椅子に腰を下ろした。太った《ファット・マン》男は相変わらず、私の背後に立ったままである。

「さて、と」小柄な男が口を開いた。「ミスタ・ラビ。今日、あなたにお越しいただいたのはほかでもありません。一九四五年八月の時点で、あなたはロスアラモスの秘密研究所に滞在しておられた。その際、気づいたことをわれわれにお話しいただきたいのです。なにごとも包み隠さずお願い致しますよ」

「質問が漠然としすぎていて答えられないな」私が言った。「君たちは具体的に、何について知りたいのだ？」

「おや、これは失礼しました。わたしはまたてっきり、あなたがすでにわれわれの調査の意図を察しておられると思ったものですから……」と小男はちらりと白目を走らせて言った。「われわれは、あなたがロスアラモスに滞在されていたあの当時、きわめて重大な機密情報が外部に持ち出されていたと考えています」

「ばかな」私は言下に切って捨てた。「ロスアラモスがどんな場所だったか、君たちが一番よく知っているはずじゃないか。海抜二千五百メートル、人里からは遠く離れ、下界に続く道はただの一本。深い谷と、さらには幾重もの有刺鉄線で守られていたんだ。密室のようなあの場所から、いったいどうやったら機密情報なんてものが外に持ち出されるのだね？」

「秘密というやつは、じつにやっかいな存在でしてね」男は言った。「もしそれが何か〝物〟であれば、あの場所から持ち出すことは不可能だったでしょう。それなら、われわれの仕事ももっとずっと楽なのですがね。残念ながら秘密は〝物体〟ではなく、むしろ〝精神〟に属するものなのです」

「精神?」私は眉をひそめた。「すると君たちは〝誰かが月から見ていた〟とでも言うのかね?」

「まさか」と男はわざとらしく両手を広げてみせた。「それが何を意味するのか、あなたはご存じのはずです。あの場所で、秘密はつねに人と共にあった。つまり、科学者たちの頭の中にこそ秘密は存在したのです。もしその中の誰かが秘密の情報を外に持ち出すつもりなら、いくらわれわれが物の出入りに目を光らせたところで、流出を防ぐことはできない……」

「しかし誰が、何のために、そんなことをしなくちゃならないんだ?」私は尋ねた。「確かに、あの当時、君たちの言う秘密――〝原爆の作り方〟を指すのだろうが――には、高い金を出す者もいただろう。だが、ロスアラモスの科学者たちは充分な額の給料を受け取っていた。みんな自分の仕事に満足していたはずだ。彼らが、いったいなぜ情報を外に持ち出す必要がある?」

「それがまた、やっかいなところでしてね」小男は顔をしかめて言った。「金にも仕事にも満足しているはずの人物が、ときとして財産を捨て、名誉を捨て、祖国を捨て、家族を捨ててまで、破廉恥なスパイに成り下がることがある。わたしにはどうにも分からない話です。もっとも、連中には連中の理想とやらが存在するらしい。この地上に共産主義社会という楽園を打ち立てるという理想がね」

「共産主義？　すると、君たちは……」

「ええ」と男は冷たい笑みを浮かべて言った。「わたしたちが探しているのは、金銭のためではなく、良心、もしくは信念のために裏切り行為をする男なのです。わたしたちは現在、原爆の秘密が当時すでにソ連に漏れていたという確かな証拠を握っています。問題は、誰がソ連のスパイだったのか、つまり誰が、〝赤い人物〟だったのか、それを探り当てることなのです」

「実際のところ、ロスアラモスにおける機密保持の条件はまったく不充分でした」小柄な男《リトル・ボーイ》は私に説明した。「われわれの調査によれば、例えばある人物はしばしば、別の科学者の秘書にうまく言って、彼の書類金庫から重要文書を取り出させています。しかも当人には、それが機密保持違反であるという認識は少しもなく、ただなにごとも全体として議論した方が良いという原則を保持していただけなのです。彼はグループ内ではまったく自由に〝お喋《しゃべ》り〟をしており、お分かりのとおり、そのような状況下では、どんな機密度の高い情報も、われわれが秘密漏洩《ろうえい》の検閲を行う前に、すべてのメンバーの手に入ってしまいます。

　ロスアラモスではまた、頻繁にパーティーが開かれていました。そこでどんなことが起きていたか？　報告書には『パーティーの参加者はお互いにそれぞれ、イギリスなまり、ドイツ語、ハンガリー語、イタリア語、その他ひじょうに特殊な言語（科学語？）を用いて会話を交わしている。日本語を話す者がいないのが不思議なくらいだ』とあります。やれやれ、われわれ諜報関係者が思いつくかぎり、最悪の、悪夢のような情景ですよ。

それに、そう、あなたもご存じのとおり、当時われわれはロスアラモスに出入りする手紙の内容をすべて調べていました。……いえ、おっしゃらなくとも分かっています。私信の検閲がよくないことくらいはね。しかしあの場合はしかたがなかったのです。なにしろ機密の保持が、戦争の勝敗を左右したのですから。ところが、ロスアラモスの〝天才たち〟が書く手紙ときたら！　いやはや、連中にはまったく苦労させられましたよ。たとえば、ある一人の陽気な若い物理学者が入院中の妻や彼の父親としばしばやり取りする手紙は、つねに検閲官の頭痛のタネでした。彼宛てに届く手紙はいちめんにわけの分からぬ文で一杯であり、たとえば〝WZQRFT〟であり、点と線がいたるところにばらまかれているのです。検閲担当者がたまらずその若い物理学者を呼びつけたところ、彼はこともなげに自分の趣味は暗号であって、父と妻には暗号で手紙をくれるよう依頼しただけだと、しかもその暗号のかぎは種明かししてもらわないよう頼み、あとでその暗号を自分で解いて楽しむのだと言うのです。彼は実際、どんな暗号でも解読することができました。『解き方を教えてあげましょうか』とそのとき彼は、激怒のあまり青ざめている担当官に言ったそうです。

ウィーンから参加した別の物理学者の手紙にはしきりに〝クウァッチュ〟という単語が繰り返されていました。ドイツの指導者たちは〝クウァッチュ〟、ロスアラモスの彼の家は〝クウァッチュ〟、新しい研究テーマは〝クウァッチュ〟なんでも〝クウァッチュ〟というわけです。苦労して調べあげた結果、〝クウァッチュ〟というのは、クズ、どろどろしたもの、無意味な奴、という意味で、彼が自分で作った造語でした。

また別の科学者が外に送る手紙には、えんえんと数字だけが並んでいました。これも調べてみると、彼は物事を数量化することに情熱をもやしており、手当たりしだいなんでも数量化し、表現しないと気がすまない性格《たち》だというのです。彼の親指はいつもただちに使える物差しの役割をして〝それを左目のわきにあて、右目をつぶれば、たちどころにして山々の距離や木の高さ、飛ぶ鳥の速度まで算出できるのだ〟と、まあそういうわけでしてね。呼び出しを受けた際、彼はさっそく親指を左目のわきにあて、諜報担当者の背の高さから、外観、財産、セックス・アピールまで、その場で分類してみせたそうです。

そのうえ〝ハンガリー人陰謀団〟に〝火星からの来訪者〟、〝魔の山〟ときた日には！　科学者たちが気楽に発する不穏な用語をききつけるたびに、われわれはあたふたと走り回らなければならなかったのです……」

「君たちの涙ぐましい努力はよく分かった」と私は小男の困惑した顔がおかしくてならず、けんめいに笑いをこらえながら言った。「それで、君たちは何か見つけることができたのかい？」

小柄な男はちょっと言葉を切り、舌先で唇をなめていたが、とつぜん、

「クラウス・フックスという人物を知っていますか？」と尋ねた。

「クラウス？　ああ、イギリス・チームにいた彼のことだね。優秀な科学者だと聞いたが……」と言いかけた私は、はっと思いついて尋ねた。「君はまさか、彼がソ連のスパイだったと言うんじゃないだろうね？」

「その〝まさか〟ですよ」小男は満足げににやりと笑って言った。「彼は現在われわれの手の中にいます。彼は自分がロシア人に雇われたスパイであったこと、当時ロスアラモスの内部にすでに共産党の細胞が作られていたこと、彼の他にも連絡係《クーリエ》がいたことなど、すべて白状しま

した。つまり……われわれの努力も全然無駄というわけではなかったということです」

私は唖然《あぜん》として、しばらくは口もきけなかった。クラウス・フックスなるイギリス人の青年なら、ロスアラモスにいた間、何度か顔を合わしている。あの眼鏡をかけた、顎《あご》の細い、痩《や》せた、神経質そうな若者が、ソ連に雇われたスパイ？　彼が原爆の機密情報を持ち出し、ロシア人に渡していたというのか？　そう聞かされても、にわかには信じられない思いであった。

「もっとも、クラウス・フックスなどはほんの小物でしてね」小柄な男は眉《まゆ》をひそめて言った。「彼が近づくことのできた、つまり彼が持ち出すことのできた情報は限られていました。ところが、われわれの調査によれば、一九四五年当時、もっと重大な機密情報がロスアラモスから持ち出されていた証拠がある。いや、実際のところ、あそこでやっていることはみんなソ連に筒抜けでした。ロスアラモスだけじゃありません、バークレーでやっていた研究――たしか分光法とかいいましたかね？――あれだって、ロシア人は六ヵ月以内に知っていたのです。

われわれはもちろんクラウス・フックスをきびしく尋問しました。しかし、彼はほかに誰が機密漏洩にかかわっていたのか、本当に知らないらしいのです。……スパイというやつは、お互いに誰がスパイであるかを知らないことが多いのですよ。そうでなければ、一人が逮捕されれば芋づる式に全員が逮捕されることになりますからね。とはいえ、二十億ドルもの税金を投じた国家機密に〝赤い人物〟が関わっていたという事実をこのまま放っておくわけにはいきません。そこでわれわれは別な方面から、捜査の手を伸ばすことにしたのです」

「それが今回の私への尋問というわけか？」私は肩をすくめて言った。「だが、私はロスアラモスには結局一ヵ月あまり滞在しただけだ。詳しい内情について聞かれても、答えようがないな」

「そうでしょうか？」と小男はふいに私に顔を寄せ、囁《ささや》くように言った。「あなたが滞在されていた間、あそこでは奇妙な事件が起きていますね」

「しかし、あの事件なら……解決済みのはずだ」

「そう、報告書ではいちおう解決したことになっている」男は頷《うなず》いた。「ですが、事件は本当に解決したのですか？」

「何を言いたいのだ」

「こう想像することもできるのですよ」男は言った。「〝もしかすると、事件の真相は報告書とは全然別のものだったのではないか〟、あるいは〝事件は本当はまだ解決していないのではないか〟とね」

彼はそう言って、私の顔を間近からじっとのぞき込んだ。私が無言でいると、彼は顔を徐々に遠ざけ、椅子に座り直して、またもとの気楽な調子に戻って言った。

「ところで、ハリー・ダグランはご存じですね」

「誰？」

「ハリー・ダグラン。ほら、ご覧になったでしょう。D病棟に入院していた患者ですよ」

私は無言で頷いた。

「思い出してくれたようですね」男は軽く手を打って言った。「ではあなたは、彼ハリー・ダグランはなぜ被曝したとお考えですか？」

「なぜ？」私は質問の意図をはかりかねた。「彼は実験中にウランの塊をプルトニウムの間に取り落としてしまった。それによって実験装置が臨界状態に達し、青い電離光が部屋に満ちた。……それが彼が被曝した事故の経緯だと聞いている」

「報告書にも同じことが記されています。〝ハリー・ダグランは、不器用にも実験中の装置内部にウランを取り落として被曝した、哀れな研究者である〟と。しかし……妙だとは思いませんか？」

「何がだね？」

「ロスアラモスでは、ウランを一人で扱うことは禁止されていたはずなのです。禁じられていたはずの作業を、ハリー・ダグランはなぜ深夜に、それもたった一人で行っていたのでしょうか？」

「彼がスパイだったと？　だから彼は、深夜一人で秘密の研究を行っていたと言うのか？」

「そうかもしれません」男はのんびりと言った。「あるいは、彼は誰かに指示されて深夜の作業を行っていたのかもしれない」

「やれやれ。これじゃ、どこまでいっても切りがない」私はしびれを切らして言った。「推論ばかり重ねたところで、結論の出る問題でもあるまい。それより、ロスアラモスに行って、私が見かけた不審な人物の痕跡《こんせき》でも探してきたらどうだ。もっとも八年も経ってからじゃ、とうてい不可能だとは思うがね」

「ああ、そのことなら心配いりません。あなたが見たとおっしゃる不審な人影の正体なら、もう分かっていますから」

「まさか？　悪い冗談はやめたまえ」

「冗談ではありません」小男は言った。「あの時あなたが追跡したのは、じつはわたしどもの身内でしてね。そのことは、ちゃんと報告書に記載されています。ほら、ここです。なんならご自分でお読みください」彼はにやにや笑いながら、報告書を私に差し出した。「なるほど、彼はそのとき、目立たないように黒っぽい服装をしていたようですが……しかし〝死神〟とはね」

「どういうことだ？」私は差し出された報告書にざっと眼を通し、顔をあげて尋ねた。「なぜあのことが報告書に記されている？　君たちはあそこで何をしていたのだ？」

「もう一度確認しますが」男は質問には直接答えず、冷ややかな声で言った。「あなたはロスアラモスにいたあいだ、一度も疑ったことはないのですね？　あなたの古くからの友人、つまりロバート・オッペンハイマーが、自身ソ連のスパイであるということを……」

第十一章　科学者の妻

ドアを開けるといきなり正面に、ひどく真剣な表情でテーブルに向かっている友人の姿がとびこんできた。ロバートは両手に異なる種類の液体が入ったガラス瓶を捧《ささ》げ持ち、目の高さに置いたグラスにそれらを慎重に注ぎいれた。彼は音がしないほどの丁寧さをもってガラス瓶をテーブルの上にきちんと並べ、グラスの中身をバー・スプーンでかきまぜてから、ようやく詰めていた息をそっと吐き出した。

ロバートがマティーニを作る様子は、いつもながら、まるで儀式か何かのように見えた。きっちりと量ったベルモットに、これまたきっちりと量ったジン。くわえて、それをかきまぜる手つきは、仲間内で〝マティーニの精密製造法〟と呼ばれ、実際ロバートがこの飲み物に捧げる情熱はどこか信仰にも似たところがある……。

D病棟の近くで不審な人影を見失った私は、その後あらためてロバートを探したものの、すでにその辺りに彼の姿はなく、念のためマイケル・ワッツの病室にも顔を出してみたが、やはり友人を見つけることはできなかった。私はしばらく思案した結果、結局彼は自宅に帰ったのだろうと見当をつけ、こうして〝オッペンハイマー邸〟に顔を出したというわけであった。

ロスアラモスのささやかなメイン・ストリート沿いに建てられた最上級の科学者用住宅、〝バスつき〟と呼ばれる建物が並ぶ一角。その中でも研究所所長のロバート・オッペンハイマーには、かつて少年牧場学校の校長が使っていた丸太造りにしっくい壁の宿舎が与えられており、彼はそれを自宅としてそのまま使用していた。

ロバートは私が部屋に入ってきたことに気づくと、目だけで挨拶《あいさつ》を送ってよこした。彼は中身がこぼれないよう慎重にグラスを持ちあげ、部屋の隅へと運んでいった。

どうやら製造されたマティーニは、オッペンハイマー夫人——キティ・オッペンハイマーーの所望であったらしい。彼女は、部屋の隅のソファの上に両方の足をひきあげた、いささかだらしない横座りの姿勢で、タバコをくわえ、差し出されたグラスを、無言のまま、見もしないで受け取った。

「今日《ハロー》は、キティ」私は彼女に話しかけた。「昨夜のパーティーで探してくれていたそうだが、私になにか用だったのかな?」

キティはゆっくりと首を動かし、焦点の合っていないぼんやりとした顔で私を見た。彼女は、ふいに何かを思い出したように慌ててタバコをもみ消し、人差し指を唇にあてた。

「しーっ」とキティは私にもっと近くに寄るよう手招きして、囁くような声で言った。「だめよ、ここじゃ……この部屋は盗聴されているの。話をするなら……どこか秘密の場所で……ほら、また。奴らが耳をすましているわ……」

そう言って部屋のなかを見回す間にも、彼女の眼は途中で瞼《まぶた》がたれさがり、首ががくりと落ちかかった。キティははっとしたように眼を開き、どんよりと濁った眼で不思議そうに私を見た。そして「あーら、あなーた。いーつ、いらーしたの?」と間のびした声で尋ねた。

私は振り返って、ロバートに眼で問いかけた。彼は無言で首をふった。

オッペンハイマー夫人はひどく泥酔していた。この様子では、昨夜からずっと飲み続けていたに違いない。彼女はまたタバコに火をつけると、強い酒をグラスからすすり、あらぬ方向に視線を向け、ぼんやりとした顔で体を揺すっている。

ロバートは私に人差し指をたて、ついてくるよう指示して隣室に入っていった。

隣の部屋は、強いアルコールの匂いやタバコの煙とはまったく無縁の世界であった。部屋の中央には、八カ月になるオッペンハイマーの娘――〝ちっちゃな《リトル》トニ〟――の可愛いベビーベッドが置かれている。私たちがのぞき込むと、父親の顔が分かるのか、赤ん坊はきゃっきゃと笑い声をあげ、小さな手足をしきりに動かしてみせた。ロバートはまず娘のおむつが汚れていないことを確認し、それからベビーベッドのそばに椅子を引き寄せた。彼は一冊の手帳を開くと、低い、穏やかな声で読みはじめた。

その日、アメリカ南部の小さな町サンタフェに住む人たちは、朝からすっかり眼を丸くしていました。いつもなら日に二、三便、貨物列車が止まるだけの町の小さな駅に、その日にかぎってはどうしたことか、満員の臨時列車がひっきりなしに到着し、カメラを持った大勢の人が次々に降りてくるのです。

列車から降りてきた旅行者たちは、きまって町の人にこう尋ねるのでした。

「ロスアラモスへはどうやって行くのです？」と。

それは、ロスアラモスを舞台にした不思議な寓話《ぐうわ》であった。

寓話の中では、ロスアラモスで発明されたものは、核分裂爆弾などではなく、奇妙な〈イルカ語翻訳機〉であった。イルカ語翻訳機は、それを発明した科学者たちの思惑をこえ、地球に予期せぬ変化をもたらすことになる。

イルカ語翻訳機によって意思を通じ合うようになった地球上の二つの知的生命体――人間とイルカは、相互に異なる文明の成果を交換する。イルカの優れた文明に触れた人間たちは、争いや戦争に満ちたみずからの歴史を恥じ、イルカたちの長年の夢である〃もう一つの海〃、つまり宇宙へと乗り出すことに種族としての全エネルギーを注ぎ込む。

やがて一台のロケットが、宇宙に向けて飛び立つ日がやって来る……。

ロケットは、今日もイルカと人間の夢をのせ、宇宙の大海原の旅を続けていることでしょう。どこまでも。そして、いつまでも！

ロバートが手帳を閉じるまで、私は傍らに立ってじっと耳を傾けていた。

寓話が終わるのを待って、私はふたたびベッドを覗《のぞ》きこんだ。〃ちっちゃなトニ〃は穏やかな寝息を立てて眠っていた。

私たちは顔を見合わせ、音を立てぬよう気をつけながら部屋を立ち去ることにした。

キッチンに戻ってくると、キティが入口の壁に背をもたせかけるようにして立っていた。胸の前でかるく腕をくみ、右手の指先にはさんだ細身のタバコの先から紫色の煙が立ちのぼっている。

オッペンハイマー夫人は、アルコールのせいで充血した眼を細め、憎々しげな表情で夫の顔を睨《にら》みつけた。

「〝ちっちゃなトニ〟に、お話を聞かせていたんだ」ロバートはちょっと眼を伏せ、言い訳をするように言った。

「あの子はまだ八カ月なのよ、分かるわけがないじゃない」

ロバートは無言で妻の脇をすりぬけてテーブルに向かい、ふたたびマティーニの製造に取り掛かった。その様子をキティはじっと眼で追っていたが、私を振り返って吐き捨てるように言った。

「うちの人はね、いまさら自分のしたことが怖くなったのよ。子供が生まれた、今になってね」

私は彼女の指から短くなったタバコを取り上げ、灰皿でもみ消してから言った。

「キティ、今日の君はどうかしているよ。疲れているんじゃないのかい?」

「疲れている? あたしが疲れているですって!」彼女は小ばかにしたように唇を歪《ゆが》め、新しいタバコに火をつけて言った。「疲れているのは、あたしじゃなく、うちの人だわ。うちの人はとても疲れているし、ほとんど眠ってもいない。最近じゃ、うちの人は毎晩、まるで檻《おり》に閉じ込められた熊みたいに、一晩中部屋の中をぐるぐると歩き回っているの。まるで『不思議の国のアリス』に出てくる笑い猫みたいな、気味の悪い薄笑いを顔中に張りつけたままでね」

キティはそう言って短く笑った。「〝われわれはなにゆえに原爆を投下したのか? かりに原爆の使用が正当であったとしても、なぜわれわれは公開実験でその威力を示し、その基礎のうえに立って日本に最後通牒《つうちょう》を発して、最終決断を日本人自身に委《ゆだ》ねなかったのか？〟ですって。……あはは、お笑いぐさだわ。いまさらそんなことを言ってどうなるの？　原爆は落ちたんだし、おかげであの忌ま忌ましい戦争は終わったのよ。原爆万歳！　オッペンハイマー博士万歳！」

彼女は突然身を震わせて笑いだした。だが、それはいつもの明るく生き生きとした陽気な笑いではなく、声の聞こえぬ、長い、神経のたかぶった、ふるえた笑いだった。

「いいえ、嘘よ……嘘。この人は本当は原爆を後悔しているんじゃないわ」キティは元のソファに腰をおろし、横座りにすわると、かすかに唇をふるわせて言った。「あたし……知っているのよ。ある人が教えてくれた。あなたが……外でほかの女と……〝昔の女〟と会っているって……」

キティがそう言った瞬間、マティーニを調合していたロバートの手が止まった。

「あたしは聞いた」キティが言った。「あなたが仕事だと言ってサンフランシスコに行ったあの日、あなたは本当は向こうで昔の女と……ジーン・タトロックと会っていたのだ、と……」

ロバートは無言で作業を再開し、やがて完成したカクテルをキティにそっと差し出した。

「二年も前の話だよ」ロバートが言った。

「じゃあ……やっぱり本当だったのね！」キティは差し出されたグラスを引ったくるように受け取り、中身を一息に飲み干した。「ふん、どうせそんなことだろうと思ったわ。ジーン・タトロックですって！　なによ、あんなインテリ女のどこがいいの」キティはもはや嫉妬《しっと》の感情を隠そうともしなかった。「ジーンだけじゃないわね？　だって……あなたは知らないでしょう？　一晩中、部屋の中を歩きまわっているあなたが、朝方、倒れ込むようにしてソファで眠っているあいだ、自分がいったい何を喋《しゃべ》っているのか……あなたはいつも、ひどくうなされている。……あたしは心配して、あなたの顔をじっと覗き込む……そして気づくの。あなたの乾いた唇が、女の名前を発音するように動くのを……ジーン……それから、ほかの女の名前の形に……」

そこから先は彼女が何を言っているのか、ほとんど聞き取ることはできなかった。気がつくと、キティの体がぐらぐらと大きく左右に揺れていた。瞼が下がり、指先に挟んだタバコがいまにも落ちそうであった。ロバートは手を伸ばして、片手で彼女の体を支え、もう片方の手で妻の手から空のグラスと、火のついたタバコを取り上げた。

彼はキティをそのままソファに寝かせ、肩まで毛布《ブランケット》をかけてやった。

キティは薄目をあけ、夫の姿を認めた。彼女は「あなた、うちに手伝いにきているマリア……彼女の娘をどうしたの？」と酔いにかすれた声で尋ねた。だがその時、彼女はもうほとんど眼を開いていることさえできなかった。「あなた、まさか……あんな小さな娘にまで……まだ十かそこらじゃない……」

それきりキティは眠ってしまった。いや、正確には酔い潰《つぶ》れてしまったのである。

ロバートはあらためてマティーニを二杯作り、一杯を私に差し出して言った。

「うちのやつ《キティ》は最近どうかしているんだ」

「酒のせいじゃないのか」私は眉《まゆ》をひそめて言った。「君たち二人がもともと大酒飲みなのは知っているが、それにしても彼女は最近、飲み過ぎのように見えるがね」

「そんなこともあるまい」

「君はいいさ。昼間は仕事があるからね。だが考えてもみたまえ、キティだけじゃない、ここにいる科学者の奥さん連中はみんな、理由も知らされずにこんな辺鄙《へんぴ》な場所につれて来られ、長い間、鉄条網に囲まれた奇妙な町に閉じ込められているんだ。よく集団ヒステリーが起きなかったものだ。そっちのほうが不思議なくらいだよ」

「なるほど。気をつけるとしよう」ロバートは苦笑して言った。「ところで君、さっきの話を覚えているかい」

「イルカ語翻訳機？」

「あの話は私のオリジナルじゃない。アイデアは、以前レオ・シラードが話していたものだ」

「思い出した。どうりで、どこかで聞いたことがあると思ったよ。そうだ、僕も以前、シラードに聞かされた。……確か、あの話にはなにかオチがあるんじゃなかったかな？」

「シラードはあの話の最後にこんなオチを用意していた」ロバートは低い声で言った。「『本当はイルカ語翻訳機なんてものは存在しなかった。世界中の科学者たちは、仲が悪い芝居をしていただけだ。科学者たちは、イルカを通じて彼らの声を代弁させていたのだ』と。そのあとで『人類はつねに救世主を渇望している。一方で、人類が本来の攻撃的な性癖をお互いにむけることなく文明を発展させるためには、より大きな冒険――つまり、宇宙へ飛び出すことに力を向けるしかないのだ』と、彼は大真面目な顔で演説したものだ。シラードは〝世界の科学者〟

が裏でシナリオを書いていたというこのオチが、ひどくお得意だった。彼の理想は、科学者が世界をリードして未来を切り開いていくことなんだ」

「科学者に政治は向いていないよ」私は言った。「そもそも科学には、自然の成り立ちを解明することはできても、〝それをどうすべきか〟という未来を説き明かす力はないのだからね」

「そう、その通りだ。……これまでは」

「これまでは？　どういうことだい」

ロバートは私の質問には直接答えず、手の中のグラスを強く見つめて言った。「シラードは、誰もがまだ連鎖反応の存在すら疑っていたあの頃、すでに原爆の実現可能性を信じていた。彼は原爆がナチス・ドイツの手によって開発されることを恐れ、アインシュタインとともにアメリカ政府に働きかけた。つまり、彼がこの〝原爆プロジェクト〟を始動させたんだ。

では、シラードは原子爆弾という発想をいったいどこから得たのか？　彼は私にこう話してくれた。『昔に読んだある小説の中に、核分裂反応の力を利用した爆弾――原爆――が登場していたのだ』と。……それが本当なら、最初に原爆の存在を予言したのは、科学者ではなく、小説家だったということになる」

「偶然だよ」私は言った。「さもなければ、たくさんデタラメを並べた中の一つが、たまたま当たっただけだ。それに……」

「私はいつか、このロスアラモスで起きたことを書こうと思っているのだ」ロバートは、まるで私の言葉など聞こえていないように先をつづけた。「誰に読んでもらうためでもなく、ただ神に読んでもらうために、この事実を書き留めようと思う」

「そりゃ、君が学生時代に小説やなにかを書いていたのは知っているが……」と言いかけて、私は別のことを思いついた。「しかし神様なら、君の言う事実とやらをすでに知っているんじゃないかな？　わざわざ君が書かなくてもさ」

「多分知っているだろう」ロバートはそっけなく言った。「だが、事実に対するこのような叙述は知らないと思うのだ」

彼はそう言って黙り込み、しばらくの沈黙のあとで、また口を開いた。

「最初にわれわれを原爆開発に駆り立てたのは恐怖だった。ドイツ勝利の恐怖、原子爆弾を手に入れて不死身となる千年王国の恐怖、全体主義が世界を覆いつくす恐怖だ。当時ヨーロッパでは、すでにユダヤ人に対する迫害がはじまっていた。ユダヤ人はユダヤ人であるという理由で公職から追放され、あるいは強制収容所に送り込まれた。……この戦争中、ナチスが強制収容所に集めたユダヤ人に対してどんなことを行っていたのか、君はもう報告を聞いたか？」

「いや、まだだ」と私は首を振った。

「連合軍の調査隊は、アウシュビッツ強制収容所跡で恐るべき事実を発見した」ロバートは淡々とした口調で言葉をつづけた。「ナチスはアウシュビッツで、数百万のユダヤ人をシャワーと偽って死のガス室に送りこみ、もしくは〝死よりもひどい〟強制労働に従事させていたのだ。調査隊が発見したのはそれだけではない。ナチスの連中は、ユダヤ人を使って血も凍るような人体実験を行っていた。彼らはユダヤ人を生きながら〝文字通り〟凍らせて、人間がどこまで冷気に耐えられるかを調べた。血液を少しずつ抜きつづけ、人間がどれほど血液を失ったら生命を失うかを調べた。ユダヤ人たちは強制的にマスタード・ガスを吸わされ、多量の海水を飲まされた。マラリア、黄疸《おうだん》、発疹《はっしん》チフスの病原菌を植えつけられた。気圧を下げた密閉室内に多くのユダヤ人が閉じ込められ、さまざまな毒ガスに対して生きた人間の皮膚がどう反応するかが確かめられた。劇薬が内臓に与える影響、麻酔なしでの臓器摘出……。その他、思いつくかぎり非人道的で残虐な行為が、生きたユダヤ人に対して試みられていたのだ」彼は急に息がつまったようになり、言葉が続けられなくなった。彼はグラスの中身で唇を湿し、ようやく先をつづけた。「連合軍の厳しい取り調べに対して、強制収容所の責任者たちは現在、不思議なまでに口をそろえてこう答弁している。『私は命じられたことをやっただけだ。ユダヤ人の死は私の責任ではない』と。

どうやら全体主義というやつは、個々の人間から責任の観念と、善悪の区別をも奪い去ってしまうものらしい。ナチスが台頭し、ヨーロッパで戦争が始まったあの頃、おそらく私たちはすでに、無意識のうちにではあったが、そのことに気づいていた。そして、責任の観念と善悪の区別を失った人間たちが強大な力を握った場合、どんな恐ろしいことが起きるのかも……。だからこそ、原爆の可能性が明らかになったあの時、自身ユダヤ人であるレオ・シラードは、ドイツ系ユダヤ人アルベルト・アインシュタインは、また妻がユダヤ人であるフェルミは、その他アメリカに逃れて来た多くのユダヤ系科学者たちは、原爆がナチス・ドイツの手に落ちることを極度に恐れていたのだ。

当時われわれは、日本のことなどほとんど念頭になかった。もし原爆をつくれる民族がいるとしたら、それはアメリカ人でもイギリス人でもフランス人でもなく、ドイツ人だと私たちは思っていた。ドイツには輝かしい科学技術がある。金属ウランの製造技術もある。ウラン同位体の遠心分離実験にもとりくんでいる。なによりドイツには重水とウラン鉱があった。私たちは、ドイツ人ならかならず原爆が作れると信じていた。そして、彼らが成功したら、どんな結果になるかは明らかに思えた。私たちは目に見えぬ恐怖に駆り立てられ、だからこそ寝食を忘れ、ときには一日に十時間以上も働くことができたのだ。〝ドイツが原爆を手に入れる前に、なんとしてもそれを作り出す必要がある。それがナチスに原爆の使用を思いとどまらせる唯一の方法なのだ〟、私たちはみんなそう信じていた。……そのはずだった。

しかし、事実はどうだ？　ついにドイツが降伏したと伝えられたあの日、ロスアラモスでは祝賀行事らしいことはなにひとつ行われなかった。私たちは目の前に迫った〝トリニティ実験〟の準備に夢中で、それどころではなかったのだ。実験は成功した。史上初の核分裂爆弾が〝死の旅《ジョルナダ・デル・ムエルト》〟と呼ばれるあの砂漠に炸裂《さくれつ》した瞬間、私を包み込んだのは、白状するが、純粋で強烈な歓喜だった。何事かをついに成し遂げたという安堵《あんど》感だった」

ロバートは一瞬顔をしかめ、またすぐにほとんど感情のない、無機的な表情に戻って言った。

「だがそれも、原爆がヒロシマの上空で炸裂するまでのことだ。グローヴス将軍からヒロシマへの作戦が無事成功したことを聞かされた瞬間、私がそれまで感じていた強い歓喜は、何か別なものに姿を変えた。疑問が、とつぜん胸の内に湧き上がってきた。『もしかすると私たちは、とんでもないことをしでかしたのではないか？』『私たちのしたことは間違いではなかったのか？』と。

私は最初、自らを苛《さいな》む疑問に対してこう考えようとした。『私たち科学者は自分が作り上げたものをどう扱うべきか知らなかった。日本に原爆を投下するという方針は、私たち科学者とは関係なく、軍と政府が勝手に決めたものなのだ』と。……だが、そうだろうか？　軍と政府に原爆の投下をせまったのは、私たちの内にひそむ勝利への熱望と、この緊張を一刻も早く終わらせたいという焦りではなかったのか」彼はぼんやりとした顔で私を振り返った。「君はさっき、科学者の妻たちを指して『集団ヒステリーにならないほうが不思議なくらいだ』と言った。だが本当は、集団ヒステリーを患っていたのは、妻たちではなく、私たち科学者のほうなのだ。あの頃私たちはみんな、ぶち壊し、焼き払い、殺し、あるいは死ぬことでケリをつけたい、という不可解な熱望に取り憑《つ》かれていた。原爆はその手段として使われたのだ……」

私はロバートの予期せぬ告白（？）に、すっかり戸惑っていた。私の友人は、酔い潰れてしまった彼の妻同様、ひどく酔っ払っているのだろうか……？

私は突然、戦勝記念パーティーの途中、醒《さ》めた顔で外の茂みに吐いている若い科学者を見かけたことを思い出した。その時はそれきり忘れていたのだが、もしかするとロバートの苦悩はロスアラモスで原爆開発に従事した科学者たちの——少なくともその内の何人かに——共通した思いなのかもしれない。

「われわれは……本当にナチス・ドイツに怯《おび》えていたのだろうか？」ロバートがぼんやりとした口調でつづけた。「戦時中のドイツの原爆開発について調べた〈アルソス部隊〉の報告書を読んで、私はほとんど呆然《ぼうぜん》としてしまった。私は自分の眼が信じられなかった。夢だと思った。なぜなら、その報告書には『調査の結果、ナチス・ドイツは原爆開発を行っていなかったことが判明した』と書かれていたのだ。ドイツの施設に調査に入った者たちがそこで眼にしたものは、核分裂反応の際に生じるエネルギーを、爆弾ではなく、むしろ発電や動力として利用するための装置だった。彼らは『結局ドイツは原爆を作ることができなかった。その代わりに、原子炉を落とそうとしていたのかもしれない』と嘲笑《あざわら》うように報告書に記していた……。だが、開戦後もドイツに残った優秀な科学者たち——『不確定性原理』を打ち立てたヴェルナー・ハイゼンベルクや、そもそも核分裂を発見した当事者オットー・ハーンたちが、本当に原爆を作れなかったのだろうか？　脳裏に恐ろしい考えが浮かんだのはその時だった。もしかすると彼らは原爆を作れなかったのではなく、作ろうとしなかったのではないか……」

話しつづけるロバートの様子は、もはや普通ではないように見えた。グラスを強く握り締めた手ががたがたと震え、大きく見開いた眼は虚空の一点をにらんで微動だにしない……。

「考え過ぎだよ」私はわざと突き放した口調で言った。「ドイツ人は原爆の開発に失敗した。それが真実だ。彼らにはアメリカほどの資金はなかったし、それにヨーロッパは戦場だったからね。アメリカでのように大規模な施設を作るわけにはいかなかっただろう。なにより、ドイツは優秀な多くの科学者を、彼らがユダヤ人だという理由で追放してしまっていた。……彼らが原爆開発に失敗した理由はいくらでも考えつくさ」

「違う！　違う！　そうじゃない。私はそんなことを言っているんじゃないのだ！」ロバートは苛立《いらだ》たしげに首を振った。「問題は、〝ナチス・ドイツの原子爆弾〟という脅威が暗い鏡の中の虚像にすぎないということが証明された後も、私たちが原爆開発の手を止めなかったという事実だ」

「何だって？」私は眉をひそめて言った。「君はまた何を言い出したんだ？　私にはなんのことだかさっぱり……」

「アルソス部隊が報告書を発表したのは、一九四五年五月のことなのだ」ロバートは言った。「もし私たちが本当にドイツの原爆を恐れていたのなら、それが〝ない〟と分かった時点で原爆開発を中止したはずだ。ところが、私たちはそんなことにはおかまいなく研究を続け、七月にトリニティ実験を成功させた。そして八月には、実際にヒロシマと、さらにはナガサキに二発の原爆を投下したのだ。これはいったいどういうことだ？　私たちは悪魔の影におびえていると信じていた。……だが悪魔だと思っていたのは、本当は鏡に映っている自分の顔だったのではないか？」

ロバートはテーブルの上にひじをのせ、両手で頭を抱えてうめくように言った。

「なあ君、教えてくれないか。私たちを導いていたのは神なのか、それとも悪魔だったのか？　私たち科学者がいくらウラン二三五を精製し、あるいは人工元素プルトニウムを作り出したところで、それらの核分裂によって解放される二次中性子の数がもし一以下だったら、いくら人間があがいたところで、連鎖反応は起こすことができなかった。あるいは解放される中性子の数が二以下の小さな数であれば、世代増加による爆発的な連鎖反応にはならなかったはずなのだ。……なぜ神は連鎖反応などというものを自然界にお与えになったのだ。存在さえしなければ、私たちはそれを見つけることはなかったというのに……」

彼はふいに顔を上げ、私をまっすぐに見据えて言った。

「隻眼の少女の話をしよう」

第十二章　告発状

「被疑者Xに関する疑惑の根拠は以下のとおりである。

（A）Xが正式に原爆開発の責任者になる以前

一、彼は共産党に月々相当の額の献金をしていた。

一、彼と共産党との結び付きは、独ソ不可侵条約締結やソ連のフィンランド進攻の後も続いていた。

一、彼はソビエトのスパイとたびたび接触があった。

一、彼の妻と弟はコミュニストだった。

一、彼は少なくとも一人のコミュニストの情婦を持っていた。

一、彼は学術団体を除けば共産系団体にだけ所属していた。

一、彼が初期の原爆プロジェクトに引き入れた人々はコミュニストばかりだった。

一、彼は共産党への入党者を募るのに力を貸していた。

（B）Xが原爆開発責任者に任命された一九四二年

一、彼は共産党への献金を停止したが、これは（まだ明らかにされていない）新しいチャンネルを通じて献金を行うようにした可能性がある。

一、彼は、自分が国家機密を扱う者としての適性審査にかけられていることを知って、自身に関する虚偽の情報をグローヴス将軍、陸軍防諜《ぼうちょう》局、およびＦＢＩに対して繰り返し与えた。

(C) Xが原爆開発責任者であった戦時中から終戦直後

一、彼は戦時のロスアラモスで多数のコミュニストを採用した。

一、彼は公式なロスアラモス史の執筆者として、コミュニストの一人を起用した。

一、彼は一九四五年八月六日（ヒロシマ）までは水爆プロジェクトの強力な支持者だったが、その当日に水爆部門で働いていた上位研究者それぞれに、水爆の開発から手を引くよう、口頭で要請した。

一、彼は終戦後、すぐにロスアラモス研究所の解体を主張した。

(D) Xが研究所を辞任した一九五四年十月以降

一、彼は、トルーマン大統領が水爆開発を布告した一九五〇年一月までの間、水爆の開発を休止するよう、軍当局と原子力委員会に影響を及ぼした。

一、一九五〇年一月以降、彼は水爆プロジェクトを遅滞させるために、たゆまぬ努力をした。

一、彼は原子力潜水艦、原子力航空機、原子力発電所計画を含む、戦後の原子力開発の主要な努力に対してつねに反対した。

以上の点から、次の三つの結論が正当化される。

1　Xはかつて筋金入りのコミュニストであり、スパイした情報を自発的にソ連に提供したか、またはそうした情報の求めに応じた可能性が、そうでない可能性より大きい。

2　Xは現在もスパイとして働いている可能性が、そうでない可能性より大きい。

3　Xが過去において、また現在もソ連の指示に従い、合衆国の軍事、原子力、諜報、外交の諸政策にマイナスの影響を及ぼしてきた可能性が、そうでない可能性より大きい」

〝でぶ《ファット・マン》〟はそう言って書類を閉じ、また石のように無表情な顔で、空間のある一点に視線を固定した。

とつぜん動き出した大男――彼は最初にW・ボーデンと名乗ったが、どうせ偽名だろうと思って私は相手にしなかった――が告発状（？）を書類入れから取り出し、それを読みあげる間、私は彼が発する無言の圧力によってじっと椅子に座っていなければならなかった。向かいの席に座った小男《リトル・ボーイ》は、顔からはずした眼鏡のレンズをいやになるほど丁寧に拭《ぬぐ》っていた。あまり丹念に磨くので、そのうちにレンズがすりへって、なくなってしまうのではないかと心配になったほどだ。

告発状の朗読がおわると、小男はようやくその用途を思い出したらしく、眼鏡を顔に戻し（案の定、度は入っていなかった）、私の顔を覗《のぞ》きこむようにして尋ねた。

「いかがです。これでもあなたはまだ、ミスタ・オッペンハイマーがソ連のスパイだとはお考えになりませんか?」

「おや、彼はロバートについて話をしていたのか?」私はちらりと大男を振り返り、肩をすくめて言った。「私はまたてっきり、Xという人物について喋《しゃべ》っているのだとばかり思っていたよ」

「被疑者Xは」と小男はちょっとむっとしたような顔になって言った。「言うまでもなく、ロバート・オッペンハイマーを指しています」

「だったら、あらためて君の質問に答えよう」私は言った。「『そんな馬鹿げたことは一度も考えたことがない』。それが私の答えだ。その考えは今も変わらないし、ついでに言えば、これからも変わらないだろう。それにしても〝そうである可能性が、そうでない可能性より大き《……more probably than not……》い〟とはね。やれやれ、もう少しましな言い回しは思いつかなかったのかね」

「われわれが求めているのは事実であって、修辞学ではありません」小男は冷ややかな口調で言った。「率直に申しまして、われわれは現在、あなたの友人ロバート・オッペンハイマーに関するスパイ容疑を、ほぼ確実なものとして調査をすすめています。あなたには進んでわれわれの調査に協力して頂きたい」

私は信じられない思いで眉《まゆ》をひそめた。なるほど五〇年代に入り、ソ連との政治的緊張を背景に、アメリカ国内でいささかヒステリックな反共政治活動――いわゆる〝赤狩り《マッカーシズム》〟――が行われていることを、私も知らないわけではなかった。だが、まさか原爆開発の立役者、我が友ロバート・オッペンハイマーの身にまで馬鹿げた疑いがかかるとは思ってもみなかったのだ。

私の考えを見透かしたように、男が言葉をつづけた。

「言っておきますが、この調査はなにも昨日今日始まったものではありません。八年前、ロスアラモスが原爆の開発に成功した時点で、われわれはオッペンハイマーがソ連のスパイである可能性に非常なる危惧《きぐ》を抱きました。そこでわれわれはロスアラモスに多くの諜報部員を送り込み、容疑者の行動を見張らせていたのです。つまり……あなたは先ほど『不審な人影を見かけた』とおっしゃいましたが、事実は逆で、その人物は容疑者の行動を見張っていたのです。外出の際はつねに尾行をつけ、私信の検閲、電話の傍受はもとより、なんとか決定的な証拠をつかもうと、容疑者の自宅に盗聴器を仕掛けたこともあります」

「盗聴器！」私は呆《あき》れて声をあげた。では、あの頃はてっきりロバートやキティの妄想だとばかり思っていたが、現実のことだったのだ。

「色々と疑わしき発言が記録されています」小男は手元の書類に眼を落とし、平気な顔でつづけた。「ですが、いずれも決定的な証拠ではない。容疑者は、狡猾《こうかつ》にも、わざと曖昧《あいまい》な、意味の不明確な用語を用いているのです。たとえば、ここに容疑者とあなたの会話が記録されていますが……〝集団ヒステリー〟に〝神と悪魔〟、〝魔の山〟、それに〝隻眼の少女〟ですって？あなた方はいったい何の話をしていたのです？」

私は無言で肩をすくめてみせた。

「まだお分かりではないようですが」小男は身を乗り出し、顔を寄せ、いくぶん声を潜めて言った。「あなたには、合衆国の市民としてわれわれに進んで協力する必要が……はっきり言えば、義務があるのです。もう一度お尋ねします。あなたはロスアラモスに滞在していた間、容疑者から妙な話を持ちかけられませんでしたか？　たとえば〝モール〟について何か……」

「もぐら《モール》？」私は首を捻《ひね》った。「いや、聞かなかったな。もっとも、イルカに関する興味深い話なら聞いたがね」

「イルカ……ですか？」男は虚をつかれたように眼を瞬かせた。

そこで私が〝イルカ放送〟の筋を話しはじめると、小男はすぐに顔をしかめ、手を振って言った。

「その話なら結構。モールというのは、スパイを指す符丁でしてね。わたしたちは、なにもあなたから子供向けのおはなしを聞きたいわけではないのです」

「だったら最初からそう言うがいいさ」

「では、具体的にお聞きします」男は言った。「あなたは人類初の臨界事故犠牲者となったハリー・ダグランの件について、なにか気づいたことはありませんか？　あるいはあの事故について、容疑者からなにか妙なことを聞きませんでしたか？」

「じゃあ、なにかい」今度は私が虚をつかれ、眼を瞬かせる番であった。「君はまさか、あの事故はロバートが故意に仕組んだものだったとでも言うのか？」

「おや。するとあなたもそうお考えになるのですね？」

小男は満足げに頷《うなず》き、壁際に立った大男となにごとか目配せを交わした。私はその時まで――事態のあまりのばかばかしさに――半分ほどは冗談のつもりでいたのだが、この連中が冗談の通じる相手ではないことはもはや明らかだった。

私は姿勢を正し、真面目に友人の弁護に当たることを決めた。

「いいかい君。さっき、そこにいる君の相棒が」と私は今度は振り返らず、肩越しに背後を指さして言った。「私の古くからの友人ロバート・オッペンハイマーへの〝疑惑の根拠〟として読み挙げた内容は、いずれも意味のない、たんなる言い掛かりばかりだ。第一にロバートは共産党員ではない。戦前、彼はなるほど左翼系の団体に献金をしていたかもしれないし、その過程で何人かのコミュニストと知り合いになった可能性はある（その中の誰がソ連のスパイだったか、どうしたら分かるというのだ？）。だが、一九三〇年代の世界を吹き荒れた政治および経済状況——ヨーロッパにおけるナチスの台頭、スペインの内戦、それにあの大恐慌——を考えてみたまえ。当時、良心的な知識人はみな〝自分たちはいま政治的な決断を迫られている〟と、あるいは〝世界のために何かをしなければならない〟と感じていたのだ。そして当時、反ナチズムおよび反ファシズムの姿勢をもっとも明確に打ち出していたのが左翼系の団体だった。ロバートが寄付や献金を行っていたとしたら、それは反ナチズム・反ファシズムの戦いのため、さもなければ職を失った同僚を救済するためだ。これは彼の古くからの友人として誓って言えることだが、あの頃ロバートの関心は、左翼とか共産党のような組織ではなく、もっぱら個々のさまざまな社会問題に向けられていた。その証拠に、あえて打ち明けよう、確かに彼は一時期、エンゲルスやフォイエルバッハ、それにマルクスの著作をずいぶんと熱心に読んでいたことがある。彼のことだ、おそらく全部読んだのだと思う。だが、読み終えたあとの彼の感想は『これらの論法はあまり厳密ではない』だった。あのロバートが、厳密でないものに興味をひかれるなどということは、天地がひっくりかえってもありえないのだよ。

第二に、ロバートの実弟フランクは確かにかつて共産党に入党していた。が、あの時もロバートは強く反対したのだし、またフランクもすぐに党をやめたと聞いている。

第三に、ロバートの妻キティは……そう、彼女もかつては共産党員だった」

　そこで私はちょっと言葉を切り、相手の反応を確かめて——無表情だった——言った。

「どうせ君たちはすでに調べていると思うが、キティはロバートと初めて結婚したわけではない。キティがロバートと出会うよほど以前、彼女がまだ大学生だったころ、彼女は共産主義者の男性と一度結婚している。彼女が共産党に入党したのは、この男性の影響だよ。彼はスペイン内戦に義勇兵として参加し、そこで帰らぬ人となった。私はこの話をロバートから直接聞いた。キティが共産党員であったことは、ロバートとはなんの関係もない話だ」私は、相手が何か言おうとするのを手を振って遮り、すぐに言葉をついだ。

「そして第四に、彼がさっき〝少なくとも一人のコミュニストの情婦〟と呼んだのが、もしジーン・タトロックその人を指しているのだとしたら、私はこの場で断固として抗議を申し込まなければならない。ジーンは、ロバートの情婦などではない。彼女はロバートのかつての婚約者だ。ロバートは彼女との結婚を本気で考えていた。だが、うまくいかなかった。それだけだ。ロバートと交際していた当時、彼女が共産党員だったかどうか、私は知らない。だが、ジーンの父親はバークレーで中世英語を教えるインテリだと聞いたことがある。高等教育を受けた彼女が〝良心的知識人〟の一人として左翼運動に興味を持っていたとしても、べつだん不思議だとは思わない。私は以前に一度、ジーンに会ったことがある。彼女はすばらしく知的で、そしてひどく繊細な感じの女性だった。それに……」

「ジーン・タトロックは、一九四四年、まだ戦争中に自殺していますね？」小男が思いついたように口を挟んだ。「ご存じですか。彼女は自殺する前に一度、別れたはずの恋人オッペンハイマーとひそかに会っていたことを？　われわれの容疑者は、仕事と詐《いつわ》ってサンフランシスコに出掛け、彼女のアパートで一夜をともに過ごしているのです」

男の顔に意味ありげな薄笑いが浮かんでいるのを見て、私は突然あることに思い当たった。

「そうか、以前キティが『ある人が教えてくれた』と言って、ロバートの不実をなじったことがあったが、さては君たちの仕業だったのだな？」

小男は黙って肩をすくめて見せた。私はまた別なことを思いついた。

「君たちはまさか……ジーンの死にロバートが関わっていると言い出すんじゃないだろうね？」

「もちろん、その可能性は検討してみました」小男は当然といった様子で答えた。「しかし、容疑者の訪問と彼女の自殺の間には六カ月近い時差があります。ジーン・タトロックは大量の睡眠薬を飲み、枕を抱えて水を張ったバスタブに頭から倒れこんだ。部屋は内側からカギがかかっていました。残念ながら、彼女の死は本物の自殺ですよ。遺書も見つかりましたしね。『わたしは生き、与えようとしたが、いつの間にか生きる力を失ってしまった。必死になってこの世界を理解しようとしたが、だめでした。動けなくなった一人の人間から、世界と戦うという重荷を取り除くことだけが、私にできる精一杯のことでした』。やれやれ、どういう意味ですかね？　なにしろインテリ女の書く文章は、何を言っているのかよく分からないところがある。暗号なみの難解さですよ……」

私は瞑目《めいもく》し、とくとくとして語る小男の顔を目の前から追い払った。そして、かつて一度だけ会ったことのあるジーン・タトロックの肩まであるまっすぐな黒い髪や、繊細な細い指を思った。じっと相手の眼をのぞき込んで話す癖のある一人の若い女性が、ひっそりとこの地上から姿を消した暗い夜を思い、ひどく胸が痛んだ。

「もし私の証言で不足なら、ロバートがどれほど信頼できる人物であるかは、グローヴス将軍が証言してくれるだろう」私はその後もいっこうに疑り深い態度を崩そうとはしない小男に向かって言った。「〝マンハッタン計画〟の最高責任者であるグローヴス将軍が、ロバートをロスアラモス研究所の所長に任命したのだ。当時将軍が、ロバートに寄せていた全面的な信頼は、部外者である私の眼にも明らかだった。たとえば彼は、私がロスアラモスに滞在していたあの当時、ロスアラモスを離れ、大学生活に戻りたがっているロバートをなんとか引き留めようと努力していた。もしロバートに一点の疑念でも抱いていたのなら、将軍は決してそんなことはしなかっただろう。グローヴス将軍は、ロバートの才能、および人間性を高く評価していた。彼は私の友人を研究所の所長に選んだ自分の判断の正しさを公言していたし、実際彼がロバートを〝余人をもって代えることのできない人物だ〟と思っていたのは間違いない。私はこの点に関して決定的な証言をすることができる」

私は、ロスアラモスに着いて早々偶然耳にしたグローヴス将軍の言葉――トリニティ実験の準備中、部下たちを集め、ロバートを装置《ギャジェット》に近づけさせないよう命じていた――を話してきかせた。

「私が耳にしたこの言葉以上に、グローヴス将軍のロバートへの信頼を示すエピソードはほかにちょっと考えられないくらいだ。少なくとも、君たちの根拠のない疑惑を根底から払拭《ふっしょく》するくらいのことはできるだろう」

私はそう言って相手の返事を待った。小男は困ったように眉をひそめ、しばらく手に持ったペン先で机をこつこつと叩《たた》いていた。彼は思い切ったように口を開いた。

「この調査は、グローヴス将軍の指示によるものなのです」

「なんだって？」私は一瞬唖然《あぜん》とし、われに返って言った。「そんな馬鹿な。するとグローヴスは、いまではロバートを疑っているというのか？　いつから……いや、それより、いったい何が彼を変えてしまったのだ？」

「なにも変わってはいませんよ」小男は哀れむように言った。「むしろ、あなたの見方が逆だったのです」

「どういうことだ？」

「あなたは今〝グローヴス将軍が、ロスアラモスを離れようとする容疑者を引き留めるべく努力していた〟とおっしゃった。そして〝この事実こそが、彼に対する信頼の証拠である〟と。……しかしその事実とやらが、まるきり逆の意味を持っていたとしたらどうでしょう？」と小男は一枚の書類を机の上に取り出し、声に出してそれを読みあげた。

「『原爆開発計画は、軽率で忠誠心の定かでない一部の科学者のために、最初から悩まされ続けてきた。しかし一方で、爆弾が完成し、実際に使用されるまでは、これらの科学者に対して、いかなる措置もとられることはなかった。なぜなら私は、彼らを解雇して野に放つよりは、手元に置いて監視する方が安全だと考えたのだ』。これはグローヴス将軍が最近陸軍で行った演説の中の言葉なのですが……いかがです？　この言葉はまさに、あなたがご覧になった事実を指しているとは考えられませんかね。つまり〝グローヴス将軍は容疑者を信頼していなかった。だからこそ、彼を引き留めようとしていた〟のだと」

「まさか、そんなことが……」私は口ごもり、だがすぐに思いついて言った。「それならグローヴスがロバートの安全に気をつかっていたという事実はどうなる？　もし彼が当時からロバートを疑っていたのなら、あれほどの配慮を示す必要はなかったはずだ」

「ああ、あなたが偶然耳にしたという……」小男は困ったように耳の脇の辺りを掻《か》いて言った。「その時、グローヴス将軍は本当に容疑者の身の安全を慮《おもんぱか》っていたのでしょうか？」

「私が聞き間違った、と言うのかね？」

「とんでもない。あなたがそのような愚かな間違いをされるはずがない。よく承知しております」小男はにやりと笑い、いんぎんな口調で言った。「わたしはただ、別の見方があるのではないかと申しているのです。つまり〝グローヴス将軍が心配していたのは、容疑者の身の安全ではなく装置《ギャジェット》の方ではなかったか〟と。想像ですが、マンハッタン計画の責任者としては、一人の科学者の身の安全よりはむしろ、二十億ドルという莫大《ばくだい》な国家予算を投じて作り上げた装《ギャジ》置《エット》がスパイの手で壊されたり、あるいは盗み去られることの方がよほど心配だったのではないでしょうか。……いえ、もちろんこれは可能性にすぎませんが」と彼は手を振り、急にさばけた口調になって言った。「お分かりください、われわれとしてはあらゆる可能性を考慮しなければならないのです。なにしろあなたの友人、ロバート・オッペンハイマーという人物は、調べれば調べるほど正体が分からなくなる。たとえば、彼についてはこんな証言もあります」男は書類入れを探り、別の書類を取り出した。

「『非常に多くの場合、オッペンハイマー博士が私にはとても理解できかねるような具合に行動するのを見てきました。率直に言って、彼の行動は混乱し、ときとして複雑怪奇であると、私には思われました。その限りでは、この国の死活に関する重要事項は、私たちにもっとよく了解できる、したがってもっと信頼できる人の手中に託されることを希望したいと思います』。……あなたはこの証言をどう思われますか？」

「これこそ根拠のない中傷だ。まったく取り上げるに値しない戯言《たわごと》だよ」私は鼻先で笑い飛ばした。「第一、これはさっき君たち自身が認めたことじゃないか。『ロスアラモスの天才たちの奇行にはほとほと手を焼かされた』と。行動は混乱？　ときとして複雑怪奇？　冗談じゃない。ロバートの言動はつねに極めて論理的だし、かつまた彼はつねに、すぐれて理性的な人物だ。そりゃあ、ロバートはときとして一般の人たちには理解できない行動をとることもあるだろう。だが、それも彼の才能の一部なのだよ」私はいったん言葉を切り、相手を説得すべくまた口を開いた。

「なあ君、これはロバートのみならず科学者一般に言えることだが、彼らの行動を子細に観察すれば、なるほどいくらか人よりぼんやりしていたり、エキセントリックに見えることも、時にはあるだろう。例えば、ドアを出てから引き返してきたり、コートや帽子を着けずに通りまで出て行ったり、誰かを見張っているのか、どこへ行きたいのかはっきりしない様子で通りを見上げたり、見下ろしたり……といったようなことだ。こうしたことが科学者以外の〝外《そと》の人間〟の眼にどれほど奇妙に見えるかは、私にも想像できる。だが、自分が理解できないからといって、優れた才能をもつ人物を中傷する権利はないはずだ。最近一般の人々の間では〝科学者は地下室にこもって怪物《モンスター》を作っている〟といった困った誤解が広がっているようだ（先日も私は〝原爆を作った科学者たちは本当は火星人なのだが、人間のことをすみずみまで研究して、完璧《かんぺき》にその真似ができるようになったのだ〟という、ばかげた噂を耳にしたばかりだ）。一方でロバート・オッペンハイマーといえば、いまや全米で知らぬ者のない、科学者の代名詞じゃないか。この証言をした人物も、おそらくは世にはびこる通俗的な〝気狂い科学者《マッド・サイエンテスト》〟の偏見に毒されてこんなことを言ったに違いないさ」

と一気にまくし立てていた私は、突然あることに気づいて言葉を失った。視線が、机の上の一点に釘付《くぎづ》けになった。小男が先ほど読み上げた書類が、机の上に広げられていた。男が書類を押さえていた手の位置をずらしたので、今では隠されていた証言者のサインがはっきりと見える。

そこに思いもかけぬ名前が記されてあった。

エドワード・テラー。

見覚えのある筆跡は、間違いない、彼自身のものだ。私は愕然《がくぜん》とした。ロバートを誹謗《ひぼう》した証言は、科学者を理解しない〝外の人間〟のものなどではなかった。それどころか、私たちのもっとも身近な、味方だとばかり思っていた人物の発言だったのだ。

「この人物はこうも証言しています」小男はゆっくりと書類を取り上げ、別の箇所を読んだ。

「『オッペンハイマー博士の性格には、はっきりとした二面性が見受けられます。彼の行動は〝自信に満ちた指導者の顔〟と〝おどおどといつも周囲を窺《うかが》っている怯《おび》えた幼児の顔〟という、およそ相反する二つの性格の間で揺れ動いているのです。おそらく彼は、幼児期になにか深刻な心的外傷《トラウマ》を受けたのではないでしょうか?』」

私は自分の体がびくりと震えるのが分かった。

性格の二面性。幼児期の心的外傷。

テラーがそう証言したというのか? だが、彼がなぜあのことを知っているのだ……?

「この人物だけではありません」小男が書類を元の書類入れにしまいながら言った。「容疑者の二面性については多くの証言が集まりました。その中にはもちろん、ロスアラモスで一緒に仕事をしていた科学者の証言も含まれます。つまり、いいですか、あなた以外の周囲の人たちは早くから容疑者の二面性に気づいていた。そして二面性は、言うまでもなく、スパイの最大の特徴ですからね」

「しかし……」

私は反論を試みるべく口を開き、だがどうしても言葉を見つけることができなかった。

私はこれから何が起きるのかを知った。間もなくロバートは、査問委員会にかけられ、被告として裁かれるであろう。そして、事実はどうあれ、有罪の宣告が下されるのだ(一九五四年、オッペンハイマーはスパイ嫌疑を受け、公職を追放された。六三年に名誉回復)。

——狂っている。

私は思った。だが、狂っているのはどっちだ? 目の前の男たち? 証言をしたテラー? それとも私は、ロバートについてなにかとんでもない勘違いをしていたのだろうか……?

小男はじっと私の様子を観察していたが、満足したようにもう帰っても良いと告げた。私はふらふらと椅子から立ち上がった。大男は無言で体をずらして、私を通してくれた。

部屋を出て行こうとした瞬間、小男がもう一度私を呼び止めた。

「そうそう、一つ言い忘れていました」

振り返ると、小男は粗末な机の上で手を組み、冷たく目を光らせながら言った。「気をつけてください。あなたのご友人は、すでに機密文書閲覧資格を停止されています」

「……何を言いたいのだ？」私はひどく疲れた思いで尋ねた。

「なに、簡単な話ですよ」男は言った。「ここでの会話はいっさい、彼に話してもらっては困るということです」

第十三章　影との対話

「物心ついたとき、私はすでに優等生だった」

ロバートは、その奇妙な物語をそんなふうに切り出した。

「私が両親を困らせることはほとんどなかった。私は同年代の子供たちより明らかに早く言葉を理解したし、同時にこちらの意図をきちんと伝えることができた。五つのとき、私は祖父から鉱物の標本を贈られた。それからしばらく、私はいろいろな岩石や鉱物を集め、それを磨いて分類し、名前や産地のラベルをつけることに何時間も費やして飽きなかった。十歳のときにはニューヨークの鉱物博物学会に最年少の正会員として認められ、翌年には最初の論文を発表した。学校での学習科目はもちろん全優だった。それだけではものたりず、放課後にはギリシア語教師とホメロスやプラトンを読んだ。十一歳のころには、何を質問されても古代ギリシア語で答えることができた。同じころ、私は化学にも興味を持った。そこで私は化学の教師の助けのもとに、夏休みを全部費やして小さな実験室を作り上げた。この実験室で、私はさまざまな既知の化学反応を確認した。のみならず、まったく新しい可能性を指摘して教師を驚かせた……。

教師の間では、優等生である私の評判はつねに最高だった。だが私は、同級生の間では、自分の評判がかならずしもかんばしくないことも知っていた。私は礼儀正しく、読書好きで、思慮深く、勤勉ではあるが、同時に傲慢《ごうまん》で、鼻持ちならなかった。私は同級生たちの眼に、自分がどう見えるか気づいていた。〝度をこした、ぞっとするほどの良い子〟。それが私だった。

まったくのところ、そのころ私はよく鏡を見て、そこに映る自分の姿にひどい嫌悪感を覚えたものだ。頼りなげな、ひょろひょろした体つき、ピンクそのものの頬の色。なにか言われると、私はすぐに顔を赤らめた。身体的には未発達で——不器用というわけではないのだが——その歩きぶり、椅子に座るときの様子、その他およそすべての動作に、どこか奇妙にバランスのとれていないところがあった。……もちろん今ならば分かる。絶えず自分に向けられたその眼差《まなざ》しこそが、私の動作をぎくしゃくとした、不器用なものにしていたのだと。あの頃の私は、つねにもう一人の自分を意識していた。もう一人の自分が、外側から自分を見ていたのだ。その意味で、当時同級生の一人が私に向かって『君はいつでも自分のこと、自分のやっていることと、自分の考えていることで頭が一杯なんだ』と吐き捨てるように言った言葉は正しかった。私は自分を持て余していたが、問題は私自身だった。過剰な自意識こそが問題だったのだ」

彼はそこでちょっと言葉を切り、またすぐに何かに取り憑《つ》かれたように、病的な、熱っぽい口調で先をつづけた。

「転機が訪れたのは、私が十四歳のとき、母に言われて嫌々参加したサマー・キャンプでのことだ。母は、頭でっかちで同年代の友人とは少しも交わろうとしない息子を、同じ年頃の少年と同じように行動させたいと願っていた。そこで彼女は、その夏、ある男子高校の校長が企画した夏のキャンプに私を送り込んだのだ。

男の子ばかりの集団の中、彼らと一日中起居をともにする世界は、私にとってははじめての、まったく新しい経験だった。つねに過剰な自意識、つまりもう一人の自分の視線に苦しめられていた私にとって、同年代の少年たちの行動の一つ一つはまさに驚きに値した。彼らがキャンプで行うゲームはおよそ幼稚で、明らかに馬鹿げたものだった。にもかかわらず、ゲームの結果に心から一喜一憂する彼らの様子は、およそ無防備で、しばしば露悪的とさえ思われた。私は当然いかなるイベントにも参加しないことを決め、そのことでからかわれてもいっさい応じなかった。だが、キャンプに来てしばらくしたある日、私はいつものようにつまらぬゲームに興じる少年たちの様子を離れて眺めているうちに、突然何かが霊感のように閃《ひらめ》いた。生きているのは私ではなく、彼らの方であった。私は呆然《ぼうぜん》とした。生きていないのであれば、私はここでいったい何をしているのだ？　私はその時はじめて、自分が優等生であることを恨めしく思った。そして、過剰な自意識がいかに私の人生を不毛なものにしていたかを悟ったのだ。

その夜、私はさっそく両親に宛てて『ここで人生の真実について初めて具体的な知識を得たようです』と手紙を書き送った。

続いて起きた出来事は、ある意味では滑稽《こっけい》な、しかし当時の私にとっては悲惨きわまりない事故だった。両親は私の手紙を見て驚愕した。おそらく彼らは、少年たちの間で何か忌まわしい儀式が行われているとでも考えたのだろう。翌日、私の父はキャンプ場に駆けつけ、監督官に監視の強化を申し入れた。不幸にも、その会話をキャンプに参加していた少年の一人がこっそりと盗み聞きをしていた。話はたちまち少年たちのあいだに広がり、彼らはすぐに自分たちが好んで交わしている性《ポルノグラフイツク》的な会話や、ひそかに回覧しているその手のいかがわしい雑誌について、私が告げ口をしたのだと思い込んでしまったのだ。

……いったいあの年代の少年たちが、〝告げ口〟に対してどれほどの嫌悪を抱くか、君も知っているはずだ。そして、彼らが密告者に対していかに残酷になれるのかも。

次の日の夕方、少年たちは監督官の眼を盗んで私を無理やり氷室に連れ込んだ。彼らはよってたかって私を押さえつけ、服を脱がせて裸にした。そして、私の尻《しり》と性器とに緑色のペンキを塗りたくり、裸のまま氷室に閉じ込めて、出て行ってしまった。

扉が鈍い音を立てて閉まったあとも、私は暗闇の中で声をあげることもなく、立ち尽くしていた。

『今度、密告したらどうなるか分かっているだろうな』という少年たちの捨てぜりふを恐れたわけではなかった。理性は、私が次にどうすべきかを告げていた。これは馬鹿げた事故なのだ。私は声をあげ、氷室の扉を叩いて助けを求めるべきであった。すぐにではないにせよ、いずれ監督官が異常に気づき、扉を開けて、私を救出してくれるだろう。そして、私をこんなめにあわせた少年たちは、厳しい罰を受けるのだ……。しかし、私はあえて声をあげなかった。扉を叩かなかった。なぜなら状況を冷静に判断する理性の声は、畢竟《ひっきょう》もう一人の自分、過剰な自意識の産物であった。私は〝彼〟の声を無視したかった。裸のまま、一晩中氷室に閉じ込められる。それが馬鹿げたことであればあるほど、私は生まれてはじめて馬鹿げたことをやってみたかったのだ。

だがそれは、私が考えていた以上に恐ろしい一夜となった。私はすぐに猛烈な寒さを覚えた。手足が冷たくかじかみ、全身にがたがたと震えがきた。尻と性器に塗られたペンキが乾くにつれて、周囲の皮膚が引き攣《つ》れてひどく痛かった。衣服のないことが人間をどれほど不安にさせるものか、私は文字どおり身をもって知った。私は狭い氷室の中を、震えながら、ぐるぐると歩き回った。時々立ち止まって足踏みをした。どれくらいの間そうしていたのだろう？　時間の観念はしだいに失われた。理性は、私が危険な状況にあることを告げていた。それでも私は負けたくなかった。誰に？　もう一人の自分に負けたくなかったのだ。〝彼に勝つことで、私ははじめて自分の人生を生きることができる〟、私は自分にそう言い聞かせた。口に出してそう言った。ほかにもなにか……。気がつくと、私はぶつぶつとなにごとか呟いていた。時折ふっと気が遠くなるのが自分でも分かった。私は暗闇の中でなんどか自分自身を見失った。そして、気がつくと彼女が――あの隻眼の少女が私の目のまえに立っていたのだ……」

ロバートは私をじっと見つめて言った。「翌朝、私の姿が見えないことに気づいた監督官は少年たちを問い詰め、慌てて氷室の扉を開けた。そのとき私は、紫色の唇でぶつぶつとわけの分からぬことを呟きながら、素裸で立ち尽くしていたそうだ。

私は手当を受け――奇跡的にも手足の軽い凍傷だけで済んだので――そのままキャンプに留《とど》まった。少年たちは、どうせ私がすぐにねをあげ、助けを求めるとばかり思っていたので、私が一晩中頑張り通したことに度肝を抜かれた様子だった。以後、彼らは私に一目置くようになった。……なんといっても、裸のまま氷室に一晩閉じ込められ、しかもその後でなお、自分をそんなめにあわせた者たちと同じキャンプに留まることは、誰にでも出来ることではなかったのだ」

「なるほ《オ》ど《ウ》……」

私は〝苦労知らず〟に見えるロバートに、そんな過去があったことをはじめて知った。

「それで、その夜君が会ったという隻眼の少女は、いったい何者だったのだい?」

「うん」とロバートはぼんやりとした表情で頷いた。

「私は監督官から、彼が扉を開けたとき、私が立っていたという場所を聞き出しておいた。数日後、私はひそかに氷室に戻り、同じ場所に立ってみた。私はふたたび彼女を見た。あの恐ろしい夜、ずっと私のそばにいてくれたあの少女だ。肩まで垂れた黒いまっすぐの髪、飾りのない白っぽい服を着た彼女は、年齢は十歳くらいだろう……整った顔立ちの中、本来右眼があるはずの場所には、どうしたことか、ぽっかりと黒い穴が口を開けている……。あの晩と同じだった。私は彼女に向かって手を伸ばし、彼女に触れようとした。指先が冷たい壁に遮られた。そこで私は我に返り、指に触れているものの正体にはじめて気づいた。そこには一枚の、古びた鏡がかかっていたのだ」

「鏡だって?」私は首を傾げた。「すると、君が見た少女というのは、鏡に映った君自身の姿だったのか?……ふむ。それじゃきっと、古い鏡に映った自分の顔が、光の加減かなにかでそう見えたのだね」

「君がどう考えようと勝手だ」ロバートは相変わらず焦点の定まらぬ様子でそっけなく答えた。「そもそも氷室の中になぜあんな鏡がかけてあったのか、私には分からない。私は記念にその鏡を貰《もら》い受け、家に持ち帰った。以来、私がその鏡をのぞき込むたびに彼女が……隻眼の少女がそこにいた。私は何か困ったことにぶつかると、いつもその鏡を見て彼女の姿を確認した。年月が経っても彼女は少しも変わらぬ姿で、いつもそこにいてくれた。そして片方の眼で、私をじっと見るのだ。そのたびに私はあの恐ろしい夜のことを思い出し、同時に勇気づけられた。

″私だけがもう一人の私に打ち勝つことができる。それが出来るのは私だけなのだ″と。それなのに……」ロバートはふいに、ひどくうろたえた様子になって頭を抱え込んだ。「ヒロシマの上空で原爆が炸裂《さくれつ》したあの日を境に、彼女は鏡から消えてしまった。いくら鏡を見ても、そこに映るのは私の青ざめた顔だけだ。私は……どうすれば良いのだ？」

「しっかりしたまえ」私はロバートの肩に腕を回して言った。「今日の君はどうかしてるんだ。いつもの自信満々の君はどこに行った？　君は少女の助けなどなくても立派にやっていける男だ。もしかりに、君の言うとおり鏡から少女の姿が消えたからといって、それがどうしたというのだ？　そもそも鏡の中にそんなものが見える方がどうかしていたんだ。君は子供時代の心的外傷《トラウマ》からやっと解放された。むしろ喜ばしいことじゃないか」

「心的外傷？　喜ばしいこと、だって？」ロバートは両手のあいだから顔をあげ、目を細めて私を見た。「何を言っている？　君は何も分かってはいないのだ」

「分かっているさ。おそらく君以上にね。君はその少女に、過剰な自意識に苦しんでいた自分自身の影を見ていた……」

「彼女は私だったのだ！」ロバートは突然かん高い声で叫んだ。そして早口で続けた。「私は彼女を失った。鏡の中に閉じ込めた、もう一人の自分を失ったのだ。それがどういうことか君には分かるか？　あの日から鏡の内と外が逆転した。いま鏡に映っているのは私の顔だ。だとしたら、こちら側にいるのは彼女ということになる。彼女は私だ。……あの日以来、私に代わって彼女が、この世界を徘徊《はいかい》しているのだ」

　青ざめた顔で体を小刻みに震わせている彼の様子を見て、私はふと同じような光景を眼にしたことがある気がした。ごく最近、確かあれは……。

――思い出した。

病院でマイケル・ワッツの証言を聞いた際、ロバートはやはりいまと同じように不可解な言葉を口走り、血の気の失《う》せた顔で震えていたのではなかったか？

「私じゃない。同時に二つの場所に存在することは、悪魔でも不可能だ」

あのとき彼はそう言って、ほとんどわれを失った様子であった。

私はまた別なことに思いあたった。

肩まで垂れた黒いまっすぐの髪……飾りのない白っぽい服を着た少女……年齢は十歳くらい……整った顔立ち……右の眼に眼帯をしている。ロバートが鏡の中に見ていた少女は、殺人が起きたあの夜、病室でマイケルが見たという少女の肖像《プロファイール》とぴったり一致するではないか！

私は突然、ロバートの言う本当の意味を理解した。ロバートは、鏡から消えうせた隻眼の少女――つまり彼の分身《ドッペルゲンガー》が、殺人を犯したのではないかと恐れているのだ……。

そんなことがあるはずがない。私は強く首を振った。鏡の中の少女は、少年時代のロバートが作り出した幻影なのだ。彼女が実体であるはずがない。幻影が人の頭を打ち砕くことなどできるはずはないのだ。……しかし、それならマイケルが見た少女はどうなる？　彼が見たのは幻覚なのか？　それとも……。

私は、ふたたびテーブルに肘《ひじ》をつき、頭を抱え込んでしまったロバートをぼんやりと眺めた。

ふいに目の前の人物が、よく知っていると思っていた友人などではなく、なんだか得体の知れぬ、気味の悪い存在に思えてきた。

「フェルミの冗談を覚えているか？」

しばらくしてロバートは気を取り直したように立ち上がり、新しく作ったマティーニのグラスを私に手渡しながら尋ねた。「トリニティ実験が行われる前の日、〝法王《フェルミ》さま〟が周囲を怒らせた冗談だが……」

「それなら、そう、覚えている」私は戸惑いながら答えた。「確かあのとき彼は、実験での爆発が大気に点火するかどうか？　もし点火するとしたら、たんにこの辺り《ニューメキシコ》を破壊するだけか、あるいは世界をすべて破壊するのか、賭《か》けを申し出たんだった。……フェルミ一流のいつもの冗談だったが、あのときは実験を前にぴりぴりしていた若い連中にはいささか刺激が強すぎた。そばで聞いていた私でさえ、彼らが怒るのも無理はないと思ったほどだからね」

「あれは冗談ではなかったのだ」

「なんだって？」

「私たちは研究の過程で、核分裂反応によって生じる莫大《ばくだい》なエネルギーが大気中の窒素や海の水素に火をつけてしまう可能性があることに気がついた。その可能性は恐ろしいものだった。一度火をつけてしまえば、反応の連鎖は誰にも止めることはできない。海は燃え上がり、大気は爆発する。かつて地球であったものは一瞬にして宇宙に輝く火の玉に変わってしまうのだ。一時期、私たちは真剣に研究の中断を検討した。『人類の上に最後の幕を引く可能性を追うよりは、むしろナチスの奴隷に甘んじるほうがましではないか？』と言い出す科学者までいた。その後、さまざまな要素を加味して計算した結果、私たちの行う実験が大気に点火する可能性はきわめて低いことが判明した。一、〇、〇、〇、〇、〇万分の三。それが私たちの計算がはじき出した確率だった。その数字を眼にした時、私たちはそれが実験を続けるのに、充分に小さな数字だと思った。一〇〇万分の三などという確率は、実際にはゼロに等しい。だからこそ私たちは研究を継続し、あのトリニティ実験に踏み切った……。

だが、それでもやはり、計算上、一〇〇万分の三という確率で、史上初めてのあの実験が大気に点火する可能性は残っていた。一〇〇万分の三。その確率で、実験を行ったあの日、私たちはこの手で世界を燃やしてしまうかもしれなかった。それは、いつ弾が飛び出るか分からない銃をこめかみに当てて引き金をひくロシアン・ルーレットと同じだった。そして、賭け金はこの地球だったのだ。……なぜ私たちは、あのとき恐ろしく思わなかったのだろう？　最近私には、そのことがどうにも不思議に思えてならないのだ」ロバートはふいに顔をあげ、私を振り返って尋ねた。

「君は、オットー・フリッシュが行ったドラゴン実験のことを聞いたか？」

「ドラゴン……実験？」

目まぐるしく転じる話題について行くことができず、首を傾げている私にはお構いなく、ロバートは淡々とした口調でつづけた。

「今となっては笑い話のようだが、昨年末の時点で私たちはまだ、原爆を作るためにいったいどのくらいの量の濃縮ウランが必要なのかを知らなかった。もちろん理論上の計算はなされてはいた。だが、正確な臨界量は実験によって確かめるしかなかったのだ。実験を、自ら買って出たのがオットー・フリッシュだった。彼はいつものように、きわめて独創的な実験方法を編み出した。彼はまず、ウラン化合物の塊を臨界量にきわめて近い量まで積み上げ（その作業自体ひじょうに危険なものであったが）、ただし中央に穴を残しておいた。そしてこの穴の中に小さなウラン化合物の塊を順次落下させたのだ。ウランの小塊が、重力により毎秒九・八メートルの加速度をもって穴の中を通過する一瞬、装置は全体として臨界に達する。水素化合物となった濃縮ウランは、原爆として用いる純粋金属の場合と比べて、はるかにゆっくりと反応するはずだ。だが、それも原子反応レベルで〝ゆっくり〟という意味であり、実際にはそれは〝吹き飛ばされずに〟核分裂の開始に近づけるぎりぎりのところだった。そして、もし積み上げたウラン化合物の塊が、なにかのはずみで一度完全な臨界状態を作り出してしまえば、反応は制御できなくなり、強い放射線によって周囲の人間はすべて殺され、大量の熱はウランの塊自身を熔《と》かしてしまう恐れがあったのだ。実験は、いみじくも名付けられた通り、まさに〝眠っている竜《ドラゴン》の尾をくすぐる〟ものだった。

　事実オットー・フリッシュは一度、積み上げたウラン化合物の塊にうっかり寄りかかってしまい、彼の身体の中の水素が中性子を反射したために、あやうく逸走反応を引き起こしかけたことがある。その時のことを、彼は私にこう話してくれた。『その瞬間、眼の端で、中性子をカウントしているモニター・ランプの赤い点滅が止まった事に気がつきました。点滅があまりに早くなって、もはや感知されなくなったのです。僕はとっさに近くのウラン化合物の塊を幾つか手で払いのけました。おかげで、ようやくランプの点滅速度は目に見えるまでに低下しました』。オットー・フリッシュは、この話を笑いながら話してくれた。しかし彼は危うく竜を目覚めさせ、自分自身のみならず、周囲の人たちをも殺してしまうところだったのだ。そのことを、なぜ笑いながら話すことができるのだ?」

「そうするしかないじゃないか」私は肩をすくめて言った。「なにしろ笑いというやつは、恐怖に対する最高の解毒剤だからね。きっとオットー・フリッシュは怖かったのだよ。だからこそ彼は……」

「彼だけではないのだ」ロバートは私を遮って言った。「あの皮肉屋のイタリア人科学者〝法王〟エンリコ・フェルミにしたところでそうだ。彼は、アメリカに渡って三年後の一九四二年に、世界初、人類初の臨界実験を成功させた。あの実験によって、私たちははじめて核分裂反応が持続すること、そしてそれが制御可能であることを知った。つまり私たちは、あの実験によってはじめて原爆が実現可能であることを知ったのだ。フェルミはシカゴ大学のフットボール競技場スタンド内部に作らせた特設実験室に酸化ウランを積み上げ、人工的に連鎖反応を引き起こした。彼はあの未知の実験を、人口が密集したシカゴの街のど真ん中で行った。実験を行うまで、彼には——誰にも——連鎖反応が制御できるかどうか、はっきりとは分かっていなかった。もしかするとあの時、核分裂反応は実験者の予想をはるかに超えて暴走をはじめ、大量の放射性物質がシカゴ中に飛び散り、あるいは過剰な電離放射線が街中にまきちらされるかもしれなかった。それどころか本物の核爆発が起きていた可能性だってあったのだ。フェルミは……あるいは実験を許可したコンプトンは、怖くなかったのだろうか? あの日、シカゴの街が一瞬にして吹き飛び、人の住めない死者の街に変わってしまうかもしれないことが?」

ロバートは眉《まゆ》をひそめていたが、ふいに「そのうえ、テラーの〝スーパー〟ときたら!」と皮肉な形に唇を歪《ゆが》めて言った。

「ねえ君、テラーが今、原爆よりもさらに巨大な爆弾、熱核反応を利用した〝スーパー〟を作ろうとやっきになっているのは知っているだろう？　先日彼は、ロスアラモスで水爆の開発を続けることを求める報告書を提出した。その中で彼は、新しい爆弾の展望についてこう書いている。〝爆弾の規模が大きくなるにつれ、目標が一人の人間から、一つの軍事工場、一つの都市、さらには一つの国家へと変わっていくのは歴史上の必然である〟と。彼はリストの最後に、彼が想定する最大の武器を記していたが、その爆弾を仕掛ける場所の欄は『裏庭』となっていた。つまり、そういう兵器はおそらく地球上の人類を絶滅させるだろうから、わざわざ敵のところにまで運んでいく必要はないというわけだ。……いったいテラーは、この報告書を真面目に書いたのだろうか？　それとも彼の〝スーパー〟の構想自体、大いなる冗談なのだろうか？」そう言うと、ロバートはくっくっと神経質そうに笑い出した。

「失敗したよ、君」彼は言った。「こんな隔離された場所に研究所をつくるべきではなかったのだ。周囲をとりまく壮大な自然環境のせいなのか、それとも高名な科学者とともに研究をしているという安心感、または研究に対する気負いのせいなのか、ここに来た若い連中はみんな、戦場で行われている凄惨《せいさん》な殺戮《さつりく》のことなど少しも考えてはいないんだ。そんなものが現実に存在することさえ知らないような顔をしている。先日も若い連中が話しているのを耳にしたのだが、今じゃ彼らはこんなことを言っている。『われわれは世の中に責任を持つ必要はない。何をしても許されるのだ』と。やれやれ。これじゃ、まったくの『魔の山』だ。さしずめフェルミが人文学者セッテンブリーニで、私がイエズス会士ナフタというわけか……」

冗談に紛らわせながらも、ロバートの横顔は少しも笑ってはいなかった。

「私たちはみんな、このプロジェクトに参加することで変わってしまった。何かが決定的に損なわれてしまったのだ。おそらく私たちは、呼び出してはならない魔物を呼び出してしまったのだ。師に禁じられていた呪文《じゅもん》を、好奇心から唱えてしまった魔法使いの弟子。それが私たちだ。あっという間にコントロールできなくなった危険な魔法は、世界を変えてしまった。……あの日から世界は変わってしまった。あの日から、私たちの頭の上には細い糸で吊《つ》り下げられた巨大な岩が現れたのだ。しかし、いつ落ちて来るともしれぬ巨大な岩の下で、私たちはなお正気を保って日常を生きて行くことができるのだろうか？　もしかするとオットー・フリッシュは、フェルミは、テラーは、そして私は、すでに狂っているのではないか？　狂気は世界を覆い、人々はやがてその原因に気づくだろう。人類がロスアラモス、およびヒロシマの名を呪う日が来るだろう。だが、私になにができる？　ジーン一人……昔愛した女一人救えなかった私に、いったいなにができるというのだ……」

ロバートは頭を抱え、呆然《ぼうぜん》と、ほとんど気が狂ったようにぶつぶつと呟《つぶや》いていたが、ふと顔を上げ、ゆっくりと首を巡らした。彼は私の姿を認めると、不思議そうな口調で尋ねた。

「イザドア、君はなぜ知らないふりをするのだ？」

「少し休んだらどうだ」私は努めて冷静な口調で言った。「君が休んでいるあいだ、〝ちっちゃなトニ〟のことは私が見ているから、心配せずに……」

「ロスアラモスがどこにあるか知らなかっただって？」ロバートは私の言葉などまるで耳に入らない様子で言った。「そんなはずはあるまい。このプロジェクトを任されたとき、私はまず君がロスアラモスがどんな場所か知らないはずがないじゃないか。だが、君は誘いを断った。君が革靴にステッキだって？　君のあのおかしな服装は偽装だ。ダークスーツにホンブルグ帽、磨き上げた革靴にステッキだって？　君のあのおかしな服装は偽装だ。君は何をしにここに来たのだ？　君は責任を恐れて、知らぬふりをしているだけなのか？　それとも……」ロバートは、すばらしく青いその瞳《ひとみ》がすきとおるほどに大きく眼を見開き、じっと私を覗《のぞ》き込んだ。

その時、入口のドアを激しく叩《たた》く音が家中に響きわたった。

ロバートは無言のまま立ち上がり、部屋を横切って、自らドアを開けた。

ウォレン医師がひどく興奮した顔で立っていた。

「たった今、ハリー・ダグランが死にました」と彼は言った。

第十四章　カルテ

《初見》

視診により患部に第1度の火傷《やけど》（〝日焼け〟程度のごく軽度の熱傷）が認められる。

現在対象の意識は明瞭《めいりょう》。ただし「取り扱い」直後、気分が悪くなり、少量の嘔吐《おうと》有り。

引き続き各種検査を要する。

《一日目》

血液検査に異常が認められる。当初九〇〇〇（立方ミリメートル当たり）程度あった白血球が、〇九：〇〇時現在で三〇〇〇以下にまで減少。

微熱有るものの、その他特記すべき自覚症状なし。

《二日目》

白血球の数はなおも減り続ける。一三：〇〇時時点でのリンパ球値はゼロ（！）。再度検査するも値は変わらず。これで免疫は完全に失われたことになる。

対象は終日不快感を訴える。昼食後下痢。微熱有り。

皮膚が赤くなる程度であった患部に白い水疱が形成され、あたかも第3度の火傷の様相を呈している。

《三日目》

全身に激しい不快感。食欲なく、嘔吐と下痢を交互に繰り返す。

体温は上昇を続け、一時は四〇度（摂氏）を超えた。

ここにきて血小板の数が急激に減少する。〇九：〇〇時現在で二万六〇〇〇（立方ミリメートル当たり）。

患部の取り扱いには細心の注意を要する（血小板の値が三万を切ると、出血が止まらなくなる恐れがある）。

《五日目》
頭部から大量の脱毛。
身体の各所に、大小無数の紫斑《しはん》が認められる（内出血が原因か？）。
対象はしきりに全身の痛みと不快感を訴える。

《六日目》
患部のガーゼを取り替えようとしたところ、ガーゼと一緒に皮膚がはがれ落ち、患部糜爛《びらん》面から体液が滲《にじ》み出る。
出血を伴う下痢。
口腔《こうこう》内、歯茎、咽喉《いんこう》に複数の出血性潰瘍《かいよう》。

《七日目》

激しい苦痛のために対象が暴れ出す。鎮痛剤を大量投与するも効果なし。やむをえず、ベルトを用いてベッドに拘束する。

腎臓《じんぞう》機能が低下。自力での排尿が困難となったため管《カテーテル》を挿入。だが、すぐにどろどろとした紙状のものが管を詰まらせる。調べてみると、膀胱《ぼうこう》内部からはがれ落ちた粘膜であった。他の臓器の粘膜も同様に剝落《はくらく》している可能性が考えられる。

身体表面における皮膚の剝落面積は(当初軽度の熱傷がみられた箇所、およびベルトでの固定跡を中心として)さらに広がっている。真皮が露出した箇所から体液の流出が止まらない。

皮膚移植を試みる。

《八日目》

対象の意識がなくなり、譫言《うわごと》を呟くようになる。

頭部のみならず、全身の体毛がすっかり抜け落ちる。

《十日目》

移植した皮膚は、結局すべてはがれ落ちた。はがれ落ちた皮膚の下に、ある種の黴《かび》が繁殖しているのが見つかる。

対象は外部からの刺激に対してわずかに反応を示すものの、意識は混濁している模様。

しきりに譫言を呟く。意味は不明。

唇が裂けて血が流れ出すが、もはや血を止める術《すべ》はない。

《十一日目》
対象の目蓋《まぶた》が閉じなくなる。保湿のための手当を指示。まもなく眼からも出血。血が目尻《めじり》を流れ落ちる様は、あたかも対象が血の涙を流しているように見える。
すべての患部が腐敗して悪臭を発している。
皮膚の剝落箇所は全身に広がった。

《十二日目》

手足の爪がはがれ落ちる。

対象の皮膚はもはやほとんどが失われ、身体の表面は全身に大熱傷を負ったように赤黒く変色。体液が流出し続けている。

打つ手なし。

血圧低下。

心拍数減少。

非常に危険な状態である……。

第十五章　死者と共に

Ｄ病棟の内部は煌々《こうこう》とすべての明かりが灯《とも》され、廊下は白衣を身にまとい、マスクで顔をおおった大勢の医師たちであふれていた。私はロバートと並んで廊下の長椅子に腰をおろし、彼らが目の前を慌ただしく行き交うのをぼんやりと眺めている。

私はさっきから、なんだか自分が間違った場所にいるような気がしてならなかった。

――ここは本当に私が昼間訪れた、あのＤ病棟なのだろうか？　すでに長らく閉鎖され、薄気味悪く森閑と静まり返っていた、あの場所なのか？

私は顔をあげ、廊下にあふれるたくさんの人々の姿を見回して思う。

――彼らはいったいどこに潜んでいたのだ？　どこから現れたのだ？

時間と空間が歪《ゆが》んでしまったような、奇妙な違和感が私をとらえて離さなかった。

「……私が彼に頼んだのだ」とロバートがふいに、顔のまえで組み合わせた両手に額をおしあてた窮屈な格好のまま、呟くように言った。「あの患者に何かあった場合はすぐに、電話を使わず、直接口頭で伝えてくれるようドクタ・ウォレンに頼んでいたのだ」

「なるほど《オウ》」私は頷《うなず》いた。どうやら私がずいぶん以前に発した質問――「ウォレン医師はなんだってまた電話を使わずに、わざわざ自分で知らせに来たんだい？」――への答えらしい。

「私への電話は……すべて盗聴されているのだ」ロバートが無表情に言った。

私はまた分からなくなった。どこからどこまでが彼の妄想なのだ？　ロバートは本当に壊れかけているのだろうか？　それとも壊れかけているのはこの世界の方なのか……？

ふと誰かが私たちが座っている長椅子の前に立ち止まった気配がして、顔をあげた。

「……そろそろ始めます」

やはり全身を手術用の白衣に包み、大きなマスクで顔を覆ったその男は、外見からは他の者たちと区別がつかなかったが、くぐもった声はウォレン医師のものらしかった。ロバートが無言のまま微《かす》かに頷くと、それが合図であったかのように、廊下にあふれていた白衣の者たちは次々と、背後の手術室の中へと入って行った。

廊下から人気が消えた。

医師たちによる死体解剖が始まった。

ふたたび静まりかえった廊下には、扉を隔てて時折中の声が漏れ聞こえてきた。

「……血液採取、終わりました……腹部切開開始します」

「腎臓切除……」

「レントゲン写真をよく見て……よし……いや、待て。膀胱は絞って尿を採取しておくんだ…

…頭部解剖はどうなっている？」

「今ちょうど……慎重に……脳の摘出完了しました」

「ホルムアルデヒド溶液をしみこませた綿の詰め物でくるんで保管しろ。他の臓器の状況は？」

「……容器が足りないだと？　馬鹿！　なければ、蓋《ふた》をハンダづけした錫《すず》の缶か、それもなければ広口のマヨネーズの瓶でもいいから、さっさと用意するんだ」

「心臓摘出完了しました」

「歯の詰め物は別にとっておけ。あとで検査する」

私は途中から啞然として、ほとんど自分の耳が信じられぬ思いであった。膀胱を絞って尿を採取？　蓋をハンダづけした錫の缶？　マヨネーズの瓶？　彼らは死者の臓器をそんなものに入れて持ち去ろうというのか？　死者の尊厳はどこへいったのだ？

それはもはや解剖などではない、解体であった。

私は居ても立ってもいられぬ思いでなかば腰を浮かし、ロバートを振り返った。が、唯一この状況に介入する権限を持つはずのロバートは無言で首を振るだけで、私を見ようともしない。私はどうすることもできず、また長椅子に座り込み、両手で耳を覆った。

……だが、覆うことでむしろ、私の耳は聞こえるはずのない音を聞くことになった。

さくさくと楽しげに死体を切り裂くメスの音。手術室から聞こえる声はいまや狂騒的な響きを帯び、時折かん高い哄笑《こうしょう》までが交じっている。

私はいっそう強く耳を押さえつけ、結局頭の中に響きわたる声に耐え切れずに、その手を離した。

「……近代戦争がなぜ市民をまきこむようになったのか」ロバートが低い声でしゃべっていた。

「皮肉にも、国家や戦争といったものが国民のものとなったからだ。近代以前、まだ国家が王のものであった頃は、一般市民は国家同士の戦争とは無縁の存在だった。隣国に攻め入った敵の軍隊は、少なくとも戦略的な意味をもっては、市民を戦闘に巻き込むことはなかった。そんなことは全然意味がなかったのだ。王は民などいくら殺されても平気だった。王はむしろ自らの軍隊の消耗をこそ恐れていた。民ではなく、軍隊が消耗した時、国家の主権者たる王ははじめて戦争終結を決意したのだ。

ところが今では戦争は国民がはじめ、そして自分たちが充分に殺されて、もうたくさんだと言ってやめる。民主主義、あるいは国民国家という建前のもとでは、戦争は国民一人一人に責任がある。『誤った戦争を始めた国民は、みずからの命をもってその罪を贖《あがな》わなければならない。この戦争においては敵の全人口が適正な軍事目標なのだ』。グローヴス将軍はそう言って――そして、彼に説得された私たちもまた――ヒロシマへの原爆投下を正当化した」

ロバートはゆっくりと、病院に来てはじめて私を振り返った。

「私たちは事前にヒロシマについて詳しく調べたのだ。そこには三十万人を超える人々が生活していた。彼らの多くは中程度、あるいは小規模の工場で軍需物資の生産に携わっていた。そのうえほとんどの民家においても、なんらかの下請け作業が行われているらしいことが判明したのだ。ヒロシマの町自体が一つの軍需工場さながら、まるで蜜蜂《みつばち》の巣箱のように、軍需物資の生産にせっせといそしんでいた。戦闘員・非戦闘員の純然たる区別をすることはほとんど不可能だった。だからこそ私たち科学者は、一方では目標を軍需工場に限るべきだという主張を行いながらも、ヒロシマへの原爆投下を〝やむを得ない選択〟として受け入れざるをえなかった……そう思った……その時はそう考えたのだ。……だが、本当にそうだったのか？　私はあまりにも論理的であろうとしたために、かえってとんでもない判断ミスを犯したのではないのか？　何か重大な見落としをしていたのではないだろうか……」彼は視線を逸《そ》らし、そこにはいない〝ちっちゃなトニ〟の頬を撫《な》でるような仕草をして呟いた。「幼い子供たちは、それから生まれたばかりの赤ん坊はどうなるのだ？」

「赤ん坊？　君はいったい……」

「ヒロシマの市民は、なるほど日本が遂行する戦争に協力していたかもしれない」ロバートは言った。「しかし、たとえヒロシマや、あるいは全ての日本の大人たちが戦争の責任を負わなければならなかったにせよ、その場合でも、子供や赤ん坊にいったいなんの関係があったのだ？　あの日もヒロシマには多くの幼い子供たちが、それに母親の腕に抱かれた赤ん坊がいたはずだ。私たちは何のためにヒロシマの子供たちの上にあの恐ろしい爆弾を落とさなくてはならなかったのか？　何のためにヒロシマの赤ん坊は、生まれたばかりの命を捧《ささ》げて、大人たちがはじめた愚かな戦争の罪を贖わなければならなかったのか？　日本人としての罪の連帯性？　しかし子供や、まして生まれたばかりの赤ん坊に、どんな罪の連帯性があるというのだ？　もし子供に、父親のあらゆる悪行にたいして連帯責任があるというのがこの世の真実だというのなら、私の罪は……」

と言いかけて、ロバートはびくりとした様子で両手を自分の胸の前に引き寄せた。それから彼はゆっくりと両手を広げ、広げた手のひらに視線を落として、じっと見入った。

「グローヴス将軍は、私にこんなことを言った」そのままの姿勢でロバートは言った。「『どのみちヒロシマの子供たちは、すぐに大人になってあの誤った戦争に協力していたに違いない』と。……だが、現に子供たちはまだ大人になっていなかった。いや、彼らはずっと子供や赤ん坊のままだ。なぜなら彼らは原爆によって、子供や赤ん坊のまま吹き飛ばされ、焼き殺されてしまったのだから」

「やむを得なかったのだよ」私は言った。「およそ戦争においては最善《ベスト》なんてものはありえない。私たちはつねにより良い方《ベター》を求めて判断を下すしかないんだ。もしかりに原爆が使用されず、日本への上陸作戦が決行されていたら、日米双方により多くの犠牲者が出ていたかもしれない。君の言う子供や赤ん坊たちの命も、もっとたくさん失われていたかもしれないんだ。それに……」

「私は最近よく、こんなことを考えるのだ」ロバートは私を無視して言った。「〝あの爆弾で死んだ者たちの方が、生き残った者より幸福ではなかったのか〟と」

「死者の方が幸福？　なんだってそんなことになるんだい？」

「あのとき……私たちはすでに気づいていたのだ。たとえ爆発の衝撃波や熱線によって即時の死が訪れなくても、核兵器のもたらす放射能障害は母親の胎内にいる子供の体を確実に苛《さいな》み、それどころか影響は二世代、三世代後にまで及ぶ可能性があることを。……まだこの世に生まれてもいない子供たちが、過去の戦争にいったいどんな責任があるというのだ？　未来の子供たちにまで苦しみを与える。その一点においてだけでも、あの爆弾はこれまで存在したいかなる兵器とも決定的に異なるものだった。核分裂反応によって発生した多量の放射能が人体にいったいどんな影響を与えるのか、あるいはこれから生まれてくる子供たちにどんな苦しみを引き起こすのか、具体的にはまだ誰にも分からない……誰にも分からないのだ」ロバートはちらりと背後の手術室に眼をやり、すぐに視線を戻して、ふたたび両手を見つめて言った。

「私には分からない。かりにこの世界に平和と民主主義を実現するという目的がいかに正しいものであったにせよ――私にはもはやそれが正しいかどうかさえ分からなくなっているのだが――ただそのためにはどうしても必然的に、大勢の幼い子供や、まだ母親の乳を求めて手を伸ばしている赤ん坊たち、それに生まれてさえいない者たちを苦しめなければならないとしたら、その子供たちの苦しみのうえにしか、人類の平和と未来が築けないとしたら、それでも私たちはそのような平和や民主主義などというものを手に入れるべきなのだろうか？　支払った代価はあまりにも高価だった。私たちが、原爆による勝利と引き換えに手に入れたものは、本当にそれだけの価値のあるものだったのか？　それは、この血まみれの手で触れることが許されるものなのだろうか？」

ロバートは広げた両手を私に向け、気弱な笑みを浮かべた。その顔はやつれきり、疲れはてた表情だった。

「『黙示録』においてキリスト教の神は、愚かな人間どもを滅ぼすために、天使たちに七度ラッパを吹き鳴らさせる必要があった」ロバートはだらりと腕を下げ、口元に皮肉な笑みを浮かべて、自嘲《じちょう》的に言った。「だが、私たち科学者が作り出したあの爆弾は、ただ一度の閃光《せんこう》ですべてを破壊する。私たちはすでに『最初に言葉ありき』と記した古代の人々の想像力――つまりは〝言葉そのもの〟の限界を超えてしまったのだ。原爆は善いものも、悪しきものも区別なく、すべて根こそぎにしてしまう。その前では善悪の区別は消滅し、ただ恐怖だけが残される……。

独占は不可能。防衛は不可能。世界的な規模で原爆を管理できるようになるまでは安全保障も不可能。私たちが秘密を守ったからといって、ほかの国が原爆を開発するのになんの差し障りもない。私たちがヒロシマやナガサキに行ったことを、誰もがじきに……たとえばオハイオ州コロンバスや、そのくらいの規模の何百もの都市に対してやれるようになるだろう。いや、それだけじゃ足りない。私たち科学者は利口だから——利口すぎるから——『まだ満足がいきませんか、爆弾一個で十キロ四方を破壊するだけでは不足ですか』といまでもこんなことを考えている。そして『お望みどおり、どんな大きさの爆弾でも作りますよ』と……」

ロバートは囁《ささや》くような小声で早口に喋《しゃべ》りつづけた。その様子はもはや完全に常軌を逸しているように見えた。だが、それでも私は彼に声をかけることがためらわれた。私には、ロバートがいま、懸命に別の未来を想像しようとしているように思えたのだ。たとえば、彼が『イルカ放送』というあの寓話《ぐうわ》に描いてみせた未来。イルカたちと意思を通わせることで人間同士の争いごとが無くなり、ともに星の海へと泳ぎ出す日を。そのために世界の科学者が力を合わせ、科学技術が殺戮《さつりく》にではなく、心躍らせる冒険のために用いられる日が来ることを……。

そのときふいに背後の扉が開き、どやどやと白衣の者たちが廊下にあふれ出て来た。

「どうやら無事に終了しました」

ふり向くと、ウォレン医師が目の前に立っていた。マスクを取り去った彼の顔は、興奮に頰が上気し、眼が生き生きと輝いている。

ロバートがついと長椅子から立ち上がった。彼は若い医師にねぎらいの言葉をかけ、握手を交わした。そしてすぐに真剣な表情でウォレン医師から解剖報告を聞きはじめた。そばで見ていた私は、ちょっと呆気《あっけ》にとられた。ロバートは、さっきまでの混乱した様子などまるで嘘のようであった。

二人の間で話が済んだのを見計らって、私はウォレン医師に声をかけた。

「君が解剖の指揮をしていたのかい？」

「そうですが……それが何か？」

「もう少し配慮があってしかるべきではなかったのかね。その……死者の尊厳といったものに対して」

相手がぽかんとした顔で何を言われているのか分からない様子なので、私はこの際はっきり言っておくことにした。

「解剖中の声が外に聞こえていたよ。同じ解剖をするにしても、死者にもう少し敬意を払ったらどうだい？　膀胱を絞って尿を取るだの、マヨネーズの瓶に詰めろなど、遺族が聞いたらなんと思うだろう。そういえば、ここには遺族の方たちの姿が見えないが、もちろん彼らの了解を得た上でのことなんだろうね？」

「遺族の了解？　いえ、遺族にはこれから連絡しようと思っていたところです」

「すると君たちは遺族の了解もなく、死者を解剖し、ばらばらにして、持ち去ろうというのか？」私は臓器の入っているらしい木箱や、瓶詰の臓器を小わきに抱え、慌ただしい足取りで立ち去ろうとしている者たちを信じられない思いで見回した。「ばかな！　そんなことが許されるはずがないじゃないか。すぐに彼らを止めたまえ」

「どうか落ち着いてください」ウォレン医師は軽く顔をしかめて言った。「これは非常に貴重な症例なのです。かつてこれほどの放射能を一度に浴びた人間は存在しない。つまり患者の身体はどこも、そしてすべてが前代未聞の、人類初のサンプルなのです。このような事故が発生したときは、ぼくたち医者は知り得る限りのことを知ろうとするものですし、またそれが医者の義務でもある。眼をつぶっていたのでは何も知ることができませんからね。解剖した患者の身体の部位は、それぞれ専門の医師が持ち帰ってこれから詳しく検査するところです。そこで得られたデータはこれから原子力施設で働く人々の役に立つでしょう。たとえば体内の放射性物質は尿や便を通じて体外にどのくらい排出されるものなのか。それによって……」

「もういい」私は嬉々《きき》として話す若い医者の顔を気味のわるい思いで眺め、手を振った。私はロバートを振り返って尋ねた。「君は知っていたのか？」

「何を、だね？」ロバートは持っていたパイプに火をつけ、ひどく冷静な口調で尋ねた。私はとっさに真相に思い当たり、思わずかっとなって叫んだ。

「なんてことだ。全部、君が許可したのだな！」

「こうなった以上、私たちは正確に知る必要があるのだ」ロバートは吐き出した煙とともに言った。「もし原爆が投下された場合、生き残った人々がプルトニウムやほかの放射性物質に被《ひ》曝《ばく》したとして、その予後がどうなるか。あるいは、もし放射性物質が食物に混ぜられたり、水道の水を汚染するようなことがおきた場合、人体にどのような影響を与えるのか。私たちはそれを作り出した者の責任として、知っておく必要がある。そのためには、やむをえない処置だったのだ」

「しかしロバート、さっきまで……君はたしか……」

私はそれ以上言葉をつづけることができなかった。冷静、沈着、〝神のごとく〟落ち着き払った目の前の男からは、さっきまでの〝罪を知った科学者〟あるいは〝迷える男〟の容貌《ようぼう》をうかがうことは不可能だった。今のロバートの顔はむしろ、ロスアラモス研究所の責任者として、自ら生み出した怪物の成長を目を細めて見守る父親のそれであった。

私は小さく首を振り、パイプを手にウォレン医師と話しこむ友人の横顔をそっとうかがった。極端に掛け離れた二つの貌《かお》。いったいどちらが本物なのだろう？

私は思案にくれながら、歩きだした二人のあとについていった。

D病棟の裏口には、すでに何台もの救急車が列をなして並んでいた。深い闇が病棟のすぐ入口にまで押し寄せ、辺りはひっそりと静まり返っている。時計に目をやると、いつのまにかもう深夜に近い時間であった。小わきに木箱やガラス瓶を抱えた白衣の男たちが、次々に私たちの脇を通り過ぎていった。誰も彼も無言であった。白衣の男たちがそれぞれ、順番に乗り込むのを待って、救急車はサイレンもならさず、ひっそりと闇の中へ滑り出してゆく……。

最後にロバートとウォレン医師、それに私の三人が残った。ウォレン医師は私たちにも病棟から出るよう促し、扉に厳重に鍵《かぎ》をかけた。

私はロバートと並んで夜道を歩きだした。月も星も見えない暗い夜だった。振り返ると、D病棟が黒い空に、いっそう黒々とした影を四角く映してそびえている。私はなんだか急に背中の辺りにぞっと寒気を覚えて、身を震わせた。

震えは宿舎についてもおさまらなかった。私は早々にベッドに入り、眠りに落ちた。

その夜、隻眼の少女が私を訪れた。

第十六章　黙示録

私は少女について行った。

目の前には橋がかかっている。

橋を過ぎると両側ににぎやかな商店の並ぶ通りに出た。狭い通りの両側には、肩を寄せるようにさまざまな店が軒を連ねている。果物、野菜、煙草の隣に手袋が置かれ、写真屋、自転車を売る店。路地を飛び回る子供たちの歓声が聞こえる。通りをゆく馬車の音。下駄の音。物売りの声。木戸を開ける音……。

よく晴れた夏の一日がはじまろうとしているのだ。

私は少女のあとについて通りを進んだ。傍らを人々がのんびりと、あるいは忙しそうにすれ違い、また追い越して行ったが、不思議なことに彼らの誰一人として**私たち**には目をくれようともしない。

角を曲がると、病院らしき建物の前に出た。一人の老婆が入口の階段に腰をおろし、別の若い女と何か話をしている様子であった。少女はつかつかとその二人に近づき、彼女たちのすぐ側で足をとめた。そして、くるりと、はじめて**私**を振り返った。

少女は無言で空を見上げた。**私**もつられて空を振り仰いだ。話をしていた二人の女たちまでが口をつぐみ、顔をあげて空を見た。

その瞬間、太陽の光が暗く思えるほどの白いマグネシウムの閃光《せんこう》が、巨大な光の柱となって地上を照らし出した。顔に猛烈な熱を感じ、だが熱さに顔を覆う間もなく、凄《すさ》まじい爆風が私の体を突き抜けていった。

気がつくと、目の前から病院の建物が、入口の壁だけを残して消えていた。辺りは一面瓦礫《がれき》の山である。不思議なことに、壊れずに残った病院の壁の前で、老女と若い女とがさっきの姿勢のまま空を見上げている。……いや、そうではない。彼女たちではなかった。それは壁にくっきりと残された二人の影であった。だが、それなら彼女たちは、影だけを残して、いったいどこに消えてしまったというのだ？

私は周囲を見回した。生きて、動いているものはなにも見えなかった。空に鳥の姿は無く、地上に緑の葉をつけた木は一本もない。

沈黙が地を覆っていた。辺りはひどく暗く、地上からは私以外の生きとし生けるもの、すべてが消えうせてしまったように思われた。

私にはなぜこんなことが起きたのか理解できなかった。呆然《ぼうぜん》と空を見上げると、あんなにも青かった空が、いつのまにか黒い雲に覆われていた。それは普通の雲ではなかった。黒雲は突然交錯するように横に走り、波立ち、その波頭が薄紅色に変わって飛び交い、中空にぱっと白と黒の塊が浮かび、その塊は下から中心部に巻き込んで、上からはぐるぐると巻き下がり、そして上へ、また横へと伸び上がりながらぐんぐんと成長してゆく。不気味なその塊は、真っ黒い、巨大な姿となって覆いかぶさってくるのであった。

私は突然叫び出したいような恐怖に襲われ、振り返ると――

そこに少女が立っていた。

少女は無言のまま彼方《かなた》を指さしてみせた。私はようやく、生きて動いている何人かの人影を認めた。……生きている？　だが、いったい彼らが生きていると、否、人であると言えるであろうか？

彼らはみな真っ黒だった。そして誰も服をつけていなかった。剝《む》き出しになった皮膚が、真っ黒に焼けただれているのだ。熱線に焼かれた顔は何倍にも脹《ふく》れあがり、目鼻の区別はつかなかった。頭髪は焼けて失われていたので、一目《ひとめ》見ただけでは性別はおろか、前か後ろかさえ見分けられなかった。彼らは一様に腕を肩の高さにあげていた。私は最初彼らがボロボロになった衣服を手からぶら下げているのだと思った。しかしよく見ると、彼らの二の腕や肘《ひじ》や指先からぶら下がっているのは、彼ら自身の皮膚が――手だけでなく、体や顔や全身の皮膚がむけて、薄紙のように垂れ下がっているのだった。彼らはもはや口をきくこともできない様子で、無言のままよろよろと、幽霊のようにゆっくりと歩いていた。

少女はまた別の方向を指さした。今度は声が聞こえた。

耳は爆風でちぎれ、睫《まつげ》や眉《まゆ》が焼けちぢれ、衣服はボロボロ、手足の皮膚もぼろ布のように垂れ下がった何十人もの人々が、口々に「水ヲクレー」「水ヲ……」「水ヲクレ！」と叫んだり、大声で泣きわめいたりしていた。

体中に無数のガラスの破片が突き刺さり、全身から血をしたたらせている者たちの呻《うめ》く声が聞こえた。細かく砕けたガラスの破片は、隙間なくびっしりと人々の肌に食い込み、あたかもそれは薄緑色の半透明の皮膚のように見えた。ガラスの破片は、人々が身動きするたびにこすれ合い、ギシギシといやな音を立てた。

人々はみんな、灰か埃《ほこり》のようなものを頭から被《かぶ》り、手も足も真っ黒だった。血を流していない者は一人もいなかった。頭から、顔から、手から、裸体のものは胸から、背中から、腹から、どこかから血を流していた。髪が燃えたようになり、顔から血を流しながら「水ヲ下サイ、水ヲ」と叫んでいる女がいた。女はその声の合間に、腕に抱いた赤ん坊の目に息を吹きかけていた。赤ん坊の目には灰か何かがいっぱいにたまっていたが、赤ん坊は泣き声一つあげなかった。

声を限りに叫んでいる男がいた。わけのわからぬ悲鳴を上げながら走る女や子供がいた。苦痛を訴える者がいた。道端に呆然と座りこんでいる者がいた。空に向かって差し出した両手をむやみに振っている男がいた。焦点の定まらぬ目で、ぶらりぶらりと歩いている男がいた。四つん這《ば》いになって「オウ、オウ……」と泣き声をあげながら、わずかずつ進んでいる白ズボンの男がいた。ガラスの破片が目に刺さっている者がいた。その者は——目が見えないらしく——叫びながら、やみくもに走り回っていた。

顔、胸、腕が血だらけの女の腋《わき》を抱き、引きずるように連れて行く中年の男がいた。男が足を運ぶたびに、女の頭ががくりがくりと前後左右に動いた。女はもう死んでいるのかもしれなかった。男も、いつ息が絶えるとも知れぬ様子であった。

足を切断され、くるぶしで歩いている男がいた。

真っ黒な口を開いて、切れ切れに「アア、誰カ助ケテクダサイ。誰カ……」と弱々しく訴えている青年がいた。

ほとんど裸体のまま、裸の赤児を後ろ向きに負ぶい紐《ひも》で背負って歩いてゆく若い母親がいた。

赤児は顔が恐ろしいほど脹れあがり、ぴくぴくと体を痙攣《けいれん》させていた。

「オ兄チャン、僕ダヨ。ネエ、オ兄チャン」と軍服姿の青年に泣きながら訴えている子供がいた。子供の顔はフットボールのように脹れあがって、顔の色もそれに近く、髪の毛も眉毛も消えていた。青年はそれが自分の弟であるとはどうしても信じられない様子で、何度も聞き返していた。

崩れた家の壁の前で、一人の若い母親が湯巻きひとつで寄りかかり、足を投げ出し、乳房を片方もぎ取られて死んでいた。一歳くらいの幼な子が死体の胸にとりついて、亡くなった母親の乳房を懸命に探していた。

背中にはかすり傷一つ見えないのに、振り返ると顔面も両手も焼けただれ、皮膚が反り返り、まるで七面鳥のトサカのようにでこぼこになっている者がいた。はらわたや脳みそが飛び出している人々がいた。目玉が五センチも飛び出た男がいた。顔からも口からも血が流れ落ち、体中にガラスが突き刺さっている者がいた。

道端では、馬が生きたまま燃えていた。四肢を投げ出し、黒く焼けてすでに信じられないほど大きく膨らんだ腹が、思い出したように大きく膨らみ、またすぐに元に戻っていくのだった。

各所で崩壊した家屋から火の手が上がった。炎のあいだを火傷《やけど》で風船のように脹れあがった顔で歩き回り、「オカアサン、オカアサン」と苦しそうな声をあげている子供がいた。顔や体の皮膚がジャガ芋の皮のようにむけて、よろよろした足取りで、逃げて行く老人がいた。血がしたたり落ちる傷を両手で押さえて、狂ったように妻子の名前を呼びながら、火の中を走り回る男がいた。

町全体が燃えていた。あちこちからもくもくと黒い煙が立ちのぼり、どこからか大きな爆発音が聞こえた。火はそこら中で燃え、いやな匂いがした。青い火の玉がゆらゆら漂っていた。

空は、立ちのぼる煙でいっそう黒くなった。

頭上に覆いかぶさる黒い雲の塊は、町から立ちのぼる火炎と煙を巻き上げて、いよいよ大きくなっていった。地上に太い脚を垂らし、天空高く伸び上がったその姿は、あたかも傘を開きかけた巨大なきのこの化け物のような形をしている。雲はじっとしているようで、少しもじっとしていなかった。ぐらぐらと東にむけて傘を広げるかと思うと、また西に向かって広がってゆき、東にむけてまた広がってゆく。そのたびにきのこ型の体のどこかが、赤に、紫に、瑠璃《るり》色《いろ》に、緑に色を変えながら、強烈な光を放っていた。

逆巻く黒煙と火の粉が降りしきる中には、溶けたアスファルトが足裏に張りついて、逃げようとしてもがいている人々がいた。彼らの姿はすぐに、激しい火炎と猛烈な煙にかき消されて見えなくなった。

まだ動くことのできる者たちは、炎と煙に追われるように川へ向かっていた。

その時、橋の下の流れにはすでに無数の人がうごめいていた。男か女かさえ分からない、一様に灰色に顔が脹れあがり、目が糸のように細くなった人たち。焦げた髪の毛一本一本が逆立ち、両手を空に泳がせた者たちが、言葉にならないうめき声を上げて、われもわれもと川へ飛び込んでいった。全身血だらけになった男や、体の皮膚が着物のようにだらんと垂れ下がった女たちが次々と川にやってきた。そして彼らもまた、みんな叫び声とも泣き声ともしれぬ声をあげながら川に飛び込んでいくのであった。

やがて橋そのものが猛烈な勢いで燃えはじめた。燃える橋の上で逃げ場を失った人々は、救いを求めてみずから川に落ちていった。川の表面は、死んだ人や、まだ生きている人ですぐに埋め尽くされた。

それでも上流からは、なおも赤黒く、おそろしいほどに膨れ上がった人間の死体が流れてきた。死体は橋脚に頭を打ち付けてぐらりと向きを変えた。そしてその時、死体がうめき声をあげるのを聞いて、中にまだ生きている者があると知れるのだった。

風向きが変わり、一瞬黒い煙の幕が切れた。すると黒いアスファルトの上にケーブル線の鉛が溶け、雫《しずく》のように地上にこぼれて点々と銀色の鉛の粒の列がつづいているのが見えた。……いや、点々とつづいているのは鉛の粒だけではなかった。そこには、仰向けになって両足を引き付け、膝《ひざ》を立て、助けを求めるように手を斜めに伸ばしている黒焦げの死体があった。立ったまま黒焦げになった死体があった。腕に赤ん坊を抱き抱えた姿勢で炭化した死体があった。人間かなにか、もはや見分けのつかないような人の死体がたくさんあった。上半身だけ白骨になった死体があった。片手片足のほかはみんな白骨になったもの、うつ伏せになって膝から下が白骨になったもの、両足だけが白骨になったもの……。千差万別、およそ人間が取りうる姿勢——否、決してありえないような格好で——無数の死体が散乱していた。

少し離れた道端の大きな防火用水槽には、三人の女が裸体に近い格好で入って死んでいた。逆さまになった女の尻《しり》から大腸が長さにして一メートルあまりも吹き出していて、それが少しもつれた輪状になって水に浮かび、左右に揺れていた。

死んだ人で縁までいっぱいの防火用水槽があった。彼らは生きたまま茹でられてしまったように見えた。ひどい火傷を負いながらもまだ息のある者は、その水槽に頭を突き入れて、血と脂の浮いた水を飲んでいた。

電車道には架線が切れて垂れ下がり、電流がきているはずはないのに、あちこちで青白い火花が散っていた。電車は焼けて、骨組みだけが残っていた。電車のなかには、ハンドルを握り、立ったまま死んだ運転手の半焼けの死体があった。乗客も四、五人、吊《つ》り革を握ったまま、あるいは昇降口を降りようとした姿勢のまま黒焦げになっていた。

停留所で電車を待っていた人々は、立ったまま、前の人の肩に爪を立てて死んでいた。死体は川岸や、学校のグラウンドや、道端や、あらゆる場所に積み上げられた。それが誰の死体なのかは、もはや誰にも分からぬ様子であった。

私は少女のあとについて、死んだ人たちのあいだを歩いていった。死体はいずれも異様な臭気を発し、嘔吐《おうと》を催しそうであった。

橋のたもとに、人が仰向けに倒れて大手を広げていた。顔が死人の色に黒く変色しているにもかかわらず、時折大きく頬を膨らませているように見えた。目蓋《まぶた》も動いているように見えた。屍体《したい》に近づいてみると、口や鼻から蛆虫《うじむし》がぽろぽろと転がり落ちた。蛆は眼球にもどっさりたかっていた。蛆が動き回るので、目蓋が動いているように見えたのだった。

兵隊が近づき、死体を掘った穴の中に蹴《け》り落とした。その弾みに、死体の口から蛆の塊が腐乱汁とともに、どろりと流れ出た。蛆が全身の穴という穴から、うようよとはい出してきた。

大量の蝿がどこからともなく現れた。蝿たちは黒雲のように死体に群がり、死んだ者たちの体に、まだ生きているものの傷口にさえ、彼らの黄色い卵をびっしりと産み付けた。卵は孵《かえ》り、蛆になった。蛆は人々を生きたまま喰《く》らって蠅になった。

水を求める人々の声は、私の耳にずっと途切れたことはなかった。

水ヲ……水ヲクレ……水ヲノマセテクレ……

黒い雨が降った。冷たくて、濁った雨だった。それは肌につくと、いくら洗っても取れない染みとなった。顎《あご》が無くなって舌が口から垂れ下がっている女が、黒い雨が降りしきる中をさまよい歩いていた……。

――もうやめてくれ！

私は少女に懇願した。

私はきつく目を閉じた。両手で耳を覆った。

すると、少女は私に向かって手を差し出した。次の瞬間、少女の手のひらの上には、彼女の右の眼球が置かれていた。眼球は私を見ていた。眼球は、眼球がくるりと回って宙に舞い上がり、私に向かって一直線に飛んできた。私にぶつかる寸前で空高く舞い上がった。見上げると、大きな剝《む》き出しの眼球が見えた。それは実物よりも大きく、私をじっと見つめながら、ぐるぐると頭上を飛び回っていた。

突然、それは火の玉に変わった。そして、高度五八六メートルの上空で炸裂《さくれつ》した。白い閃光《せんこう》が輝き、轟音《ごうおん》と爆風がつづいてやってきた。

人も、動物も、建物も、すべてが巨大な火の玉によって、すり鉢の底のように擦りつぶされた。

それはすべてを焼き尽くし、なぎ倒した。

その昔、この世の終わりを目にしたという男はこう書き残した。

「私は見た。一羽の鷲《わし》が中天を飛んで、大声で言うのを聞いた。『天使の吹き鳴らすラッパが響き渡るとき、地に住む者は、災い！ 災い！ 災い！』」と。

だが、それは嘘だ。私は知っている。現実に地獄が口を開いた時、地上を支配するのは〝天使のラッパ〟でも〝鷲の叫び〟でもない。すべてを圧して地上を覆うものは、どす黒い沈黙。地獄をその眼にした者は、汚れた、表情のない顔で道端に蹲《うずくま》るだけだ。

――もうやめてくれ！

私は少女に懇願した。

私はきつく目を閉じた。両手で耳を覆った。すると、少女は私に向かって手を差し出した。手のひらの上で眼球がごろりと転がり、私を見た……。

白い閃光が地獄の底を照らし出す。

三十万人分、三十万回の地獄。

私はそのたびに相生橋《あいおいばし》を渡り、猿楽町《さるがくちょう》の賑《にぎ》わいを目にする。そして島病院の前で空を見上げる。そのとき一発の爆弾が私の頭の上で炸裂する。千の太陽よりも明るい光が地上を燃え上がらせる。白い閃光と、衝撃波が私の体を突き抜けてゆく。人間は影だけを残して蒸発し、生き残った者には別の地獄が口を開いている。

水ヲ下サイ／アア、水ヲ下サイ／ノマシテ下サイ／死ンダハウガ、マシデ／死ンダハウガ／アア／タスケテ、タスケテ／水ヲ、水ヲ／ドウカ、ドナタカ／オーオーオーオー／天ガ裂ケ／街ガ無クナリ／川ガ／流レテキル／夜ガクル／夜ガクル／ヒカラビタ眼ニ／タダレタ唇ニ／ヒリヒリ灼《や》ケテ／フラフラノ／コノ、メチャクチャナ／顔ノ／ニンゲンノウメキ／ニンゲンノ……

カタバミやカラスノエンドウの新芽がむやみに伸びて、自分を支え切れなくなってだらりと垂れた。

奇跡的に地獄を生き延びた人々の頭から、やがて髪の毛が抜けはじめる。

食欲不振。かすり傷ぐらいしか負わなかった者がしだいに元気を失い、血の混じった下痢や、鼻血が止まらなくなる。体中に見たこともない紫色の斑点《はんてん》が浮かび、それはやがて膿《う》んでいやな匂いを放つ。原因不明の発熱がつづく。減りつづける白血球の数に、医師たちは首を傾げるしかない。

傷口は化膿《かのう》し、いくら消毒しても、あとからあとから蛆がわいた。

今、小さな女の子の首の火傷に蠅は吸い付いたまま動かない。女の子は箸《はし》を投げ出して、火の付いたように泣きわめく。

今日、庭で遊んでいた少年は喉《のど》の奥からごくごくと血の塊を吐いた。

昨日まで元気だった老人は、歯茎から出血し、その日のうちに死んでしまった。

明日……明日？

今度は誰が発病し、誰が死ぬのだろうか？

何が起きているのか、誰にも分からなかった。たとえ分かったとしてもどうしようもなかった。

得体のしれぬ不安におののきながら日常を生きることなどできはしない。ある者は狂死し、またある者は未来を悲観して自死を選んだ。ある者は自らの首を紐で結んで縊《くび》れ死に、別のある者は轟音を立てて行き過ぎる列車の線路に身を横たえた。閃光に焼かれた顔はいちめん、正視にたえぬケロイドとなって固まった。はじめて包帯の下の己の顔を見た若い女は、その足で病院を抜け出し、袂《たもと》に石を詰めて川に身を投げた。

——もうやめてくれ！

私は少女に懇願した。

すると少女は無言で**私**に指し示した。

あの爆弾が、地球上のあちらこちらで炸裂する様を。それは砂漠で炸裂した。空中で炸裂した。地中で炸裂した。水中で炸裂した。さらには大気圏の外で炸裂した（そのとき低緯度の夜空には、狂ったように美しいオーロラが輝いた）。

少女は**私**に指し示した。

鎖につながれた豚が、犬が、猿たちが、実験のために熱線で黒焦げにされ、爆風に吹き飛ばされる様を。

私は見た。

やがて〝眼球〟が脹れあがり、異様に巨大な〝脳〟へと成長する様を。

千倍もの規模で爆発するその爆弾が、南洋の楽園を一瞬にして地獄に変える様を。また、焼けただれた五番目の幸福な竜《ドラゴン》（第五福竜丸のことか？）が苦しげにのたうちまわる様を。

私は見た。

北国に黒い爆発が起こり、巨大なコンクリートの柩《ひつぎ》が現れるのを。

東海の島国がふたたび青い光に包まれるのを。

六本足のカエルが辺りをはね回り、六〇センチのアザミや、三メートルのタンポポといった信じられぬほど巨大な植物がはびこる様を。

少女は無言で私に指し示した。

未来はなかった。あるのはただ過去の時間だけだった。

時間が巻き戻り、独裁者が墓の中から演説をはじめた。

「彼らの創造的な仕事はすべてわれわれの仕事を盗んだものだ。彼らのすべての知識はわれわれに向けて使われるだろう。彼らは自分たちの不安を、ほかの人たちにも広げるだろう」

ばらばらにされた臓器が瓶の中から飛び出し、一人の生きた男の姿になった。男は血の涙を流し、乾いた唇が苦痛を訴える。「水ヲ……水ヲノマセテクレ……」

地上にはもう生きて動いているものの姿は見えない。

風の中、ラジオだけがむなしく音をたてている。

「聞コエマスカ……聞コエマスカ……コチラハいるか放送局。地上ノ皆サン、聞コエタラ、返事ヲシテ下サイ……コチラハいるか放送局……」

答える声はない。

第十七章　黒い悪魔

勢いよく病室のドアを開けると、ウォレン医師が驚いたように顔をあげた。

「朝早くからどうされたのです？　この部屋の入院患者なら、さっき退院したところですが……」

「私はマイケル・ワッツの見舞いに来たのではない」私は言った。「ドクタ・ウォレン、君に用があって来たのだ」

「わたしに？」

ウォレン医師は、私のただならぬ見幕に気づき、訝《いぶか》しげに眉《まゆ》をひそめた。が、彼はすぐになにごとか思い当たった様子で、頷《うなず》いて言った。「さてはミスタ・オッペンハイマーにお聞きになったのですね？　あの人もずいぶん口が軽いな。『この件はしばらく秘密にしておこう』と言ったのは、あの人の方なのですがね。……でも、ちょうどよかった」と彼は片方の頬に軽く笑みを浮かべ、私が部屋に入ってきたとき手にしていた書類を顔の高さで振って見せた。「たった今、正式な解剖報告書が出てきたところです。ごらんになりますか？」

「君は何か勘違いをしているのだ」私は低い声で言った。

「おや。するとあなたは、先日、一〇六号室で殺されていた作業員、ジョン・ワイルド氏の解剖報告書をごらんになりに来たのではないのですか？」

「昨夜遅く、私の宿舎を一人の少女が訪れた」私は彼の質問を無視して言った。

「飾りのない白い服を着た、十歳くらいの、黒い髪の、そして右目に眼帯を当てた少女……君が『この病院にはいない』と断言したはずの少女だ」

そう言った瞬間、病室に差し込む朝日のなか、ウォレン医師の顔がはっと強《こわ》ばるのが見て取れた。

「彼女はひどく怯《おび》えていた。おまけに地元プエブロ・インディアンの少女が話す英語は相当に分かりづらいものだったから、まず少女を落ち着かせ、それからなんとか意思の疎通をはかるまでに、こうして朝までかかったというわけだ」

ウォレン医師は頬にひきつったような笑みを浮かべたまま、黙っている。私は彼を睨《にら》みつけて言った。「少女は片言の英語で、私に懸命に訴えた。『ワタシ、殺サレル。アノ病院、病気治サナイ。ミンナ、悪クナル。恐ロシイ。助ケテ、助ケテ』と」

「……そんな言葉を、あなたは信じたのですか？」ウォレン医師が口を開き、硬い口調で言った。「その少女というのはおそらく、オッペンハイマー博士の家で働いている地元インディアンの手伝い女の娘のことでしょう。彼女なら、ええ、この辺りの風土病であるひどい眼病を患っていて、特別にD病棟に入院させてあげていたのです。……なるほど、以前尋ねられたとき、わたしは彼女のことをすっかり失念していました。ですが、それがどうしたというのです？　あの少女は、入院させてみてはじめて分かったのですが、前々から少し頭がおかしいようでしてね。時々わけの分からないことを言うのですよ。彼女はこれまでも何度か病院から逃げ出そうとしたことがあります。ちぇっ、昨夜は例の解剖で病棟がばたばたしていたから、きっと人の出入りにまぎれて逃げ出したのですね。少しも気がつかなかったな。すると、彼女はあなたの部屋に隠れているのですか？　いずれにせよ、その少女はうちの患者です。すぐに人をやりますから、こちらに引き渡してください」

「その前に聞きたいことがある」

「なんです？」

「これはなんだ」

私は何枚かの書類をウォレン医師の鼻先につきつけた。目を細めたウォレンは、次の瞬間、あっと声をあげて書類に手を伸ばした。私は彼の手の届かぬよう書類を引き上げ、もう一度尋ねた。

「このカルテは、いったいどういうことなのだ？」

私たちは一瞬激しく睨み合い、が、すぐにウォレンはなんでもないような軽い口調で言った。

「例の少女があなたのところに持ち出したのですね？　そのカルテは、放射線で被曝《ひばく》した患者のものですよ。やれやれ、困ったものだ。治療状況を記したカルテは、本来は持ち出しを厳しく禁止されているのです。私も油断していました。D病棟そのものを閉鎖しているものだから、つい管理が雑になっていたようです。ハハ、この町と同じですよ。外の守りを固めると、内側の警戒がおろそかになる。それにしても、まさか入院患者にカルテを持ち出されるとはね。いや、勉強になりました。今後は気をつけます。もちろん、今回のことについては管理不充分の誹《そし》りを甘んじてうけます。その代わり、カルテはすぐに返してください。それは非常に貴重な医学資料なのです」

とってつけたような饒舌《じょうぜつ》が終わるのを待って、私は口を開いた。

「だが、これは昨日死亡したハリー・ダグランのカルテではない」

相手が黙っているので、私はカルテに目を落として言った。「カルテの一枚は、明らかに女性の治療記録だ。別のカルテには〝五十六歳〟と患者の年齢が書いてある。こっちは幼児の治療記録。頸部《けいぶ》に巨大な腫瘍《しゅよう》？　右足を切断？　私はハリー・ダグランが実験中に誤って放射線を浴びた、人類初の、唯一の被曝患者だと聞いた。それなのに、なぜ何枚もの被曝患者のカルテがあるのだ？　〝対象〟？　〝取り扱い〟？　〝製品《プロダクト》〟？　これらの符丁はいったい何を意味している？　君は何を隠しているのだ？」

「だからわたしは反対したのです。部外者をD病棟に近づけると、ろくなことにならないとね」ウォレンは小さく首を振ってつぶやき、顔をあげて言った。「さて、いま貴重なカルテはあなたの手にある。わたしはそれを返してもらいたい。返してもらうには、どうしたら良いのです？」

「真実を話すんだね」

「真実、ねえ」ウォレンは胸の前で腕を組み、右手で顎をひねって天井を見上げていたが、ふと「プルトニウムの語源はご存じですよね？」と妙なことを尋ねた。

私が答えずにいると、ウォレンは急になにか浮き浮きとした様子になって先をつづけた。

「プルトニウムは、中性子をウランに照射することで生まれた自然界には存在しない人類初の人工元素で、原子番号は九四。原子番号九二のウラン、九三のネプツニウムがそれぞれ天王星、海王星にちなんで命名されたため、新元素は冥王星《プルートー》からプルトニウムと名付けられた。……そうでしたよね」

　私は彼がとつぜん何を言い出したのか理解できず、仕方なく無言で頷いた。

「偶然とはいえ、名前というやつはじつにたいしたものですね」ウォレンはさも感心したように言った。「冥王星の語源となったギリシアの神プルートーは冥府《めいふ》の神。つまりは死神ですね。ところで、その名前をいただくプルトニウムもまた、人類が知り得る限りもっとも毒性の高い化学物質だというのですから、なんとも不思議な符合だとは思いませんか？」

「……何を言いたいのだ？」

「わたしたちは、このひじょうに毒性の高い人工の化学物質プルトニウムが、どのような形で人体に影響を及ぼすのか、それを兵器として使用する場合——たとえば敵国上空から散布、もしくは水道水に混入させた場合、いったいどのような効果をあげるのか、あるいは逆に敵国がプルトニウムを兵器として使用した場合の被害を、事前に知っておく必要がある。そのためには、実験が欠かせないのです。なにしろプルトニウムという物質は、やっかいなことに、ねずみ《ラット》を使った場合と人体に使用した場合では、排泄《はいせつ》作用に著しい差がある。つまり、プルトニウムの人体への影響を調べるためには、実際に人体に照射し、あるいは直接注射してみるしかないわけです」

「人体に照射？　直接注射？」私は一瞬唖然《あぜん》として、尋ねた。「すると、このカルテに記された〝取り扱い〟や〝製品《プロダクト》〟というのは、まさか……」

「ご明察。ずばり、人体へのプルトニウムの影響を調べる実験関連の暗号ですよ」

　ウォレンは人好きのするきれいな顔に、にこにこと笑みを浮かべてそう言った。

「わたしはまず、対象となる入院患者をひそかに検討しました」ウォレンは陽気に話しはじめた。「効果が未知数なだけに、患者選びには気をつかいました。めったなことを外に喋《しゃべ》られては困る。ですが、その点、幸いなことに、このロスアラモスはたいへん恵まれていました。もともとなにもなかった場所に新しく作られたこの町は、外界から隔離されているのみならず、戦争中は町の存在自体が極秘にされていた。つまりこの町は——ここに暮らす人々もまた——公式には存在しないことになっていたのです。わたしは比較的自由に患者を選ぶことが可能でした。たとえば、そう、丘の下から毎日通いでやって来る地元インディアンやスペイン系の住民、それに町の建築のために雇われてきた無学な作業員たちといった者たちの中からね。風土病に悩む者や工事現場でささいな怪我をした男たちは、自分から進んでわたしのもとにやってきました。なにしろロスアラモスの病院は誰でも診察無料、そのうえただで入院までさせてくれるのです。わたしは、彼らのなかから対象を慎重に選びだし、プルトニウムを注射して、その効果を調べました。もちろん、この一件に関係する医師や看護婦たちには〝絶対にプルトニウムという言葉を使わないよう〟指示しました。〝病院ではかならず製品《プロダクト》と呼ぶように〟と。カルテへの記載も同様の規則にのっとってのことです。……と、まあ、こんなところでよろしいでしょうか？　さあ、カルテを返してください」

私は一瞬ためらったものの、約束どおり書類を渡してやった。ウォレンはいそいそと内容を確認し、安堵《あんど》したようにため息をついた。私はその様子を無言で眺めていたが、ついに我慢できなくなって口を開いた。

「君は自分が何をしたのか、分かっているのか？」

「おや、あなたにはお分かりになりませんでしたか？」ウォレンは顔をあげ、驚いたように目を丸くした。「なんなら『人間とラットにおけるプルトニウムの代謝比較』という論文を書き上げたところなので、詳しいことはそれを読んでいただければ……」

「私はそんなことを言っているのではない！」私は手を顔の前で大きく振って相手の言葉を遮った。「君は自分がしたことの意味が分かっていないのか？　プルトニウムを人体に注射？　その効果を調べるだと？　それじゃ、まるきり連中が――ナチス・ドイツが強制収容所でユダヤ人に行っていたことと同じじゃないか。君がしたことは治療ではなく、人体実験だ」

「しかし」とウォレンは肩をすくめて言った。「結局のところ、彼らはナチスであって、医師ではありませんからね」

「私には彼らの行為と君の行為との間に違いがあるとは思えない」

「全然違いますよ」ウォレンは憮然《ぶぜん》としたように言った。「わたしたちが患者にプルトニウムを投与したのは、最低限の必要なデータを得るためのことにすぎません。わたしたちはその前に、可能な限り、動物をつかった実験を行っているのです。ラットのほかにも、たとえばわたしたちは、じつに八百頭以上のビーグル犬に放射性物質を混ぜた餌を食べさせ、死んだ犬を一頭一頭解剖して影響を調べてみました。あるいは、放射線をあてた草を牛に食べさせ、その牛の脇腹にプラスティックののぞき穴を埋め込んで、胃の中にある放射性内容物の線量を測定することまでやっているのです。いや、放射線だけじゃありません、わたしたちは将来の核実験の際に行うであろう、熱線の効果を調べるためのさまざまな方法を今から考えています。現在もっとも有効だと考えているのは、核爆発の中心から厳密に距離を選んで豚を鎖につなぎ――体表の八〇パーセント程度は防護布で覆っておく方がよいでしょう――核爆発の火の玉と閃光《せんこう》で黒焦げになった豚の皮膚を調べる方法です。それというのも、色々と調査した結果、豚の皮膚が人間のそれに最も近いことをつきとめたからなのです。もっと手っ取り早い方法としては、やはり距離を選んでつないでおいた猿の死体の具合を調べる方法もありますがね。……いずれにせよ、こういったことを考え出し、さらにその結果を予測することが、実際にはどれほどたいへんな手間なのかあなたに分かりますか？　わたしには、同じことがナチスの連中にできたとはとうてい思えませんね。奴らならきっと、最初から全部生きたユダヤ人を使ったに決まっていますよ」

「だが、なんのために？　君はいったいなんのために八百頭ものビーグル犬に毒を喰《く》わせ、生きた牛の脇腹に穴をあけて内容物を調べなければならないのだ？　君はそのわけを考えたことはないのか？　いったいなんのために、鎖につないだ豚や猿たちを熱線で焼き殺さなければならない？　第一、医者である君が、なんのために猛毒と分かっているプルトニウムを患者の身体に注射しなければならなかったのだ？」

「なんのため、ですって？」ウォレンはきょとんとした顔で言った。彼は眉《まゆ》をひそめ、なにごとか思案している様子であったが、ふいに上目づかいに私を眺め、口元に薄い笑みを浮かべた、ずるい表情になって言った。「それを考えるのはわたしの仕事ではありません。すでに起きたことは、わたしが計画したんじゃない。全部、オッペンハイマー博士の指示なのです」

——ロバートが人体実験を指示していた？

そんな馬鹿げたことがあるはずがない。私はすぐにそう笑い飛ばそうとして……できなかった。

頭の中を、ロスアラモスで眼にした友人の不可解ないくつもの言動が、脈絡もなくぐるぐると駆け巡っていた。「全体主義というやつは、個々の人間から責任の観念と、善悪の区別をも奪い去ってしまうものらしい」。そう言った時、ロバートはアウシュビッツ収容所で行われた〝血も凍るような〟人体実験について話していたのではなかったか？　それとも〝責任の観念と善悪の区別の欠如〟という奇怪な傾向は、全体主義、あるいはナチスに特有のものではないというのか……？

私はもはや何を信じてよいのか分からなかった。ひどく混乱して、声も出なかった。

「オッペンハイマー博士の発案とはいえ、あの少女をD病棟に入れたことはそもそも間違いでした」とウォレンはすっかりなれなれしい様子となり、私に顔を寄せてきた。「ここだけの話ですが、D病棟で行われていることに気づいたのは、じつはあなたがはじめてではないのです」

私はまだ呆然《ぼうぜん》としたまま、無言でウォレン医師の顔をのぞき込んだ。

「ほら、なんて言いましたっけ？　戦勝記念パーティーのあの夜、自分で仕掛けた爆薬の量を間違えて運び込まれたあの患者の名前は、たしか……」

「キスチャコフスキー？」

「そう、彼です」ウォレンはぽんと手を打って言った。「彼は爆発の衝撃で吹き飛ばされたというわりにはほとんど傷もなく、たんに気を失っていただけだったのですが、わたしたちが目を離したすきに意識を取り戻し、病室を抜け出して、いつのまにかD病棟に潜り込んでしまったのです。鍵《かぎ》は開いていました。というのも、あの晩も例の少女が逃げ出そうとして、中から開けてしまっていたのです。……それにしても、あの人くらい無茶苦茶な人は見たことがありませんよ。なにしろあの人はD病棟で行われていることを知って、こう言ってわたしを脅したのです。『このことを公言されたくなかったら、おれをすぐに退院させろ。そして、みんなには〝おれは殺されかけた。おれは狙われている。犯人を探してくれ〟と言うんだ』とね」

「しかし、なぜキスチャコフスキーはそんなことを……？」

「恥ずかしかったんじゃないですか」ウォレンはけろりとして答えた。「彼はこうも言っていました。『自分は爆薬の専門家なんだ。酔っていたとはいえ、爆薬の量を間違えて自分が吹き飛ばされたんじゃ、みんなに合わせる顔がない』と。ま、事情は分からないこともないので、彼の言うとおり外の病院に転院させてやり、そのうえで彼の伝言をあなたたちに伝えたというわけです」

「待ってくれ」私は混乱して尋ねた。「すると、あの夜キスチャコフスキーを狙った殺人者は、もともと存在しなかったと言うのか？　だが、彼のあと一〇六号室に入った作業員は実際に殺されたんだ。あれは、たんなる偶然だったというのか？」

「ええ、おそらくは」とウォレンは耳のわきの辺りを指でかきながら答えた。「おかげで、キスチャコフスキー氏のあの突拍子もない嘘が妙な信憑性《しんぴょう》をもってしまったというわけです。わたしもあの時は、まさかみなさんが本気にするとは思わなかったものですから……」

——目眩《めまい》がした。

キスチャコフスキーを狙う謎の殺人者は、彼自身のつまらない失敗を糊塗《こと》するためについた嘘が生み出した幻影だった？

すると、私はこの事件をはじめから裏返しに見ていたというのか？　私が調べたことは、何もかも裏返しだった？　隻眼の少女も、不審な人影も、全部が裏返しだったというのか？　だが、偶然？　そうだろうか？　もしあの夜作業員が殺されたのが、偶然ではなかったのだとしたら……。

「オッペンハイマー博士に頼まれましてね」気がつくと、ウォレンがまだ喋っていた。「その解剖報告書がようやく上がってきたところ……」

そのとき、廊下に慌ただしい足音とひどく切羽詰まった様子の大声が聞こえた。

「ドクター、どこです？　彼を早く……早く彼を診てやってください！」

廊下に顔を出すと、海軍大佐パーソンズが診療所じゅうに響き渡る大声をあげて、医師の姿を捜し回っていた。もう一人、彼の背後にはポール・ティベッツの顔も見える。

「どうしたんです？　ともかく、お願いですからすこし静かにしてください」

そう言ってウォレンが廊下に姿を見せると、パーソンズは飛びつくように駆け寄ってきた。

「よかった。早く彼を診てやってください！　ちくしょう、誰がこんなことを……彼にもしものことがあったら、国家的損失だ！」

パーソンズはなおも、はげ上がった額を紅潮させて大声でわめきつづけている。その肩越しにのぞき込んだ私は、思わずあっと声をあげた。

広げたストレッチャーの上で気を失い、身を縮めるようにして横たわっているのは、爆縮技術の第一発案者セス・ネダマイヤーその人であった。いつものように研究者用の白衣を肩からはおったネダマイヤーは、額から血をにじませ、もしゃもしゃの縮れた髪の毛がところどころで固くこわばっている。度の強い眼鏡はまだ鼻にかかったままであったが、片方のレンズには致命的なひびが入っていた。

「どうした？　ネダマイヤーの身にいったい何があったんだ？」私はポールを振り返って尋ねた。

「どうしたもこうしたもありませんよ！」質問にはパーソンズが代わって大声で答えた。「さっき彼の部屋に誰か来客があったのですが――ご存じのとおり、私の部屋は彼の研究室の隣にありますからね。そのくらいのことは分かります――しばらくして突然、なにかが倒れるような大きな物音が聞こえてきたのです。私は慌ててドアを開け、彼の部屋をノックしたところが返事がありません。仕方なく、声をかけてドアを開けると、驚いたことにミスタ・ネダマイヤーが頭から血を流して倒れているじゃありませんか。ティベッツ中佐は、たまたま私の部屋に来ていたので、怪我人を運ぶ手伝いをしてもらっただけです。……どうです先生、彼は助かりますか？」

「まあ、大丈夫でしょう」ウォレンが傷口をあらためて答えた。「気を失っているだけですよ。一応、詳しく検査はしてみますがね」

ウォレンは看護婦を呼び、てきぱきと処置を言いつけた。

ほっと安堵の息を漏らしたパーソンズに、私は尋ねた。「それで、ネダマイヤーの部屋を訪れた来客というのは誰だったんだ？　誰が彼をこんなめにあわせたんだ？」

「ああ、それさえ分かれば！」パーソンズは握った拳《こぶし》を振りあげて言った。「残念ながら、そのときはドアを閉めていたので、来客が誰だったのか見ていないのです。ちくしょう、どこのどいつがこんなことを！　犯人が分かったら、きっと目にもの見せてやる……」

興奮した様子で拳を振り回すパーソンズを見て——またネダマイヤーがたいした怪我ではないことが分かって——私は急におかしさがこみあげてきた。どうやらパーソンズとネダマイヤーは、はたで見ていたほど仲が悪いわけではなく、むしろ〝良い喧嘩《けんか》友達〟といったところだったらしい。

私は顔を伏せ、笑いを押し隠して、運ばれていくネダマイヤーを見送った。

ふと、何かが頭の片隅にひっかかった。何かが足りなかった。だが、いったい何が……？

その正体に気づいたとき、恐ろしい考えが閃《ひらめ》いた。全ての謎が解けた気がした。

気がついたときには、私は廊下を走りだしていた。そのまま病院を飛び出し、ロスアラモスの未舗装の道路を駆けた。後からポール・ティベッツが追いついて、私と並んで走りながら尋ねた。

「どこに行くのです？」

私は答えなかった。頭の中で、さっきから同じ問いがぐるぐると渦を巻いていた。

——彼だ。だが、彼がいったいなぜ……？

私は無言で駆け通し、ある建物の前でようやく足を止めた。

ポールが私の隣で軽く息を弾ませていた。一方私は、めったにしない運動——走る——を行ったせいで、まともに息をすることもできず、手足がしびれ、時々目の前が暗くなるような気がした。

「大丈夫ですか？」ポールが私の顔をのぞき込んで尋ねた。「それにしても、急にどうされたのです？　第一、ここはどこなんです？」

「放射性物質の……保管所」私はようやくそれだけ答えた。

なんとか息を整え、ポールに支えられるようにして建物に入ろうとしたところ、入口に立っていた背の高い、MPの制服を着た警備員が慌てた様子で飛び出してきた。彼は目を細めて私たちの姿を点検し、たちまち高い鼻の両脇からじろりと見下ろすようにして言った。

「失礼ですが、ここは立ち入り禁止区域です。お引き取りください」

「だが、さっきここに入っていった者がいるはずだ」

「そりゃ、いるでしょうね」

「私たちは彼に用があるのだ。ここを通してくれ」

「だめ、だめ！」警備員は私を押し戻して言った。「あなたたちは青バッジをつけていませんね。ここに入れるのは青バッジをつけた人たちだけです。あなたたちを入れるわけにはいきません」

警備員はそう言って腕を組み、てこでも動きそうにない。ポールは、警備員と私のやりとりを交互に眺めていたが、しびれをきらせたように脇から声をあげた。

「何がどうなっているんです？　さっきここに入って行ったというのは誰なんです？」

「誰、ですって？」警備員の若者はポールを見て、呆《あき》れたように言った。「そんなこと知るものですか。なにしろ青バッジをつけていた。それだけですよ」

「だから……」

「これで良いだろう？」

ふいに横手から声が聞こえ、振り向くと、いつのまにかロバートがそこに立っていた。ロバートはポケットから取り出した青バッジを、私とポールの胸の辺りにつけてくれた。

「結構です。どうぞ」警備員の若者はさっと脇に退いて、私たち三人を通してくれた。

四方を頑丈なコンクリートの壁に囲まれた建物の中は、朝の眩《まぶ》しい光に慣れた目には、ひどく薄暗いものに感じられた。ロバートは無言のまま私たちの先頭に立ち、通路を奥に向かってゆっくりと歩いていく。私には彼がいま何を考えているのか、残念ながら少しも分からなかった。それに彼がなぜ、このタイミングで、この場所に現れたのか、その理由も。ロバートは、私同様、事件の隠された真相に気づき、その結果この場所に導かれてきたのだろうか？　それとも……？

建物の中は不思議なほど静まり返っていた。通路にはゴムをしきつめてあるので、自分たちの足音さえ聞こえない。なんだか夢の中にいるような、あるいは以前目にしたことのあるイタリア人画家の絵の中にさまよいこんでしまったような、奇妙な感じであった。

そうして、幾つめかの角を曲がったところで、ロバートが突然足を止めた。彼は手を伸ばして私たちを制し、もう一方の手を顔の前にもってゆき、人差し指を唇にあてて、声を立てぬよう私たちに指示した。

そっと前方をのぞき見ると、保管容器が並ぶあいだに、少し距離をおいて黒い人影がひとつ、ぽつんと立っているのが見えた。人影は、照明を背後に受けた逆光線の中、表情は見えないものの、どうやら保管容器の中を一心にのぞき込んでいる様子である。

私の背後から顔を出したポールが人影に気づき、次の瞬間、彼はがっかりしたように呟《つぶや》いた。

「なんだ、彼じゃない」

「いや、彼だ」私は人影を見据えたまま、低い声で言った。「彼があの夜、一〇六号室の患者を殺したのだ」

私が発したその声は建物の壁にこだまし、自分でも驚いたほど大きく響いた。

人影がゆっくりと私たちを振り返った。私はロバートの手を振り切って通路を飛び出し、彼をまっすぐに指さした。

「人殺し！」

だが、そう叫んだのは彼の方であった。

第十八章　われは死なり

明るい光が機内に満ちた。

最初の波が大気の中をちらちら光りながらやって来るのを見ていたが、それもぶつかるまでは何なのか分からなかった。衝撃波が達した瞬間、機体全体がバーンと鳴り、大きくうねった。それからわれわれは、ヒロシマを見るために引き返した。わずか二分前、澄みわたった都市が見えたところは、あの恐ろしい雲に覆い隠されていた。その雲は煮えたぎり、きのこ状になり、恐ろしい勢いで成長しながら、信じがたいほど高くまで立ちのぼっていた……………………………。

マイケル・ワッツは、私を庇《かば》うように前に立ったロバートの胸の辺りを、まっすぐに見据えて喋《しゃべ》っている。そしてその手には、抜き放たれた拳銃《けんじゅう》がしっかりと握られていた……。

今朝病院を退院したばかりのシルヴァー・ムーン号のパイロット――ヒロシマの英雄――マイケル・ワッツ中佐は、頭にまだ白い包帯を巻いたままであった。彼は、この瞬間も他人に銃口を向け、のみならず引き金に指をかけている男とは信じられぬほど、穏やかな、物静かな口調でなおも喋りつづけた。

「……その雲は、それまで見たことのある何とも似てはいなかった。あえてなじみのものを探すとしたら、煮えたぎる真っ黒な油だ。あるいは汚れた浅瀬の中で泥をかき回し、黒く渦巻く様を見ているようだった。きのこ雲の中に赤い芯《しん》のようなものが見えた。その中では何もかもが燃えているのが分かった。地上に目を落とすと、煙と炎とが恐ろしい勢いで山ぎわを這《は》い上がってゆくのが見えた。ぼくにはまだ、あのきのこ雲と、荒れ狂う炎の塊が見える。あの雲の下で一つの都市が、あたかも糖蜜《とうみつ》でできたお菓子の町のように、跡形もなく消え去ってしまったのだ……」

「待てよ、ちょっと待ってくれ！」とポールが——彼はさっきからこの状況に呆気《あっけ》に取られている様子であったが——こらえ切れなくなったように声をあげた。「ワッツ中佐、君はいったい何の話をしている？　それに、その銃は何のつもりだ？　ぜんたい、これは何の冗談なんだ？」

ポールは眼をしばたたかせ、きょろきょろと他の三人を、マイケル、ロバート、私、そしてまたマイケルと順番に見回した。誰も口を開かないのに気づくと、ポールは苛立《いらだ》ったように怒鳴りはじめた。

「なぜ誰も答えてくれない？　なぜだ？……くそっ！　もういい。そんなことよりワッツ中佐、君が病院で人を殺したというのは本当なのか？」

マイケルがゆっくりと頷くのを見ても、ポールはまだ半信半疑の様子であった。

「嘘だろう？」彼は左右を見て言った。「しかし、なぜだ？　なぜ君が見ず知らずの男を殺さなくちゃならないんだ？」

「あれは……間違いだったんだ」マイケルが低い声で言った。「ぼくはあの夜、祝砲代わりに爆薬を仕掛けたロシア人科学者を殺すつもりだった。あのベッドに、まさか別の人物が寝ていることは思わなかったんだ」

「ロシア人科学者を殺すつもりだった？　それならなおさら妙じゃないか！」ポールは叫んだ。「君はあの時、倒れてきた給水塔に頭を打たれて、彼の身代わりにあやうく死ぬところだった。命をかけて救った相手を、君は何だってまた……」ポールははっとしたような顔になった。「まさか、あの時は無我夢中で相手が誰か知らずに助けたものの、それが誰だか分かって殺す気になったのか？　君はキスチャコフスキーというあの科学者を、以前から知っていたのか？」

「いや、知らない。彼の名前も翌朝になって知ったくらいだ」

「だったら、なぜだ？　君は名前も知らない男を、しかも一度は自分が命を救ったはずの男を、なんだって殺す気になったんだ？」

マイケルはすぐには答えなかった。そして、しごく穏かな顔で、危険きわまりない銃口をじっとロバートの胸に向けている。

「ぼくはロスアラモスに来るのをとても楽しみにしていた」マイケルは唐突に、だが平静な調子を少しも崩すことなく口を開いた。「あの任務が行われる前、われわれは自分たちがヒロシマに落とすものが〝偉大な科学の成果〟だと〝人類に新しい世界をもたらす力〟だとさんざん聞かされた。そして実際、爆弾がヒロシマの上空で炸裂《さくれつ》したあのとき、眼下で煮えたぎった油のように立ちのぼる真っ黒い雲や、一つの都市が糖蜜でできたお菓子の町のように消え去ってしまう様をながめ、ぼくはまるで夢でも見ているような気分だった。……ぼくは、たった今、自分たちが落とした一個の爆弾が、これほどの炎と破壊とを地上にもたらしたことを到底信じることができないでいたのだ。混乱する頭に最初に思い浮かんだのは、子供の頃に聞かされた聖書のエピソードだった。ソドムの町を滅ぼした火、ノア以外の人間をすべて溺《おぼ》れさせた洪水、あるいは黙示録の中の恐ろしい出来事、といったものだ。次にぼくは『こんなことをぼくに命じたのは、神にちがいない』と思った。……いや、正確に言えば、その時ぼくが思い浮かべたのは本物の神ではなかった。むしろ神々にも等しい天才たち——決して間違うことのない人々のことだ。この爆弾は二十世紀の偉大な科学の成果なのだ。世界中から集められた天才科学者たちがこの爆弾を作り、それを落とすようぼくに命じた。彼らが寄ってたかって、ぼくに間違ったことを命じるはずがない。この炎と破壊には、きっとぼくなどには計り知ることのできない正当な理由があったのだ。……そう考えて、ぼくははじめて自分を納得させることができた。ぼくは〝天才たちの殿堂〟を期待してロスアラモスにやってきた。あの戦勝記念パーティーの席で、大勢の有名な天才科学者に紹介されて、ぼくは目もくらむような思いだった。『これがあの爆弾を作った人々だ。ぼくはいま、神々にも比する人々を目にしているのだ』と舞い上がるような心持ちがした。

その時、広場であの暴発騒ぎが起きた。

ぼくはとっさに彼を——キスチャコフスキーという長身の科学者を助けた。だが、その同じ夜ぼくは、自分が命を救った男がこう言っているのを耳にしたんだ。『自分は爆薬の専門家なんだ。酔っていたとはいえ、爆薬の量を間違えて自分が吹き飛ばされたんじゃ、みんなに合わせる顔がない』と。ぼくは最初自分の耳が信じられなかった。彼もまた原爆を作った天才科学者の一人、しかも相当に重要な役割を果たした人物であると聞いた。その彼が爆薬の量を間違える？　すると彼は、偉大な天才などではなく、われわれと同じ愚かな間違いを犯す、ただの人間だったというのか？

だが、そんなことはあってはならなかった。ただの人間の手があれを作り、あの黙示録的な災いをもたらすよう命じるはずがない……。

ぼくは——爆薬の量を間違えるという——愚かしい間違いを犯したあの男が許せなかった。彼が天才ではないことが許せなかったのだ。だからぼくは、天才たちの殿堂に間違ってまぎれこんだ、哀れな愚者を取り除いた。そのつもりだった。まさか自分が、殺す相手を取り違えるという愚かな失敗をするとは、そのときは思いもしなかったのだ……」

「そうか、分かった！」ポールが、相手の言葉を断ち切るように、勢いよく口を挟んだ。「要するに、君はそのとき頭を打ったせいで気が変になっていたんだな？　だからそんな馬鹿げた理由——相手が〝天才じゃない〟などという理由で、見ず知らずの人間を殺す気になった。心神喪失ってやつだ。だったら、いいからその銃を下ろせ。ぼくが話をつけてやる。グローヴス将軍に頼んで、きっと君が罪に問われないよう取り計らってやるから……」

「馬鹿げた理由だって？」マイケルは口元に悲痛な笑みのようなものを浮かべて相手の言葉を繰り返した。彼はゆっくりとした動作で、微《かす》かに首を振った。「いや、ティベッツ中佐、そうじゃない。これはばかげた問題などではない。ぼくたちは今、二者択一を迫られている。ぼくたちにはもはや、殺すか、狂うか、二つにひとつしか道は残されていないのだ……」

「ティベッツ中佐、君はなぜ恐ろしくないのだ？」マイケルは相手を哀れむような口調で言った。「われわれはあの爆弾をヒロシマに運び、そして投下した。われわれがいなければヒロシマに原爆は落ちなかったのだ」

「おいおい、どうした？　いまさらなにを言い出すんだ」ポールは半ば呆《あき》れたように、半ば訝《いぶか》しむ様子で言った。「われわれ爆撃手《パイロット》は、命じられた場所に爆弾を落としにいくのが仕事だ。それがどんな爆弾であろうと、われわれの知ったことじゃない。第一……そうだ、これは君自身が言ったことだぜ。『われわれは自分たちの仕事を果たしただけだ。そのことでくよくよ思い悩む必要はない』と。君はこのロスアラモスに来る途中でそう言っていたじゃないか。あれからいったい何が変わった？　何があったというのだ？」

「ぼくは……聞いたんだ」その瞬間、それまで平静だったマイケルの顔が突然苦痛に大きく歪《ゆが》んだ。「**あの人**はあそこにいた。**あの人**は少女について行った。橋を渡り、病院の前に出た。その時、あの爆弾が頭の上で炸裂した。地獄が口を開いた。……そうなんだティベッツ中佐、われわれが見たあの煮えたぎる油のような雲の下には、たくさんの人たちが生きて、生活していた。そして、われわれが投下したあの一発の爆弾によって、一つの都市だったものは、一瞬にしてこの世の地獄に変わってしまったんだ」

「君は何を言っているんだ？」ポールは苛立たしげな様子で尋ねた。「あの時？　あの場所？　君はわれわれが原爆を投下した、あのヒロシマのことを言っているのか？　だが、あの人？　いったい誰のことだ？　君はまさか、あの爆弾が頭の上で炸裂して、なお生きていた誰かと、このロスアラモスで会ったとでもいうのか？」

「あの夜、気がつくと、一人の少女がぼくをのぞき込んでいた」マイケルはふたたび奇妙に平板な、例の口調に戻って言った。「飾りのない白い服を着た、十歳くらいの少女だった。黒くて長い髪を肩からまっすぐに垂らし、右目には眼帯を当てていた。彼女はベッドのわきに立ち、ぼくの顔を無言でじっとのぞき込んでいた。ぼくが目を覚ますと、少女は身を翻して病室を出て行った。ぼくは立ち上がり、少女について行った。

少女は、診療所の暗い中庭を抜け、D病棟へと入って行った。病棟の扉に鍵《かぎ》はかかっていなかった。ぼくは、少女の後を追って明かりの消えた病棟の廊下を進んだ。少女は、ぼくをあの人のところに案内した。ベッドの上に横たわるあの人が、全身にひどい火傷《やけど》を負っていることは一目《ひとめ》で明らかだった。包帯の隙間から赤黒く変色した皮膚がのぞき、皮膚の剝《は》がれた箇所からは体液が流れだしていた。傷口が腐敗し、悪臭を放っていた。目蓋《まぶた》を閉じることができず、眼からは血の涙があふれていた。少女が右手をかざすと、あの人の眼玉が動き、ぼくを見た。あの人の眼から逃れることはできなかった。そのとき、あの人の声が聞こえた。ヒロシマで起きたこと、そしてまたこれから起きるであろうことを、ぼくは聞いた。それはこれまで生きた人間が誰も目にしたことのない、いや、本来決して目にするはずのない、地獄だった。煮えたぎる雲の下で、人々は生きたまま焼かれた。無数の人々の流す血が池となった。炎と煙が地を覆いつくし、川はあふれる死体のために流れを止めた。あの人が見たものを、ぼくはこの眼で見た。ぼくは少女の後をついて行った。よく晴れた夏の青空に白い閃光《せんこう》が炸裂し、衝撃波がぼくの身体を突き抜けていった。目を開くと、人々は焼けただれ、垂れ下がった皮膚を引きずりながら、亡者のごとく地上をさまよい歩いていた……。

恐ろしさのあまり、ぼくは何度も『もうやめてくれ！』と叫んだ。目を閉じ、両手で耳をふさいだ。そのたびに少女はぼくに右手を差し出した。少女の手のひらに置かれた眼球が飛び上がり、頭の上をぐるぐると飛び回った。そして次の瞬間、それは火球となり、高度五八六メートルの上空で炸裂した」

マイケルは一瞬口を閉ざし、すぐにまた言葉をつづけた。

「**あの人**はぼくに向かって話しつづけた。その間にも、**あの人**の目尻《めじり》からは血の涙がしたたり、双の頬からさあさあと音を立てて血が流れ落ちた。そのとき、ぼくは自分がなにをしたのかを知った。そして、これから自分がなにをなすべきかを悟ったんだ……」

「馬鹿な！」ポールは信じられないといった様子で、首を振った。「君はそのせいで人を殺したというのか？　薬の影響で見た夢だか幻だかを本物だと思い込むなんて！　君がこれまで積み上げてきた軍での輝かしい業績はどうなる？　君はどうかしてる。さもなければ、君はすでに狂っているんだ」

「そう、おそらく狂っているんだろう」マイケルは呟《つぶや》くように言った。「だが、狂っているのは、ぼくか、それとも君たちの方なのか？　ぼくには分からなくなった。ましてエノラ・ゲイ、すなわち君の母親と同じ名前をもつ飛行機の腹部から生み落とされたものの成果を、この眼で見てしまったあとではね」

「この……野郎！」ポールの顔にさっと怒りの血がのぼり、彼は床に唾《つば》を吐き捨てた。ポールが銃を抜こうとしたので、私は慌てて彼を押しとどめた。

「やめるんだ！　ロバートの身にもしものことがあったらどうする」

私は彼の耳元に押し殺した声でそう言い聞かせた。ポールはようやく、渋々と体から力を抜いた。

その騒ぎの間も、マイケルは視線を――銃口もまた――ロバートにまっすぐ向けたままであった。マイケルはふたたび淡々とした口調で話しはじめた。

「翌朝になって、ぼくは自分の間違いを知った。〝天才たちの殿堂に誤ってまぎれこんだあの哀れな愚者がまだ生きている〟。ぼくはひどく焦った。と同時に、彼を何としても取り除かなければならないと決心した。ぼくは病院で待つことにした。

それにしても、この二日というもの、何と奇妙な感じがしたことだろう？　ぼくはすでに自分が何者なのかを知っていた。ヒロシマの破壊者。何十万人もの人々を一瞬にして地獄につきおとした男。そのうえ、罪もない一人の作業員を人違いで殺してしまった愚かな殺人者。だが、それにもかかわらず、ロスアラモスの人々は、ぼくを見舞い、ねぎらいの言葉をかけてくれるのだ。彼らにとって、ぼくは相変わらず〝ヒロシマの英雄〟だった。だが、どうしてそんなことが起こり得るのだろう？　ぼくにはさっぱり分からなかった。神々に等しい天才科学者たち、決して間違いを犯すはずのないロスアラモスの人々に、なぜ、いまではぼくが一匹の汚らしい殺人者であるという、そんな明白な事実が分からないのだ……？

病室には代わる代わる見舞いの人たちが訪れた。そして、彼らはそれぞれ、ぼくにさまざまな話を聞かせてくれた。ぼくは天才たちの崇高な言葉を耳にし、彼らの荘重な振る舞いを眼にした。……いや、そうなることを期待していたのだ」

ふいにマイケルの唇の片方の端がめくれあがり、皮肉な形に歪んだ。

「ところがどうだ」彼は言った。「ぼくが実際に眼にした人たちときたら、誰も彼も、ぼくたちと何一つ変わらない、それどころか、ささいな違いを巡って意地を張り、お互いへの猜疑心《さいぎしん》にまみれた者たちだった。笑い出したくなるようないじましい権力欲、目の前のつつましい欲望の対象に狂喜し、そして呆れるような愚かしい間違いを犯す、ただの人間だった。だが、ただの人間が地上にあのような地獄を作り出してよいはずがない。こんな奴らが、ぼくにあの地獄を生み出すよう命じることができたはずはないのだ。

　最初、ぼくはこう思った。この連中もまた、天才たちの殿堂に誤ってまぎれこんだ哀れな愚者にすぎないのだと。ぼくは懸命に探した。あの爆弾を作り上げた、決して間違うことのない人たちを。ぼくに地獄を生み出すことを命じた本物の天才科学者たちを。だが、ぼくが探す〝天才〟などというものが、実際にはどこにも存在しないと分かったとき、ぼくはあのロシア人の科学者のことなどもうどうでもよくなった。問題は全然そんなことではなかった。ぼくは知った。どんな天才科学者も、畢竟《ひっきょう》ぼくたちと同じ、愚かな間違いを犯すただの人間であることを。

　結局のところ、あれは間違いだった。あれは犯してはならぬ罪だったのだ。ぼくは知った。あの爆弾を落としてしまった今、罪なきものなどどこにもいなかった。そして、他ならぬこのぼくにこそ罪があるということを知ったんだ……」

「罪を知っただと？」それまで、じっと不思議な沈黙を守っていたロバートが、唐突に口を開いた。「君に何が分かる？　君はただあの爆弾を運び、投下するための指示をだしただけじゃないか。その君がいったい何を知ったというのだ」

　それは私がそれまでに聞いたことがないほど厳しく、そして切羽詰まった調子の声だった。

「原爆を生み出したのは、ロスアラモスの所長である、この私なのだ。誰かの手が血にまみれているとしたら、それは私だ。私が何十万かのヒロシマの市民を殺した。あの都市を破壊したのだ。おそらく物理学は、原爆とともに、未来にたいして拭《ぬぐ》い去ることのできない罪を負うことになるだろう。だが、それはこの私のせいなのだ。一介のパイロットにすぎぬ君が、何かを知ったなどと思い上がるのはよしたまえ!」

マイケルが大きく口を開いた。彼は黒い虚空を私たちにさらして、さもおかしそうに声を出して笑いはじめた。「ハハハ、あなたが殺した? あなたの手が血に汚れているですって? ハハハ、こいつは傑作だ。あなたが? ハハハ……」

彼が笑いの発作に身を震わせるたびに銃口が上下に揺れ、引き金にかかった指がいまにも銃を暴発させるのではないかと、見ている私は気が気ではなかった。マイケルはようやく少し落ち着いた様子で言った。

「ミスタ・オッペンハイマー。もしあなたの手が血に汚れているとしても、それは概念的な、目に見えない血に汚れているにすぎない。そんなものは、概念的な、目に見えない水で洗えば落ちてしまうものではないですか? あなたはいまもこのロスアラモスの所長として君臨し、そのうえ家族に囲まれて平穏に暮らしている。結局のところ、本当の意味で、あなたは全然自分の手を汚してはいないのです。本物の血で手を汚した者には、社会的な栄誉など決して受けることはできないはずだ。なぜならその男には、平穏で、日常的な生活をおくる権利など、永久に失われているのだから」とマイケル・ワッツは突然また調子を変えて言った。「さっき、あなたは言いましたね。"ぼくに何が分かる、と。そう、ぼくには分からない。いったいなぜ、このぼくが〝英雄〟なんです? ぼくはこの手で、一瞬にして何十万もの人間を殺し、今も生き残った者たちに地獄の苦しみを味わわせているんですよ。ぼくはユダヤ人虐殺を指示したヒトラー以上の殺人者として裁かれてもよいはずだ。それなのに、なぜぼくが〝ヒロシマの英雄〟なんです？　ぼくには分からない。たぶん、これはきっと何かの間違いなんだ。だったら、ぼくはその間違いを正そうと思う……」

その瞬間、私はマイケル・ワッツの口調にただならぬ気配を感じ、はっとして彼の顔をのぞきこんだ。彼は言った。

「ぼくはもう一度殺そう。ヒロシマ市民と同じ人間である、ぼくと、そしてあなたたちを、今度こそはっきりと殺そう。そのとき、はじめてこの間違いは正されるのだから……」

そう言うと彼はふいに身体の向きを変え、保管容器に向かって銃を構えなおした。そして、立て続けに銃の引き金をひいた。

一瞬、私は何が起こったのか理解できなかった。マイケル・ワッツが何をしようとしたのか、それになぜ彼の銃からは一発も弾が発射されないのかも。

マイケル自身もまた不思議そうな顔で自分の銃を眺め、それからすぐにまた保管容器内のプルトニウムにむかって何度も何度も引き金を引いた。

「ちくしょう！　なぜ弾がでない！　ちくしょう！　ちくしょう！」

ポールとロバートがそれぞれ、マイケルの背後にゆっくりと歩み寄った。いや、彼らだけではなかった。気がつくと、いつの間にか入口にいた若い警備員や、その他にもいくつかの人影が四方の通路から姿を現し、じりじりと輪を縮めていた。彼らは、なおも気が狂ったように引き金を引きつづけるマイケル・ワッツに向かって、いっせいに手を伸ばした。

マイケルはほとんど抵抗する様子もなく、たちまちその場に取り押さえられた。何本もの腕で床に押し付けられたマイケルは、呆然として、自分の身になにが起きたのか分からない様子であった。

「ワッツ中佐、君が、こんなことをしでかすとは残念だよ」聞き覚えのある声に振り返ると、シカゴに発ったはずの、グローヴス将軍が腰に手を当て、顔をしかめて立っていた。「分かっているのかね。君はヒロシマの英雄なのだよ」

マイケルは上目づかいに顔をあげ、将軍の姿を認めると、訴えるように言った。

「グローヴス将軍、ぼくは〝ヒロシマの英雄〟なんかじゃない。そんなものは存在しないのです。ぼくはヒロシマの数十万人の市民を殺した殺人者だ。どうか将軍、新聞記者を呼んでください。ぼくは自分の罪を告白します。ぼくは犯罪者だ。ぼくがどんなことをしたのか、世界中に知ってもらいたいのです」

「そんなことを君にされては困るのだ」グローヴス将軍は重々しい口調で命じた。「しばらくは公式の場に出ることを禁じる。落ち着くまで、身柄を拘束させてもらうからそのつもりでいたまえ。君は犯罪者ではないが、ただちょっと……なんというか……気が変になっているのだ」

「身柄を拘束？　気が変になって……」

マイケルは、グローヴス将軍の言葉をおうむ返しに呟いたが、その意味を理解したとたん、彼は身をよじり、大声をあげて叫びはじめた。

「ぼくを精神病院に閉じ込める気ですね？　いやだ！　ぼくを自由にしてください。新聞記者と話をさせてください！　お願いです、どうか……」

わめきつづけるマイケルを、屈強な男が二人掛かりで床から引き起こした。男たちはマイケルの両腕をかかえこみ、肘《ひじ》をきめて、無言で彼に歩くよう促した。

「ちくしょう！　みんなして、ぼくからヒロシマの罪を奪う気だな！　だが、あの作業員を殺したのは……彼の頭を花瓶で打ち砕いたのは、このぼくだ。ぼくがこの手で彼を殺したんだ。あの罪だけは誰にも渡さないぞ！　渡すものか……。ぼくを裁け！　誰かぼくを殺人者として裁いてくれ！」

マイケルは左右に激しく首を振り、大声でわめきながら連れ去られた。

第十九章　終わり、もしくは始まり

肩に置かれた手に振り返ると、ロバートが立っていた。

「イザドア、君がいてくれて助かった。感謝する」

「感謝？　私にかい？」私は軽く首をすくめた。「よしてくれ。私は何もしていない。それどころか、いまの騒ぎがいったい何を意味していたのか、いまだによく分からないくらいなものさ」

ロバートは不思議そうな顔で私を見た。「だが、君はマイケル・ワッツが犯人だと知っていた。それに、この場所に彼が来ることまで分かっていたのだろう？」

「分かっていたわけじゃない。ただ、なんというか……推理したんだ」

「面白そうだ。聞かせてくれたまえ」ロバートは、青い眼にちらりと笑みを浮かべて言った。

「直接のきっかけは〝青バッジ〟だった」私は事情を説明した。「さっき私が病院にいたところ、そこにネダマイヤーが何者かに殴られ、気を失って運び込まれてきた。いや、怪我はたいしたことはない。それにいまもウォレン医師とパーソンズ大佐がついているはずだから、たいてい大丈夫だろう。だが、このロスアラモスの内部で金品目当ての強盗事件が起きるとは思えない。では、いったい誰が、何のためにネダマイヤーを襲ったのか？　そう考えた私はふと、彼の研究用の白衣から青バッジがなくなっていることを発見したんだ。するとネダマイヤーを襲った人物は彼のバッジを奪い取るのが目的だったということになる。だが、青バッジ？　私はごく最近、どこかでこの話題を耳にしたのではなかったか？　そして思い出したんだ。私はまさに、この病院の中で青バッジの話題を聞いたのだとね。話していたのはマイケル・ワッツだった。私はそのときの彼との会話を思い浮かべて、別なことに思い当たった。……それがつまり〝ガラス花瓶の謎〟だったというわけさ」

「ガラス花瓶の謎？」

「思い出してくれたまえ」私はロバートのいつもの口調を真似て言った。「青バッジが話題にのぼったあの時、私は君にロスアラモスの科学者たちへの聞き取り調査の結果を報告するために、マイケル・ワッツの病室で待ち合わせをしたのだった。私が君に報告している間、マイケルは黙って聞いていたが、突然前の晩の事件のことを私に尋ねた。私はてっきり、彼が知っているものとばかり思っていたので驚いたが、君はまだ何も話していないという。その後、前夜のぼの作業員撲殺事件の概要を聞かされると、マイケルはこう言ったんだ。『どうやら、昨夜のぼくはつくづく水に祟《たた》られていたようですね。大きな水槽で頭を打って、助かったと思ったら、今度は危うくガラスの花瓶で頭を割られていたかもしれなかっただなんて……』と。そのときは不思議にも思わなかったのだが、よく考えてみれば妙な話だった。なぜ彼は凶器がガラスの花瓶だと分かったのだろう？　あの時、ガラスの花瓶の話は出なかった。しかもそれ以前に、彼が誰からも事件のことを聞いていなかったとしたら、マイケル・ワッツが凶器を知っている理由はただ一つしかない。彼がガラスの花瓶を使って作業員を殺害したのだ。

その結論に達した瞬間、私はまた彼が口にしていた別の話題を思い出した。あのときマイケル・ワッツはしきりにプルトニウムのことを話していた。と同時に彼は、このロスアラモスではバッジの色が立ち入り可能区域を決めることに非常な興味を示したのだ。……もしかすると彼は、プルトニウムに近づくためにネダマイヤーから青バッジを奪ったのではないか？　彼はなにか大変なことをしでかそうとしているのではないか？　そう考えると、私は居ても立ってもいられなくなり、気がつくと無我夢中で駆け出していた。そうしてたどり着いたのが、この建物だったというわけさ」

「ブラボー、イザドア。まるで小説に出てくる名探偵のようじゃないか」ロバートは軽く手を叩《たた》く素振りをみせ、それから小声でこう付け足した。「つまり、厳密には論理的ではないという意味だが……」

「そういう君はどうなんだ？」私はいくぶんむっとして言った。「君はなぜマイケル・ワッツが犯人だと分かった？　彼がなぜこの場所に来ると知ったんだ？」

「残念ながら、私は探偵小説の熱心な愛読家ではない」彼は肩をすくめて言った。「だから私は、慣れない推理などといったものの代わりに、物理学者として当然のこと——つまり、観察をしていたのだ」

「それじゃ答えになっていない」私は言った。「観察するためにはまず、対象が何であるかを知らなければならない。君はなぜ、それにいつから、マイケル・ワッツが犯人だと知っていたんだ？」

「だがね、君」とロバートは訝《いぶか》しげな表情で、私の顔をのぞき見て言った。「マイケル・ワッツは自分で言ったのだよ。『隻眼の少女を見た』と。しかも彼は繰り返し主張した。『右眼に眼帯をした十歳くらいの少女を見た』と。ところが、あの病院の入院患者の中で彼の証言に該当する少女は、わが家に通いで来ている手伝い女、マリアの娘だけだ。そのことを私は知っていた（重度の眼病に苦しんでいたあの娘を、入院できるよう手配したのは、この私なのだ）。マイケル・ワッツの証言は、あの夜一晩中意識を失っていたはずの彼が、実際には自由に歩き回っていたことを示していた。と同時に一方で、彼が自分の行動を少しも覚えていないという、ある種の狂気の状態にあることを意味していたのだ。これは非常に危険な兆候だった。彼がおかしくなったのは、暴発事故の際に頭を打ったせいなのか、それとも彼はロスアラモスに来る以前から脳に狂気を宿していたのか、私には分からない。だが、いずれにせよ、このロスアラモスを狂人に自由に徘徊《はいかい》させておくわけにはいかない。私は一刻も早く彼をなんとかしなければならないと決心した。

ところが、そのためには一つ困った問題があった。というのも、彼マイケル・ワッツはわれわれの原爆プロジェクトにおいて重要な働きをした、いわゆる〝ヒロシマの英雄〟の一人なのだ。その彼を、確たる証拠もなく隔離し、閉じ込めてしまったりしては、プロジェクト全体の士気にも関わりかねない。彼の狂気を証明する明確な証拠が必要だった。そこで私は、ひそかにグローヴス将軍と協議して、彼を自由にさせ、一方で絶対に眼を離さないで観察をつづけるよう手配したのだ。そのうえで、私は彼にさまざまな話をもちかけた。すると案の定、彼は私が張った罠《わな》にまんまとかかり、衆目のなか、自らの狂気をさらけ出すことになったというわけだ」

「しかしロバート……」私はいささか唖然《あぜん》として、言った。「待ってくれ。それじゃ君は〝隻眼の少女〟の正体をはじめから知っていたというのか？　だが、それならあの話は？　君が子供のころサマー・キャンプで見たという、鏡の中の少女はいったい……？」

「サマー・キャンプ？　何の話だ？」ロバートはぱちぱちと眼を瞬かせた。「しっかりしてくれたまえ。それとも、イザドア、まさか君までおかしくなってしまったんじゃないだろうね？」

彼は冗談めかしてそう言うと、私の肩を軽く一、二度叩き、快活そうに笑ってみせた。

私はひどく混乱し、とりあえず別の質問を口にした。

「それで彼は——マイケル・ワッツはこれからどんな罪に問われるのだろう？」

「おそらく、何も」とロバートがまだ目元に笑みを残したままで答えた。

「何も？　そんなはずはあるまい」私は呆《あき》れて言った。「彼は、人違いとはいえ、一人の作業員の頭を殴って、相手を殺してしまったんだ。ここは戦場じゃない。それにもう戦争は終わったんだ。彼がいくらヒロシマの英雄とはいえ、人を殺して何の罪にも問われないはずはない」

「彼は殺してはいない。殺人など、そもそも存在しなかったんだ。なぜなら、あの作業員は、マイケル・ワッツが花瓶で頭を殴りつけるまえに、すでに死んでいたのだからね」

「すでに死んでいた？　まさか、そんなことが……」

「君は今朝、病院に行っていたんだろう。ウォレン医師から説明を聞かなかったのか？」

私ははたと思い当たった。「それじゃ、ウォレンがしきりに解剖報告書がどうしたと言っていたのは……？」

「死因について正式な解剖報告が上がってきたのか。意外に早かったな。あとで病院に寄って、見せてもらうとしよう」とロバートは独り言のように呟《つぶや》き、また私に向かって言った。「それにしても皮肉な話じゃないか。最初にこの事実を指摘したのは、犯人自身の——しかも自分ではそれと知らずに口にした言葉だったとはね」

「マイケル・ワッツの、言葉？」

「まだ気づいてなかったのか」ロバートは笑いながら言った。「病室で話していたとき彼が言っただろう？『隣の部屋で死んだ気の毒な男の代わりにぼくが頭を割られて、この部屋を血の海に変えていたかもしれない』と。彼の言うとおりだ。本当なら一目見て気づくべきだった。あの死体は頭を砕かれて死んだにしては、流れ出た血の量が少なすぎた。……やれやれ、あの時はみんなよほど気が動転していたのだろう。誰もそんなことに気づかなかったとは、馬鹿な話さ」

私は声も出なかった。朝の光のなか、白いシーツの表面に滲《にじ》んでいた血の色や、飛び散ってきらきらと輝いているガラスの破片、あるいはマイケルの言葉を聞いた瞬間、ぶつぶつとわけの分からぬこと——「だが、もし、そうだとすると……犯人はなんだってそんなことを？」——を呟きながら、病室から飛び出していったロバートの様子などが脈絡もなく思い出された。

「あの作業員は、戦勝記念ということで大酒を飲み、その上で派手な喧嘩《けんか》をやらかしていたそうだから、病院に到着後、おそらく急性の心不全かなにかで人知れず死んでいたのだろう。そして死後、マイケル・ワッツによって花瓶で頭を叩きつぶされた。流れ出た血の量が少なかったのは、そのせいだ。死体の頭を殴ることは、褒められたことではないにせよ、たいした罪ではない。せいぜい彼の狂気を証明する傍証として使われるくらいだ」

「もう一つ分からないことがある」私は少し考えて言った。「さっき彼は――マイケル・ワッツはいったいなにをしようとしていたのだ？」

「ああ、あれなら……」とロバートはにやりと笑った。「彼は核爆発を起こそうとしていたんだ」

「なんだって！」

「そうなんだ。……まあ、来たまえ」ロバートは私に頷《うなず》き、先に立って歩きだした。

私たちは先ほどマイケル・ワッツが銃を向けていた放射性物質の保管容器に近づき、中をのぞき込んだ。一連の騒ぎでプルトニウムの塊が所定の位置からはずれ、脇に転がり出していた。

私がそれを元にもどそうと手を伸ばすと、ロバートが慌てた様子でゴム製の手袋を差し出した。

「触るんだったら、これをした方がいい」

私は言われたとおり差し出されたゴム手袋をつけ、プルトニウムの黒い塊をそっと持ち上げてみた。しごく滑らかなその表面は、微かな熱を発しているらしく、手袋ごしにまるで子兎にでも触れているような温かみが伝わってきた。

「マイケル・ワッツは、プルトニウムに銃弾を打ち込むことで核爆発が起きると信じていた。彼にそう信じさせたのは、この私なのだ」背後で、ロバートの喋《しゃべ》る声が聞こえた。「病室で、マイケル・ワッツはしきりと原爆の仕組みを知りたがった。そこで私は彼に〝銃式《ガン・メソッド》〟について話してやった。『核物質、たとえばプルトニウムといったものを銃で撃つことによって、巨大な爆発を引き起こすことができる』と……。私には、彼が何をもくろんでいるのか、あのときすでに手に取るように分かった。だから、私は彼にガン・メソッドに関する誤った知識をわざと与えたのだ。そのうえで私は、念のため、グローヴス将軍に頼んで、入院中、病院に預けてあった彼の拳銃《けんじゅう》の弾を発射不可能な偽物《ダミー》にすり替えてもらった。要するに、彼がここに来て、あのような馬鹿げたことをしでかすであろうことは、それが実現される以前に論理的に予測されていた行動だったのだ。なに、それほど複雑ではない、簡単な方程式を解くていどの問題だったよ」

「お見事でしたな」ロバートに話しかけるグローヴス将軍の声が聞こえた。「あの若者はもう使い物になりません。残念ですな」

「それにしても、あのワッツ中佐が狂人だったとはね」ポール・ティベッツがなんだか浮き浮きとした口調で言った。

「これだから油断はできません」エドワード・テラーが暗く、呟くような声で言った。

「いずれにせよ、危機は去った。今はそれを喜ぼうじゃないですか」エンリコ・フェルミの声も聞こえた。

私は振り返らなかった。私は手の中にプルトニウムのずっしりとした、温かな重みを感じながら、果たされなかった会話を思い出す。

――原子爆弾による死は、通常兵器による戦場の死とは決定的に異なっている。原子爆弾の誕生はすべての場所、すべての時間を死に変えてしまった。原子爆弾はこの世界を、その中に死が存在するのではなく、いかなる生も不可能な場所に変えてしまったのだ。

――この殺害には選択性がない。未来も死者の街はわれわれの街であり、その犠牲者は、特別なアイデンティティによらぬ、われわれすべてだ。われわれはアウシュビッツに収容された者たちと同じように、諸民族を整列させ、かまどに追いやっている。そして、かまどは今も改良され、さらに効率よくなるのを待っているのだ。

――熱線、衝撃波、放射能障害……。すべては想像力の範疇《はんちゅう》を超えている。これまでの人類の歴史は、想像力がつねに現実に先立つものであった。だが、原爆の誕生は人間の想像力を無効にしてしまった。何十万という人間を殺すことが、今ではいとも無造作にやってのけられる。この領域では、われわれの想像力や感覚能力――花を美しく感じ、子供を愛《いと》しく思う心――を拠《よ》りどころにした制御力など、もはや効力をもってはいない。いまやわれわれは、われわれ自身よりも小さな存在だ。なぜなら、われわれは自分自身で行ったことを想像することができないのだから。ユートピア主義者とは、心に思い描いたことを実際に作り出せない人間のことを言う。だが、われわれは逆に、実際に自分たちが作り出しているものを心に思い描くことさえできないのだ……。

一万フィートの高さまで立ちのぼる煮えたぎった黒い雲。糖蜜《とうみつ》でできたお菓子の町のように溶けてゆく一つの都市。〝千の太陽よりも眩《まぶ》しい光〟が焼き尽くしたヒロシマのうめき声……。決して存在してはならぬ黙示録的厄災を前にして、人間は二つの道のいずれかを選ぶしかない。

恐ろしい二者択一。狂うか、殺すか、二つにひとつ。

揺れ動くロバートの二つの人格は、幼児期の心的外傷《トラウマ》などではなかった。それは原爆を前にした時、すべての者が必然的に陥らざるを得ないジレンマ。

結局のところ、マイケル・ワッツは二つに引き裂かれたロバートの半身だった。彼こそが、鏡から消えた隻眼の少女だったのだ。

いま、マイケルは狂気のうちに連れ去られた。一方のロバートは何ひとつ思い煩わないことに――地獄から眼を背け、うめき声に耳をふさぐことに決めた……。

脳裏にふと、いまも私の部屋で怯え、ふるえているインディアンの少女の姿が浮かび、すぐに消えた。

「助かった」ロバートは言った。だが、私たちは本当に助かったのだろうか？

耳元で、はじけるようにポール・ティベッツの浮かれた笑い声が響いた。

「何がおかしいのだね？」

私はプルトニウムの塊を本来あるべき位置に戻し、振りかえってポールに尋ねた。

「何が、ですって？」エノラ・ゲイ号のパイロットは、懸命に笑いを押さえた様子で言った。「さっきの、奴の……マイケル・ワッツの格好を思い出してごらんなさい。あいつは弾の出ない拳銃の引き金を、狂ったように引き続けていたんですよ。こんなふうに……。それを思い出したら、なんだか急におかしくって……あのときの奴の滑稽《こっけい》な格好ときたら……」

ポール・ティベッツはそれ以上喋ることができず、声をあげ、腹をかかえて笑い出した。他の連中――グローヴス、テラー、フェルミ、そしてロバートもまた、一様に顔を見合わせたかと思うと、いっせいにげらげらと笑いだし、そして笑い出したら止まらなくなってしまった。

笑い声は、建物の中にこだまし、私を幾重にも取り囲んだ。

私は周囲を見回し、どこにも逃げ場がないことを知った。私はその場できつく眼を閉じた。

両手で耳をふさいだ。

……私には分からなかった。

マイケル・ワッツと私たちの、いったいどちらが正気なのだ？　私たちこそ、本当は気が狂っているのではないか？　人工元素プルトニウムという邪悪な黒い塊も、この男たちの手を借りずしては地獄を生み出すことはできなかった。私たちは、望んで地獄の門を開いたのだ。だが、それが正気の人間の行為だろうか？

この狂った世界のなかで、彼だけが正気を保っていたのではないか？

私は両手できつく耳をふさぎ、しっかりと眼を閉じたまま思う。

私に唯一できること。それは私がここではなく、その場にいるということ。

一九四五年八月六日ヒロシマ、八時一五分。

そのとき、晴れ渡った夏の空をB29の機影が横切ってゆく。

何かがきらめきながら空を落ちて来る。

人々が空を見上げた瞬間、白い閃光が地上を焼き尽くす……。

眼を開くと、白い髑髏《どくろ》の仮面をつけた死神たちが私を取り囲み、黒い口を開けて笑っていた。

私は絶望的な気持ちで辺りを見回す。

――これがわれわれの新しい世界なのか？

この作品を翻訳するにあたって、リチャード・ローズ『原子爆弾の誕生』
（紀伊國屋書店・1995）他多数の著作を参考にしました。
また、第十六章（黙示録）では、原民喜氏の詩『水ヲ下サイ』が一部文言
を変えて引用されています。

解説　ヒロシマ以後とミステリ

有栖川　有栖

「職業病」と題された柳広司氏のエッセイを読み、にやにやしてしまった。自分は推理作家なので、炭坑夫の珪肺《けいはい》やタイピストの腱鞘炎《けんしょうえん》のような職業病とは無縁だと思っていたのに、ご家族から「自分で気づいていないだけ！」と反論されたのだとか。

書いている作品に没入するあまり、たとえば原爆をモチーフにした本書『新世界』を執筆している最中は、夜中にむっくり起き上がって「熱い……背中が焼ける！」と叫んだり、ホームズ譚《たん》を書いている時は「初歩だよ、ワトソン君」が口癖になったりするのだそうだ。また、何を見ても「およそ裏の意味を推理しないことはなく」なる、とも。なるほど、これは一種の職業病だ。

柳氏の場合、歴史上に名を残す偉人や有名な架空の人物が登場するミステリをお得意にしているので、ある時はトロイアを発掘したシュリーマン（『黄金の灰』）、ある時はソクラテス（『饗宴《シュンポシオン》』）、またある時はシートン博士（『シートン（探偵）動物記』）と、カメレオンのごとく変身なさるのだろう。もちろん、偉人や架空のヒーローになりきるためには、彼らが生きた時代背景・時代精神も知悉《ちしつ》しておく必要があるから、時間や空間を自由自在に超えなくてはならない。かなりハイブロウな病だ。

そのような趣向は、ミステリの世界ではさほど珍しいことではなくて、私だって、ぼんやりと考えたことはある。ある時、卑弥呼《ひみこ》を名探偵に起用する手があるな、と閃《ひらめ》いた。『魏志倭人伝《ぎしわじんでん》』によると、かの耶馬台国《やまたいこく》の女王は「見る有る者少なく」、「男弟あり、佐《たす》けて国を治む」。「鬼道に事《つか》え、能《よ》く衆を惑わす」というのは、巫女《みこ》的な存在であったことを示すらしいが……。実は、「姉さん、こんな不思議なことが起きたんだけれど」と弟が持ち込む謎を聞いただけで、卑弥呼は館《やかた》から一歩も外に出ることなく、「それはね、きっとこういうことよ」と解いていたのではないか。いわば安楽椅子《いす》探偵（玉座探偵？）。女王は呪術《じゆじゆつ》ではなく卓越した推理力によって国を統治していた、という設定だ。いけるかもしれない、と思って、横光利一《よこみつりいち》の『日輪』を参考文献に買ったところで、面倒になって挫折《ざせつ》した。

根気よく資料を集め、それを咀嚼《そしやく》し、ミステリに発展するストーリーを捻《ひね》りだすのは、難易度が高くて骨が折れる作業だ。単発でたまに書くのなら気分が変わって楽しいかもしれないが（私はそれもできなかった）、柳氏のように次から次へとアイディアに満ちた長編作品を書き継いだ作家はいない。よい意味で、非常に職人的であると思う。

よい意味で、とわざわざ断わっても、職人的という言葉には、創造性よりも器用さを強調するニュアンスがまとわりつく。しかし、柳ミステリについてはそうではないことは、『新世界』を一読しただけでお判りいただけるだろう。

この小説には外枠があり、私（柳広司）がアメリカのエージェントと称する人物から売り込まれた原稿の翻訳、という体裁をとっている。内容は、にわかには信じられないものだった。

それは原子爆弾の開発を指揮したロバート・オッペンハイマー博士によるもので、原爆投下によって第二次世界大戦が終結したその夜に、ロスアラモス国立研究所内で起きた奇怪な殺人事件の顚末《てんまつ》が綴《つづ》られていたのである。

ニューメキシコ州ロスアラモスは、原爆開発のために砂漠の真ん中に作られた町で、天才と呼ばれるよりすぐりの頭脳が研究所に集められている。外界から隔絶した環境といい、ユニークな登場人物といい、ミステリの舞台として申し分がない。J・グリックのベストセラー『カオス』の冒頭によると、この研究所で現在も最先端科学の研究が行なわれており、「ここで世界初の原爆を作った連中なんぞは、幽霊同然なのだ」というから、なんとも浮き世離れしたところだ。

柳氏はいつも読者の意表を衝《つ》く舞台を選び、しばしば文明批評を織り交ぜるが、本作のインパクトとテーマの深さは、特に際立っている。ヒロシマとナガサキを消滅させ、何十万人もの命を一瞬にして奪った爆弾。それを開発した場所で、〈たった一人〉の男が殺される。人類の運命を変えた兵器の開発者たちが、誰が、何故、どのようにしてその〈たった一人〉を殺したのか、を探るのだから、なんと痛烈な皮肉であろうか。死んだのが〈たった一人〉であろうと、それはどうしても解かなくてはならない謎だ。この物語は本格ミステリだから。

作者は『2004本格ミステリ・ベスト10』のインタビューで、「ミステリの手法を用いることで小説というメディアの面白さがテーマの重さに拮抗《きっこう》できるのではないかと思った」と語っていた。その目論見《もくろみ》は成功し、『新世界』は上質のエンターテインメントとして成立している。だが、テーマの大きさゆえに「原爆文学と呼ぶには面白すぎる。楽しんでいいのか？」と抵抗を覚える向きがあるかもしれない。

ナチスを逃れてアメリカに亡命したユダヤ人思想家テオドール・W・アドルノの「文化批判と社会」(『プリズメン』所収)という論考の中に、「アウシュヴィッツ以後、詩を書くことは野蛮である」という有名な一節がある。ならば「ヒロシマ以後、ミステリを書くことはさらに野蛮である」とも言えそうだ。ただ、前記の一文は「そしてそのことがまた、今日詩を書くことが不可能になった理由を言い渡す認識をも侵食する」と続いており、アドルノは「世界がこんな危機的な状況にあって、悠長に詩など書いている場合ではない。行動せよ」とアピールしているのでもない。文明と野蛮は分かちがたく、文明的であるがゆえに詩すら野蛮である、と言っているのである。それでもあえて俗流解釈を採用して、再び問うてみよう。

ヒロシマ以後、ミステリを書くことは野蛮か?

そうではない——と言いたい。


英米で本格ミステリが興隆をみたのは、第一次世界大戦の後。第一次大戦の惨禍をまともに受けなかった日本で本格ミステリが本格的に書かれだすのは、第二次世界大戦の直後。そんな照応関係に着眼した笠井潔氏は、本格ミステリの根底には、大量死(大量殺戮《さつりく》という方がより的確だと思うが)によって失われた〈死者の固有性〉や〈死の尊厳性〉を回復しようとする精神がある、と唱えた。本格ミステリ中の被害者は、並大抵ではない苦労をして彼もしくは彼女を殺害した犯人と、目の覚めるような推理で事件の真相を解き明かす名探偵とによって、〈二重の祝福〉を享《う》ける。それが、虚《むな》しい死から人間を象徴的に救うわけだ。すべての本格ミステリがその要件を満たしているとは限らないが――

人類という種の絶滅すらも可能にした発明（猶予された極限大の大量死）に、その誕生に携わった〈たった一人〉の死の謎をぶつけた『新世界』は、笠井氏の理論の好個の作例と言える。いや、好個というより、ユダヤ人絶滅収容所での殺人を描いた笠井潔の『哲学者の密室』や、真珠湾奇襲の直後に空母で起きた不可解な死に始まる奥泉光の『グランド・ミステリー』などと並ぶ極めつけの一例だろう。

柳氏は、〈たった一人〉の死の舞台として、廃墟《はいきょ》と化したヒロシマではなく、固有の死を徹底的に破壊した者たちが集うロスアラモスを選んだ。私は、そこに日本人としての怒りを感じて、共感する。「ヒロシマ、ナガサキは必然の結果だった。自業自得である」というのがアメリカの言い分で、その考え方は多くの日本人にも理解可能だ。しかし、理解はできても納得がいかぬ事態というものはある。前記のインタビューで柳氏は、原爆を扱った『コペンハーゲン』（マイケル・フレイン作）いう三人芝居を観て、「それは違うだろう」と思ったことが本作を執筆した直接のきっかけだと話している。私はその芝居を観ていないが、被爆国の人間として、容認できないことがあったのだろう。

「謝罪しろ、補償しろ」とアメリカに拳《こぶし》を突き出したりはせずとも、ただ、後悔は求めたい。本格ミステリであるこの小説の中に作者があえてファンタジーの要素を一滴垂らし、超自然的な少女を登場させたのは、その悲惨さを彼らに想像してもらいたい、という祈りにも似た気持ちからだろう。

大量死に呼び寄せられるのだとしたら――ヒロシマ以後の本格ミステリは、ある種のジョークとして機能しているのではないだろうか。とんでもない窮地に陥った時、しばしばアメリカ人は真顔でジョークを口走る。映画でそんな場面に出くわすと日本人は「どういうつもりだ」と呆《あき》れるが、語学に強い吉村達也氏によると、あれは「だいじょうぶ、おれはいつものおれだぞ」ということを確認するための気付け薬なのだそうだ。ならば、アドルノに「それこそが野蛮」と指摘されるだろうが――明日、核兵器によって人類が絶滅する可能性がゼロとは言えない現在、〈たった一人〉の死に食い下がる本格ミステリは、「だいじょうぶ、まだ正気は残っている」という気付け薬の効用があるのかもしれない。

「殺すか、狂うか」の二者択一を、本格ミステリは否定している。ヒロシマ以後、ずっと。

本書は、二〇〇三年七月に新潮社から刊行された
単行本を文庫化したものです。

新《しん》世《せ》界《かい》

柳《やなぎ》広《こう》司《じ》

平成18年 10月25日　初版発行
令和7年 9月30日　16版発行

発行者●山下直久

発行●株式会社KADOKAWA
〒102-8177　東京都千代田区富士見2-13-3
電話　0570-002-301(ナビダイヤル)

角川文庫 14439

印刷所●株式会社KADOKAWA
製本所●株式会社KADOKAWA

表紙画●和田三造

●お問い合わせ
https://www.kadokawa.co.jp/（「お問い合わせ」へお進みください）
※内容によっては、お答えできない場合があります。
※サポートは日本国内のみとさせていただきます。
※Japanese text only

ISBN978-4-04-382901-9　C0193

角川文庫発刊に際して

角川源義

第二次世界大戦の敗北は、軍事力の敗北であった以上に、私たちの若い文化力の敗退であった。私たちの文化が戦争に対して如何に無力であり、単なるあだ花に過ぎなかったかを、私たちは身を以て体験し痛感した。西洋近代文化の摂取にとって、明治以後八十年の歳月は決して短かすぎたとは言えない。にもかかわらず、近代文化の伝統を確立し、自由な批判と柔軟な良識に富む文化層として自らを形成することに私たちは失敗して来た。そしてこれは、各層への文化の普及滲透を任務とする出版人の責任でもあった。

一九四五年以来、私たちは再び振出しに戻り、第一歩から踏み出すことを余儀なくされた。これは大きな不幸ではあるが、反面、これまでの混沌・未熟・歪曲の中にあった我が国の文化に秩序と確たる基礎を齎らすためには絶好の機会でもある。角川書店は、このような祖国の文化的危機にあたり、微力をも顧みず再建の礎石たるべき抱負と決意とをもって出発したが、ここに創立以来の念願を果すべく角川文庫を発刊する。これまで刊行されたあらゆる全集叢書文庫類の長所と短所とを検討し、古今東西の不朽の典籍を、良心的編集のもとに、廉価に、そして書架にふさわしい美本として、多くのひとびとに提供しようとする。しかし私たちは徒らに百科全書的な知識のジレッタントを作ることを目的とせず、あくまで祖国の文化に秩序と再建への道を示し、この文庫を角川書店の栄ある事業として、今後永久に継続発展せしめ、学芸と教養との殿堂として大成せんことを期したい。多くの読書子の愛情ある忠言と支持とによって、この希望と抱負とを完遂せしめられんことを願う。

一九四九年五月三日